Metrópole

RAFAEL ESTEVES

METRÓPOLE

TALENTOS DA
LITERATURA
BRASILEIRA

ns grupo novo século

SÃO PAULO, 2019

AQUISIÇÕES
Cleber Vasconcelos

EDITORIAL
Bruna Casaroti • Jacob Paes • João Paulo Putini
Nair Ferraz • Renata de Mello do Vale • Vitor Donofrio

PREPARAÇÃO: Larissa Caldin
PROJ. GRÁFICO, CAPA E DIAGRAMAÇÃO: João Paulo Putini
REVISÃO: Tássia Carvalho

Texto de acordo com as normas do Novo Acordo Ortográfico da Língua Portuguesa (1990), em vigor desde 1º de janeiro de 2009.

Dados Internacionais de Catalogação na Publicação (CIP)

Esteves, Rafael
Metrópole
Rafael Esteves.
Barueri, SP: Novo Século Editora, 2019.
(Coleção Talentos da Literatura Brasileira)

1. Ficção brasileira 2. Distopias - Ficção I. Título

19-1439 CDD-869.3

Índice para catálogo sistemático:
1. Ficção : Literatura brasileira 869.3

grupo novo século
Alameda Araguaia, 2190 – Bloco A – 11º andar – Conjunto 1111
CEP 06455-000 – Alphaville Industrial, Barueri – SP – Brasil
Tel.: (11) 3699-7107 | Fax: (11) 3699-7323
www.gruponovoseculo.com.br | atendimento@novoseculo.com.br

À Lilian, que conseguiu manter sua humanidade
mesmo cercada por monstros.

"A morte resolve todos os problemas – sem homem, sem problema."

Josef Stalin

CAPÍTULO 1

A base de controle mantinha seu ambiente pacífico e sem muita atividade naquela madrugada de 1964. Moscou dormia silenciosa, assim como muitos dos oficiais daquela base militar. Dimitri Kuleshov, comandante daquela unidade, repousava em sua cadeira com os pés sobre a mesa, que tinha centenas de indicadores e botões. Roncava seu cansaço, nada o despertava.

O bater frenético na porta o pôs de pé em continência. Apesar dos anos passados, ainda mantinha, em seu subconsciente, reflexos de baixa patente. Era jovem, mas começara cedo no exercício militar. A União precisava de homens naquele momento tão crucial de sua existência. O pós-guerra era tão intenso quanto a própria guerra.

Relaxou a postura aliviando os movimentos. Repetia mentalmente sua nova posição militar. Caminhou rapidamente, limpou a garganta para disfarçar o cochilo e abriu a porta de forma brusca. O treinamento rígido dos recrutas ali não dava brecha para incômodos em vão. Um soldado de olhos esbugalhados o fitava inquieto, tremia e suava, como se tivesse visto um fantasma. Estava, inclusive, pálido como tal.

– O que houve, soldado? – disse Dimitri.

– Senhor, os radares detectaram uma ameaça, senhor.

– Ameaça? – sussurrou com incredulidade.

O rapaz guiou Dimitri até a sala de radares forrada de leitores de diferentes tipos. Um deles, o maior, piscava freneticamente. Junto a ele, outras três luzes vermelhas iluminavam a sala no ritmo de um alarme sonoro que se limitava àquele ambiente. O soldado apontou para o monitor que piscava. Dimitri aproximou-se da luz intermitente e fitou o aparelho. Três pontos luminosos se aproximavam do que seria Moscou. Sentiu uma pressão congelante no estômago, paralisando-o naquela posição.

– Essa leitura está correta? – Dimitri indagou.

– Nós conferimos três vezes, senhor. Não foram identificadas falhas.

Dimitri voltou-se para o rapaz, olhando-o profundamente. Entendia o motivo da palidez e do suor do soldado. Começava a ficar como ele.

– Entre em contato com o Kremlin.

– Nós já tentamos, senhor. As linhas estão em pane. Estamos incomunicáveis por, no mínimo, duas horas.

– Ao final desse tempo já fomos atingidos pelos três mísseis – retrucou Dimitri.

Dimitri enfrentava seu primeiro impasse. Seu curto período no comando fora predominantemente calmo e sem urgências. O russo caminhou até a sala de comando seguido pelo jovem soldado. Junto a ele, uma pequena plateia já se formava. Tratava-se de um momento histórico, poderia ser a última coisa que viam.

A porta da grande sala se abriu. Não havia tempo para discussões. O responsável pela segurança do local fitava seu comandante. Havia apenas duas opções a serem cogitadas: ou retaliavam ou esperavam uma confirmação do Kremlin. Porém, a segunda era impraticável e a intuição de Dimitri o arrastava para a primeira opção. A tensão daquele silêncio ensurdecedor adensava a atmosfera. O botão diante de Dimitri e de todos era a única e definitiva solução para aquele evento.

– Oleg – disse Dimitri –, a retaliação está autorizada.

O oficial para quem Dimitri se dirigiu sacou uma pequena chave pendurada em seu pescoço, encaixou-a no painel e girou. Outro oficial fez o mesmo movimento. Oleg levantou a tampa de proteção do botão e voltou-se para a plateia que se formara atrás de seu comandante. A apreensão era geral. Dimitri repousou o dedo sobre o botão e o pressionou. Um sinal sonoro confirmava a ação. A iluminação da base mudou, dando lugar ao vermelho intenso das luzes de emergência.

A alguns metros dali, comportas se abriam no chão e mísseis com a bandeira soviética estampada em suas carcaças despontavam. A ignição foi acionada e as armas foram lançadas, deixando um rastro de fumaça pelo céu estrelado de Moscou. Sirenes de aviso tomaram a capital soviética.

A equipe de monitoria da base, que estava sob o comando de Dimitri, observava atentamente os pontos brilhantes se aproximando da capital soviética. Todos os demais se preparavam para sair da base e organizar tanto a evacuação dos líderes como a de parte da população, já que era tarde demais para salvar toda a cidade. Dimitri ainda permanecia na base.

As luzes se apagaram. Uma pane elétrica deixou a base no escuro por alguns segundos. Todos se jogaram no chão, aguardando a explosão, porém nada aconteceu. Tudo o que escutavam era o som da sirene ecoando ao longe. Os soldados, então, olhavam-se confusos. Assim que a energia voltou, Dimitri olhou para os monitores, enquanto um dos soldados chegou na sala.

– Senhor, o que houve? – questionou, ofegante.

– Acabamos de condenar a humanidade.

Dimitri se afastou do painel, onde apenas os mísseis soviéticos eram detectados pelo radar. O soldado empalideceu. Tudo aquilo era um grande erro. Principalmente a retaliação.[1*]

* As remissões numeradas ao longo deste livro referem-se a informações complementares, caso o leitor deseje se aprofundar, que podem ser encontradas no Apêndice (p. 247).

CAPÍTULO 2

Toda a sala estava escura. O casebre, construído com o intuito apenas de fornecer abrigo e segurança na medida do possível, era completamente coberto por tábuas de madeira de demolição e restos metálicos. Mesclava-se dentre os demais abrigos que o rodeavam. Pequenas frestas nas janelas cobertas de tábuas permitiam que fachos de luz iluminassem a figura amadurecida e marcada pelo tempo, sentada na cadeira. Dimitri comia sua MRE, ou *Meal Ready to Eat*, um advento dos anos 1960, que somente seria utilizada daí a vinte anos. Mas uma catástrofe fez urgente seu uso.

Envolto de pilhas de plástico com a bandeira americana estampada ao lado da sigla "MRE", Dimitri dava as últimas colheradas de sua refeição. Era também o último pacote. A virada do milênio estava tão próxima quanto o fim da comida e o início consequente da Quarta Guerra Mundial por esse motivo. 1999, o ano em que a escassez proveniente da Terceira Grande Guerra chegava ao seu auge. Nada além de restos do passado e insetos com alta porcentagem de material radioativo.

O mundo do soviete se resumia àquele buraco infernal, que, naquelas circunstâncias, era um paraíso quando comparado aos demais pontos da Terra. A cidade erguida no meio de uma remota savana africana era a base dos que não queriam mais guerra, desejavam apenas sobreviver na miséria que os dois polos econômicos de

1960 deixaram, no escombro da falha humana. A Metrópole – era como os sobreviventes do holocausto nuclear chamavam aquele lugar. Uma cidadela que ainda sofria entre dois polos, resquícios do passado trágico: a Cidadela Soviete, de um lado, e a Cidadela Capital, de outro. Novamente os inocentes padeciam no meio do conflito.

Não tão inocente, Dimitri remoía a culpa do passado, escondido em seu casebre, como muitos outros. Preferiu se exilar longe da família e camaradas, no ambiente mais neutro que poderia encontrar. Sofria seus 70 anos, muito mal vividos por sinal, comendo apenas o essencial para sobreviver.

Jogou a colher de plástico no chão, junto das embalagens vazias de MRE. Suspirou sua última refeição decente. Não havia mais nada para comer. Agora, precisaria fazer a tarefa mais difícil e arriscada: sair de casa para buscar alimento. Cultivava uma barba e cabelos longos para tentar esconder a face. Mas nem mesmo a idade e os pelos modificavam seu rosto eslavo marcante.

Remoeu aquele grande desafio por dias. Juntava a coragem que há muito lhe faltava. Até que, um dia, a fome acordou seu instinto de sobrevivência. Cobriu seu rosto com alguns tecidos velhos, para que não fosse reconhecido na rua, e foi diante da porta. Fitou a maçaneta. A fome agora disputava com outro instinto: o de sobrevivência. A qualquer momento poderia ser atacado, caso fosse reconhecido. A dor estomacal e a leve fraqueza o fizeram apoiar na porta. Suspirou e a abriu.

O sol forte acertou seu rosto com força. Suas pupilas se contraíram imediatamente com a forte luz; parecia que tinha aberto a porta do inferno. Deu alguns passos à frente. Assim que sua vista se acomodou minimamente com a iluminação, olhou à sua volta. O local estava quase deserto. Fechou a porta atrás de si e começou a caminhar a passos largos; seguia em direção ao centro comercial da Metrópole.

À medida que ia se aproximando do destino, o número de pessoas aumentava. Percebeu, então, que ele estava começando a chamar um pouco de atenção, pois os olhares o analisavam da cabeça aos pés, acompanhando por onde passava. Como abutres, aguardando a esperada morte do animal moribundo. Dimitri, então, apertou o passo.

Sem rodeios, foi direto à banca de venda de comida. Várias caixas de insetos de todos os tamanhos estavam dispostas na entrada. Algumas pessoas compravam ali. A escassez do último ano havia limpado parte da população da Metrópole. Por alguns meses, a principal comida era carne humana, vendida naquela mesma tenda de insetos. Os tempos eram outros... Tempos magros.

– Quero um quilo de gafanhotos – disse Dimitri, empostando a voz.

– Quarenta e cinco dólares.

– Dólares? Não tenho dólares. Quantos rublos custa?

– Não trabalho com dinheiro soviete, amigo. Só americano – respondeu o vendedor rispidamente.

– Mas é a mesma coisa. É só converter. Isso deve dar uns oitenta e poucos rublos – retrucou Dimitri.

– Você é surdo? *Eu disse que não aceito rublos aqui.* Vá procurar outro canto para comprar comida, soviete!

Dimitri, sob o olhar do vendedor raivoso, baixou o olhar e se afastou, tentando segurar o tecido que cobria seu rosto e que o vento insistia em levar embora. Foi até outra tenda e fez o mesmo pedido. Ao dizer que pagaria em rublos, atraiu muitos olhares, espantando-o dali. Todos já tinham uma ideia de quem se escondia por trás daqueles mantos gastos.

Na terceira tenda, não conseguiu dizer seu pedido. O calor e o ambiente seco, junto à desidratação e à má alimentação, calaram Dimitri. Sua vista escurecia lentamente; ele cambaleava. Soltou o pano que ocultava seu rosto e apoiou-se num muro de pau a pique. O vento descobriu seu rosto e atiçou a curiosidade de todos ali. O mundo rodava em torno de si. Não conseguia conter sua fraqueza. Diante de um leão pronto para o ataque, seu organismo decidia se desligar. Dimitri caiu no chão inconsciente. A multidão que se formava ali avançou em direção ao rosto conhecido do oficial Kuleshov.

Em meio ao povo, um homem com cerca de 50 anos observava a cena. Alguns membros daquele grupo raivoso se armavam de paus e facas. O movimento de ódio começava a crescer. O corpo de Dimitri estava pronto para ser linchado quando o homem correu até o russo.

– Pai! O que aconteceu? – disse o homem.

A multidão ficou confusa. Dimitri Kuleshov não tinha filhos nem parentes em nenhum lugar do planeta. A preocupação do homem dispersou os linchadores. Aquele não poderia ser Dimitri. A poeira abaixou e o homem tomou Dimitri, ainda inconsciente, nos braços e caminhou para longe dali. O comércio voltou ao seu ritmo fraco e morno, sem nenhum chamariz para os inquietos e revoltosos.

CAPÍTULO 3

Bernardo comia seu gafanhoto num canto de seu casebre enquanto observava Dimitri em seu sono profundo. A estrutura precária protegia os dois da pequena tempestade de areia que assolava a Metrópole. Do lado de fora, apenas alguns caçadores corajosos se arriscavam na busca de grupos de insetos em meio à ventania e às lufadas de areia grossa.

Os tapumes chacoalhavam devido à intensidade do vento. Restos ósseos de ratos e outros pequenos roedores eram varridos casa adentro pelas frestas, junto à poeira. Bernardo mantinha sua posição, comendo a cota de alimento daquele dia. Ele se vestia como Dimitri. Cobria quase todo o corpo para se proteger da radiação solar e do clima árido. Buscava evitar ao máximo o sol, já que sua saúde não muito estável sofria com a radiação remanescente das explosões.

Algumas cicatrizes eram evidentes em seu rosto e em suas mãos. Denunciavam o trajeto difícil que percorreu até aquele momento. Trajeto esse não somente geográfico, mas temporal. Aparentava ser um pouco mais velho do que seus cinquenta e poucos anos, assim como muitos dos sobreviventes e nascidos no pós-guerra.

Os olhos de Dimitri se contraíram. Ele havia chocado a cabeça contra o chão após a queda. Sentia uma forte dor de cabeça. Tentou abrir os olhos; mesmo com os tapumes, a casa era iluminada pelas frestas empoeiradas. Levou a mão à cabeça e tentou se erguer do empilhado de folhas secas cobertas com retalhos de estopa. Olhou à volta e viu que não estava em sua casa. Num canto escuro, a poucos metros de si, viu os olhos de Bernardo o fitando. Conseguia ver apenas a esclera, que refletia luz ambiente. Ainda confuso, continuou a encarar a figura misteriosa.

Num movimento súbito, Bernardo levantou-se da cadeira. Dimitri tentou se levantar também, para uma possível fuga, mas não tinha forças. O homem com passos firmes e respiração bastante sonora aproximou-se com uma certa brutalidade nos movimentos. Sua feição, mesmo que coberta pelos panos, ainda era amedrontadora. Dimitri se apoiou naquela cama precária e se arrastou para o lado oposto ao homem. Bernardo estendeu o braço em direção a Dimitri.

O soviete olhou para a mão sofrida do homem e notou que lhe oferecia um gafanhoto. Fitou aquele alimento por alguns instantes. Já havia sofrido diversos atentados desde que chegou naquela cidade, mas seu receio não durou por muito tempo – a fome venceu. Como um animal faminto, agarrou o acrídeo e o pôs inteiro na boca. Mastigava algo pela primeira vez em dias. Bernardo buscou uma pequena tigela feita a partir de uma calota de carro e a entregou a Dimitri. Nela, havia mais gafanhotos e um pequeno pedaço de tecido encharcado de água.

Bernardo retornou à sua cadeira e observou, distante, o desespero de Dimitri, que prosseguia comendo os gafanhotos e bebendo a água do pedaço de tecido. Já não se importava com a procedência do que ingeria, apenas devorava aquele alimento. O vento diminuía, mas ainda estremecia os tapumes e empurrava detritos para dentro da casa.

Após a refeição, o silêncio se manteve por horas. Os dois se analisavam. A noite chegava e o breu tomava aquela terra quase sem vida. Dimitri ainda estava receoso em relação às intenções de seu suposto salvador. O silêncio foi interrompido pela voz rouca de Bernardo.

– Eu sei quem você é.

– E por que não me matou ainda? – Dimitri retrucou.

– Não é minha intenção.

– Então o que quer comigo?

– Sei o que está passando. O mundo te culpa por ter iniciado a guerra.

– Não estão longe da verdade – disse em tom baixo.

– Também vivo com uma culpa, comandante Kuleshov.

– E o que tenho com isso?

– Mas ela não me impede de viver. Muito menos de pedir ajuda.

– Como espera que eu peça ajuda a esses assassinos que me cercam? Se não fosse por você, eu teria sido linchado naquele lugar.

– Não digo que deva pedir ajuda. Deve aceitá-la quando oferecida.

Dimitri fitou o homem, desconfiado.

– É uma injustiça o que fazem com você – continuou Bernardo. – Não tem culpa de ter seguido o protocolo que era imposto.

– E como pretende me ajudar?

– Posso te levar em segurança para a Cidadela Soviete. Pode rever sua família e amigos novamente.

– Não tenho mais família nem camaradas. Ninguém quer um velho com uma história como a minha.

– Não se menosprezе... Nem o pior dos crimes separa um homem de sua família.

Dimitri olhou furiosamente para Bernardo, irritado com sua postura plácida, apesar das marcas profundas em sua face. Bernardo dizia sobre os vínculos imateriais e atemporais de uma família, mesmo não acreditando em nada que saía de sua boca seca.

– Por que quer me levar lá?

– Também tenho amigos naquela Cidadela. Lá eles me prometeram um abrigo melhor do que este, além de alimento de qualidade.

– Assim que eu cruzar aqueles portões, serei caçado e morto pelo povo, da mesma forma que pode acontecer aqui a qualquer momento.

– Como eu disse, eu tenho amigos que podem me ajudar... nos ajudar.

Ainda receoso, o soviete analisava o ambiente em busca de informações que entregassem a verdade. Tinha certeza de que aquela boa ação o levaria para a forca a qualquer instante.

– Tudo tem um preço... – disse Dimitri. – Estou certo?

– Tudo tem um preço.

Os dois prosseguiram com a dança ameaçadora de olhares, disputando o domínio da situação. A luta silenciosa foi bruscamente interrompida por uma batida firme na porta do casebre. Os olhares imediatamente se voltaram para ela e a atmosfera ficou pesada. O vento sibilante e agressivo já havia diminuído sua intensidade. Sombras se projetavam pelas frestas do abrigo. A postura dos dois mudou. Eles se olhavam com o intuito de definir um plano de fuga.

Bernardo começou a juntar o essencial para a viagem até a Cidadela em uma trouxa feita de retalhos. Enquanto ele se organizava, Dimitri observava seu entorno com mais calma. Seu olhar clínico varria todo o ambiente. Pelo posicionamento dos mantimentos e equipamentos de viagem, Bernardo parecia já estar pronto para partir a qualquer momento ou havia acabado de chegar na Metrópole. Também não parecia que pretendia ficar lá por muito tempo. Claramente, estava de passagem – ou em fuga ou em busca de algo.

Dimitri seguia o homem com os olhos enquanto ele juntava tudo o que precisava. A porta estremeceu mais uma vez, mas com mais vigor que da última. Pareciam tentar arrombar a tranca. O soviete, então, foi até Bernardo.

– Isso não vai aguentar por muito tempo – disse Dimitri.

– Aguentará o tempo necessário.

A porta voltou a estremecer. Aparentemente, o grupo do lado de fora havia desistido de bater. Já tentavam arrombá-la.

Dimitri voltou a fitar Bernardo, que procurava algo numa caixa de metal enferrujada. O russo se questionava sobre o que era tão essencial para aquele homem que ele tanto procurava. Suas dúvidas haviam sido sanadas no momento em que Bernardo encontrou o que precisava.

CAPÍTULO 4

A porta do casebre se abriu bruscamente, revelando um pequeno grupo de homens mascarados e com facas nas mãos. Bernardo empurrou Dimitri para fora da casa pela porta dos fundos e atirou uma granada em direção aos invasores. Recuando rapidamente, saiu pela mesma porta que Dimitri e a fechou rapidamente. A explosão da granada alvejou o ambiente com incontáveis estilhaços, perfurando os tapumes em algumas partes.

O som potente daquela granada antiga, amplificado pela acústica vazia do casebre e pela proximidade com a explosão, provocou um forte zumbido nos ouvidos de Bernardo e Dimitri. O velho russo caiu no chão com o baque; ainda estava muito fraco para resistir àquele tipo de ataque. Olhou à sua volta, em meio à escuridão do crepúsculo. As chamas da casa iluminavam um cadáver próximo à Dimitri. Ele, ainda zonzo, analisou o corpo de longe por alguns instantes. O sangue que escorria da cabeça estava seco. Aquele homem havia sido morto antes do ocorrido. Dimitri voltou-se para seu suposto salvador, que se levantava do chão e ia em sua direção. Bernardo o ergueu e arrastou para longe do abrigo. Ali perto, havia resquícios de construções e escombros da cidade antiga que existia antes da Guerra.

Os dois permaneceram ali por algumas horas. O barulho atraíra a atenção dos moradores daquela região da cidade. O vento estava mais ameno, permitindo a visão um pouco mais detalhada do local. Afastaram-se ainda mais. O grupo de agressores aparentemente havia se dispersado após o ataque astuto de Bernardo. Apenas curiosos observavam outros saquearem o que restava na casa.

– Precisamos de mantimentos para a viagem – sussurrou Bernardo.

– Por que tem tanta certeza de que optei por aceitar sua ajuda?

– Então escolha logo. Prefere arriscar um possível regresso amigável para sua família ou permanecer aqui, com a certeza de que pode ser morto a qualquer momento?

– Quem me garante que esses homens não vieram por *sua* causa? – Dimitri falou.

– Ninguém pode garantir nada nesse inferno. Tem que decidir por conta própria. Sem garantias. Sabe muito bem disso.

Dimitri contorcia sua face ranzinza para Bernardo. Realmente não tinha certeza se o ataque fora para ele ou para aquele homem que lhe oferecia ajuda. Tentava estabelecer possibilidades lógicas para tudo aquilo.

– Essa decisão é muito mais simples do que aquela que tomou há 35 anos – Bernardo provocou.

A poeira levada pelo vento começava a se intensificar. Dimitri olhou para a pequena multidão desvanecendo em meio à nuvem de areia. Entendia que não tinha o luxo de refletir o tempo que quisesse ali, atrás de um muro derrubado e quase enterrado pela areia grossa. Bernardo o fitava com um semblante sério. O soviete voltou-se para o homem e assentiu com a cabeça. Bernardo deixou um breve e discreto sorriso escapar de sua face marcada.

– Tenho água e alguns equipamentos de proteção em minha casa. Mas precisamos de comida – disse Dimitri.

– Vamos para lá então.

Os dois aguardaram a pequena tempestade de areia se intensificar para se deslocarem sem serem vistos. A noite havia chegado; a escuridão era, ao mesmo tempo, protetora e ameaçadora naquele momento. Qualquer coisa ou qualquer um poderia atacar a dupla sem ser visto. Caminhavam a passos largos e silenciosos. Dimitri segurava uma tira de tecido amarrado à cintura de Bernardo, para que não se perdessem um do outro, já que o ambiente favorecia tal possibilidade.

Dimitri observava silenciosamente as atitudes de seu novo amigo. Sua casa se aproximava. Contornaram a pobre construção, verificando se não se tratava de uma armadilha. Após garantir a segurança do local, entraram sorrateiramente. Buscando permanecer o máximo possível em silêncio, mantiveram-se calados enquanto juntavam os equipamentos necessários para a viagem à Cidadela Soviete. Enquanto pegava as balas para sua pistola, Dimitri congelou num momento de reflexão. Não se lembrava de ter indicado onde era sua casa para Bernardo, nem como chegar até ela pelo caminho mais discreto.

Com o canto do olho, observava o homem vasculhando suas coisas, revirando as embalagens de MRE em busca de mantimentos e equipamentos. Reservou três balas e as escondeu em sua calça. Prosseguiu normalmente com a coleta de itens úteis para o percurso. Pegou objetos aparentemente inúteis, mas com um bom potencial de troca. Mesmo sem ter saído da Metrópole por muitos anos, sabia que o trajeto entre as cidades era repleto de vilarejos e andarilhos dispostos a negociar.

Assim que tudo estava pronto para a viagem, o único item que restava era mais que essencial. O único motivo pelo qual Dimitri saíra mais cedo de seu abrigo era a falta de comida ali. Eles deveriam encontrar os suprimentos necessários para sobreviver até chegarem à Cidadela Soviete. O russo não tinha ideia de onde conseguir alimento.

– De nada adianta ter água se não temos comida. Precisamos comprar em algum lugar... Fora desta cidade – sussurrou Dimitri.

– Não podemos arriscar. Nem sempre há comida disponível fora dos centros comerciais.

– Minha cabeça vale toneladas de gafanhotos. Qualquer interação minha com um vendedor é arriscado. Além disso, já é noite. O comércio está fechado por causa da areia.

– Tenho algo em mente. Vamos. – Bernardo jogou um pano nas mãos de Dimitri. – Cubra seu rosto com isso.

Com a mesma discrição, deixaram o casebre de Dimitri e seguiram para a região comercial da Metrópole. O caminho estava praticamente deserto. As poucas pessoas que se aventuravam fora de casa naquele horário estavam a trabalho. Caçavam insetos e outras fontes de proteínas, o que incluía cadáveres resultantes de brigas por comida ou por honra. O ambiente era extremamente hostil.

CAPÍTULO 5

Dimitri nunca havia saído de casa durante a noite. Se já durante o dia era extremamente arriscado – principalmente para ele –, a noite era a pura selvageria concentrada naquele período escuro. Observava com dificuldade os seres que caminhavam ali. Uns estavam segurando enormes varas com um tecido de treliça espaçada, peneirando as rajadas de poeira, na esperança de encontrar algum inseto; outros, armados com machetes e facas, protegendo a si e aos colegas de trabalho.

Bernardo caminhava rapidamente rumo ao breu, sem hesitar. Dava passadas firmes, quase arrastando o velho consigo. Mantinha o foco no caminho, mas, com sua visão periférica, ainda vasculhava por ameaças. Uma de suas mãos repousava em uma faca muito bem afiada, presa à cintura enquanto a outra segurava o tecido que protegia seu rosto.

Aquele cenário impingia profundamente Dimitri. Estava claro ali o impacto social que sua decisão havia provocado. Não só o meio ambiente sofria as consequências, mas a humanidade havia retrocedido milhares de anos. Os animais primitivos, que não possuíam limites ou regras, estavam de volta na alma dos sobreviventes e, principalmente, dos nascidos após o evento catastrófico. Toda a cultura que ele conhecia havia se perdido, dando lugar à barbárie e à selvageria da sobrevivência a todo custo. E a Metrópole era a síntese do que acontecia nas demais cidades restantes do mundo.

Aproximando-se do centro, uma mulher deitada no chão segurava um braço de restos mortais de uma criança. Ela havia sido comida por outros que passavam fome e não conseguiam alimento. A mulher estava desacordada, mas segurava com todas as forças aquele braço. Dimitri se fez um questionamento que lhe feriu profundamente: ele se perguntou se aquela mulher defendia o filho ou se alimentara dele. Desviou o olhar para o chão, pois preferia não ver o peso de suas escolhas. Não conseguia crer que a humanidade desaparecera do homem.

A banca que vendia comida estava fechada. Dimitri olhou para Bernardo, comprovando sua tese de que não encontrariam comida para comprar naquele dia. O homem ignorou o olhar e olhou a sua volta, como se verificasse se havia mais alguém ali. Dimitri ficou confuso. Bernardo o puxou para uma loja e arrombou a porta lateral com sua faca. O pequeno cômodo era escuro. Enormes sacos vazios estavam espalhados pelo chão. Alguns outros estavam fechados e escondidos num canto.

Bernardo pegou um dos sacos vazios, foi até o canto e começou a enchê-lo com gafanhotos. Dimitri observava o amigo e vigiava a porta. Subitamente, um vulto o atirou no chão. O velho ergueu o olhar e viu o vendedor que havia se recusado a vender os gafanhotos para ele mais cedo. Estava armado com um machete enferrujado. Caminhou na direção de Dimitri, que estava encurralado. Não conseguia se mexer ou pedir ajuda. Apenas observava a morte se aproximar.

Bernardo cortou a garganta do homem antes que ele alcançasse Dimitri. O homem caiu no chão, já sem vida. O som do corpo e do machete caindo ecoou na pequena sala. Os dois olharam para o cadáver como açougueiros, analisando quais partes levariam para se alimentar mais tarde. Outro barulho próximo desviou a atenção deles.

Rapidamente, os dois saíram da loja com os gafanhotos e com a arma do dono do estabelecimento. Ambos demonstravam expressões de sucesso. Corriam em direção à estrada principal que ligava a Metrópole à Cidadela Soviete. Olhavam para trás a todo instante, garantindo que ninguém os seguia.

A estrada estava deserta, mas a tempestade de areia se agravava. Após tomarem uma distância segura da cidade, procuraram por um abrigo para passarem a noite, pois a tempestade já impossibilitava qualquer avanço. A metros dali, encontraram uma formação rochosa que os protegia dos ventos cortantes de sílica e pedregulhos.

Bernardo dormiu, mas Dimitri voltou a refletir. Olhou para o saco de gafanhotos mortos. Ele não estava fora daquela sociedade selvagem que havia visto no percurso para a loja. Ele havia acabado de assassinar um homem por gafanhotos e cogitara levar parte de seu corpo para comer depois. Não era apenas a sociedade que sofria as consequências da guerra, ele também estava preso naquele mundo devastado.

O cansaço contribuiu para a chegada do sono. O dia havia sido muito intenso. Mesmo dormindo, era atormentado pela culpa. Sua mente trazia os piores pesadelos: aqueles que realmente aconteceram em seu passado. Era capaz de sentir a vibração das explosões que aconteciam próximo ao *bunker* em que ficava. O pesadelo era vívido demais. O terror era real demais e ressuscitava o sentimento que, isolado do mundo, havia reprimido por anos.

CAPÍTULO 6

O exterior da base era palco para o caos e desespero. Dimitri tentava ligar para sua família, mas as linhas telefônicas não funcionavam. Alarmes de bombas berravam o destino catastrófico de Moscou, instaurando o pandemônio na cidade. Estava sozinho na sala de controle, com o telefone na mão, fitando o painel salpicado de luzes no radar.

Atrás dele, a porta aberta revelava a confusão externa. Militares corriam de um lado para o outro, carregando pilhas de papéis e armamento. Folhas com coordenadas e informações táticas da guerra se espalhavam no chão. Dimitri ignorava tudo que acontecia à sua volta. Apenas aguardava o telefone emitir algum sinal. Tudo o que pensava era em sua família.

Batidas à porta aberta o resgataram de seu instante de isolamento. Dimitri não se virou, apenas ergueu a cabeça e soltou o telefone. Seus olhos estavam estáticos. Fitava o nada.

– Senhor, precisamos evacuar, senhor – disse um soldado.

Dimitri suspirou e voltou a baixar a cabeça. Olhou para o telefone novamente.

– Senhor, precisamos ir para o bunker.

– Dimitri – disse o general Volkov, ao lado do soldado que antes falara.

Reconhecendo a voz do amigo e chefe, Dimitri voltou-se para a porta com a devida postura, apesar de ainda estar perdido em seus pensamentos. Petr Volkov notou o telefone caído sobre a mesa. Sabia que Dimitri tinha um apreço enorme por sua família, principalmente por sua mãe viúva. Volkov era colega de seu pai durante a Segunda Guerra, mas os amigos foram separados eternamente no campo de batalha.

– Sua família está segura, Dimitri. Nós encaminhamos todos para a base no Egito,[2] longe da guerra. Agora é você que precisa se salvar.

Dimitri, ainda mudo, assentiu com a cabeça e saiu da sala junto aos dois homens. Caminhavam rapidamente em direção à saída da base. Dimitri mantinha-se calado durante todo o percurso. Era alvo de olhares indiscretos, que o condenavam pelo erro fatal. Um dos homens interrompeu a caminhada dos três. Olhou profundamente nos olhos de Dimitri e voltou-se, em seguida, para Petr.

– Senhor, aqui estão os papéis necessários para o processo. – Olhou rapidamente para Dimitri.

– Claro – disse Petr, num tom sigiloso.

O general tomou a pasta em mãos e a abaixou imediatamente. Com uma percepção extremamente aguçada, Dimitri foi capaz de ler seu nome no rodapé da pasta. O oficial deixou os três homens, que ficaram parados por alguns instantes, entreolhando-se.

– Bem, vamos caminhar. Não temos tempo – disse Petr, rompendo o silêncio.

O general e o soldado voltaram a caminhar. Dimitri ainda se mantinha parado na mesma posição, observando os dois se afastarem. Petr, então, virou-se para trás.

– Dimitri? – disse, indicando o caminho com a cabeça.

O comandante da base assentiu e pôs-se a caminhar entre os dois homens que aguardavam sua presença. Sua postura passou de temor para aceitação. Sabia do que se tratavam os papéis com seu nome. Seu julgamento não seria diferente de qualquer outro comandante que cometia uma falha grave. Na verdade, ele já ultrapassava essa definição de falha. Diante de si, era capaz de ver sua forca o aguardando.

Ao seu lado, uma mulher passou abraçada em uma pilha de documentos, correndo em direção ao interior da base. Na pilha, Dimitri viu o rosto de sua mulher. Sua postura de desistência não havia considerado a presença de sua família, apenas a sua culpa por ter destruído o mundo. Aqueles laços foram atados novamente em sua alma acuada. Seus instintos de sobrevivência voltaram à tona. Precisava escapar da morte para se juntar à sua família novamente.

Seu coração acelerava à medida que a saída se aproximava. Pensava em correr o mais rápido possível para escapar de seus carrascos. Sua respiração tornou-se frenética. A porta estava diante de si, aberta para o inferno, mas ele já preparava sua corrida. Seu corpo tomava postura para o primeiro impulso. A adrenalina corria em seu sangue. Olhava ao seu redor, localizando os possíveis obstáculos.

Assim que cruzou a porta, suas pernas já iniciaram o movimento. Tinha em mente um destino: o aeroporto da aeronáutica soviética. Começou a se distanciar dos dois acompanhantes. Sentia que seria sua única chance de ver sua família novamente. Antes que pudesse começar a correr, um carro do exército parou diante dele, impedindo seu prosseguimento. O motorista olhava para ele, sorrindo.

– Senhor comandante – disse o homem, que se voltou para os outros dois, cumprimentando-os. – General Volkov. Soldado.

– Vamos para o bunker de Domodedovo, soldado – disse Petr.

Outros três soldados se aproximaram do carro, cercando Dimitri. Ele olhou à sua volta e viu a porta do carro aberta, esperando-o entrar. Estava acuado como um animal pronto para o abate.

– Dimitri? – disse Petr.

Sem escolhas, o comandante entrou no carro junto ao general e com o soldado que o acompanhava. Logo que fecharam as portas, o carro arrancou em meio à confusão. Seguiam rumo ao sul de Moscou, para a cidade onde se encontrava o *bunker* que seria o novo centro de ações militares de Moscou.

Durante o percurso, Dimitri maturava a ideia de fuga. Tentava encontrar uma alternativa para escapar para o sul do Egito, a zona neutra, onde o *bunker* soviético se escondia.

– Para onde estamos indo? – disse Dimitri, findando seu silêncio fúnebre.

– Domodedovo, camarada – disse Petr, mantendo um tom sério.

Dimitri voltou a pensar em sua estratégia, que havia se tornado mais simples naquele momento. A dez quilômetros daquele *bunker* se encontrava o aeroporto de mesmo nome, recém-inaugurado. Ali estaria sua grande, e melhor, chance de fugir do julgamento soviético e rumar ao Egito.

O carro se afastava de Moscou, ainda de pé, mas já repleta de escombros. O primeiro ataque foi leve, mas os radares já detectavam mísseis, dessa vez reais, aproximando-se da capital soviética. Durante o caminho, alguns aviões de aliados americanos passavam no céu, em direção ao centro da cidade. Lançavam bombas e chuvas de balas em praticamente tudo que se movia abaixo de si. Nas ruas, pessoas em chamas, mortos e feridos corriam sem rumo.

Dimitri já não enxergava mais ninguém, focava apenas em seus pensamentos. Tinha que ter o plano perfeito para conseguir sair vivo dali. Lembrou-se, entretanto, das palavras de sua esposa quando entrou para as forças armadas: "Não sofrerei de saudade, pois você estará sempre comigo". A frase, repetida mentalmente sempre que saía de casa, confortava-o naquele momento difícil.

O bunker já estava cheio de militares. Todos estavam concentrados nas novas diretrizes da Terceira Guerra. No momento em que Dimitri entrou no salão, vários olhares voltaram-se a ele. Petr tentou dispersar a atenção dos colegas, mas ainda olhavam de canto de olho. Não se posicionavam a respeito, mas definitivamente não defendiam Dimitri.

Escoltado até um dormitório, Dimitri foi deixado sozinho num quarto de uma só cama. A porta estava aberta, mas um soldado o vigiava constantemente. Deixou a porta entreaberta e sentou-se no ponto onde o guarda não era capaz de vê-lo. Colocou a mão no bolso e conferiu a pistola completamente carregada que tinha ali. No outro bolso, tinha cinco balas reserva.

Subitamente, a porta se abriu por completo. O soldado estava acompanhado de Petr.

– Dimitri, não é permitida a posse de armas nos dormitórios. – Estendeu a mão de forma amistosa.

– Nem mesmo durante uma guerra, general? – disse num tom desafiador.

– A pistola, Kuleshov. – Petr manteve a mão estendida, porém com uma postura mais ríspida.

Dimitri tirou a pistola do bolso e entregou ao general, que deixou o quarto com a arma em mãos. O soldado escancarou a porta e se posicionou de frente para ela, fitando-o.

Sentado na cama, Dimitri apalpou as balas restantes em seu bolso.

CAPÍTULO 7

O sol extremamente intenso queimava a pele do russo. Acordava de seus lamentos imaginários. Olhou à sua volta. Estava embaixo de uma pequena formação rochosa, sem nenhum traço de vida; ao lado, uma árvore seca, com marcas escuras da radiação solar, presa no chão duro de terra seca e areia grossa. O horizonte não mostrava nada além da vastidão daquele deserto, que tremulava com o calor.

Com certa dificuldade, Dimitri levantou e se afastou do abrigo. A adrenalina da noite anterior havia anestesiado seu sofrimento muscular, ela já não era mais presente em seu sangue, portanto, sentia a dor de cada passo que dava. Os longos anos em seu sedentarismo tomaram-lhe o porte militar, rebaixando-o para um mero ancião sem preparo físico. Porém, ainda guardava seus conhecimentos profundos de sua época áurea no exército soviético.

Estava sozinho. Bernardo havia sumido, mas os sacos de gafanhotos estavam ali ainda, assim como a água e algumas armas. O vento não era tão intenso como durante as noites, mas ainda era capaz de golpear a pele com os grãos de areia. Pegou seus óculos de proteção e contornou a pedra, em busca de algum sinal de civilização.

Ao longe, uma figura distorcida pelo calor se aproximava. O vento movimentava suas roupas de forma fantasmagórica. Dimitri foi até sua mochila, pegou uma pistola e voltou para sua posição. Segurava a arma firmemente enquanto observava a possível ameaça se aproximar lentamente. Ao identificar Bernardo, aliviou a tensão em seus ombros e pernas, mas a mão mantinha-se firme na pistola. Ele se aproximou de Dimitri e, de forma amistosa, repousou a mão sobre o ombro dele.

– Vamos? Temos uma longa viagem pela frente.

Dimitri ainda estava imóvel, fitava o nada, parado na mesma posição. Refletia sobre a situação. Tudo aquilo poderia ser uma armadilha para sentenciá-lo à morte. Decidia se iria esperar uma atitude mais suspeita para matar Bernardo ou se agia naquele momento.

– Não pense muito – disse Bernardo, passando por ele com uma das mochilas. – Vamos.

Dimitri fez sua decisão. Guardou a arma e pegou a outra mochila. Não teria chances sozinho no deserto e, muito menos, se retornasse para seu casebre na Metrópole, estaria, ele mesmo, o sentenciando à morte. Preferia arriscar, apostando na quase improvável bondade humana.

Seguiam para a estrada principal que ligava a Metrópole à Cidadela Soviete. O sol maltratava sua pele, mesmo que coberta pelo tecido resistente de sua roupa. Caminhavam não muito rápido, já que Dimitri não conseguia mais manter um ritmo veloz devido à idade e aos acontecimentos intensos recentes, ao fugir. A estrada estava distante do ponto onde passaram a noite. Bernardo não queria correr riscos de serem assassinados enquanto dormiam.

A estrada estava completamente vazia. Não eram comuns meios de transporte, mas carros passavam, esporadicamente, com mercadoria por ali. Ao chegarem lá, Bernardo parou no meio da estrada e olhou para os dois lados, analisando por qual seguiriam. Como haviam cruzado a estrada para passar a noite no abrigo rochoso, estavam à esquerda do caminho. Rapidamente, tomaram o rumo correto para a Cidadela Soviete.

Caminhavam no resto de asfalto que forrava a estrada. O chão mais firme e com menos irregularidades facilitava o percurso, principalmente para o russo. Mantinham-se em silêncio, não só pela desconfiança, mas também para evitar a desidratação. O ritmo da caminhada era tranquilo, já que tinham o tempo que quisessem para chegar ao destino.

Bernardo virou-se rapidamente para trás, num movimento brusco e preocupado. Dimitri, notando a preocupação do homem, virou-se também para a direção da Metrópole. Ainda confuso, tentava ver o que Bernardo tanto temia. Sua visão, não muito aguçada, conseguiu identificar ao longe uma figura se aproximando, era relativamente grande. Claramente se tratava de um veículo de grande porte. Estava no meio da estrada e se aproximava rapidamente.

Os dois viajantes saíram da estrada e caminharam a poucos metros dela, permitindo que o veículo passasse. Bernardo e Dimitri já não olhavam mais para trás, tentavam agir com a máxima discrição possível. Não pretendiam chamar a atenção de quem quer que estivesse naquele caminhão.

A fumaça negra que saía pelo cano de descarga cobriu o campo de visão dos dois. O veículo passou por eles e seguiu por mais alguns metros até parar. Dimitri pôs a mão no bolso e segurou firmemente a pistola. Bernardo fez o mesmo enquanto se aproximavam do veículo.

Da carroceria do caminhão, desceram cinco homens, também vestidos adequadamente para a viagem no deserto. Todos cercaram os dois andarilhos. A porta do passageiro se abriu, revelando um enorme homem careca, com seus trinta e poucos anos, maltratado pelo tempo. Tinha um machete presa à cintura; ele se aproximou dos dois.

– O que dois velhos fazem aqui no deserto? – disse o homem. – Não têm medo de morrer?

– Estamos voltando para a Cidadela Soviete – respondeu Bernardo, evitando contato visual.

– Voltando?

– Viemos buscar minha mãe aqui, mas quando chegamos já era tarde.

– Que trágico – disse ironicamente, provocando alguns risos. – Como se chama?

– Anthony – disse Bernardo, erguendo os olhos. – Esse é meu padrasto...

– Petr – disse Dimitri, interrompendo Bernardo.

– Petr? Qual é seu sobrenome, Petr? – questionou o homem careca, aproximando-se de forma intimidadora.

– Volkov. – Dimitri baixou a cabeça.

– Petr Volkov... Um russo, certo? – riu.

– Tcheco.

– Soviete – retrucou em tom ameaçador.

– O que querem conosco? – Bernardo interrompeu.

O homem voltou-se lentamente para Bernardo, apoiando a mão sobre o machete em sua cintura.

– Absolutamente nada. Só paramos para nos certificar de que não estavam em perigo, ou algo do tipo...

– Não estamos, certo? – Bernardo desafiou.

– Claro que não... camaradas – riu. – E, já que estão indo para o mesmo destino que nós, vamos lhes oferecer uma carona.

– Não é necessário – Bernardo puxou Dimitri pelo braço, tentando sair dali, sorrindo forçadamente.

O homem segurou Bernardo pelo ombro e olhou profundamente em seus olhos.

– Eu insisto – disse, indicando a carroceria para os dois.

Os outros homens abriram caminho para que eles pudessem subir no caminhão. O homem careca voltou ao interior do veículo, fechou a porta e bateu na lataria externa com a mão aberta. O caminhão arrancou, deixando uma nuvem de fumaça negra para trás.

CAPÍTULO 8

Todos na carroceria fitavam Dimitri e Bernardo, que se mantinham em posição de defesa. Estavam encurralados contra o vidro traseiro da cabine. Os demais homens que os cercavam se posicionavam de forma que era impossível escapar dali.

No interior da cabine, o homem careca discutia algo com o piloto. Bernardo se inclinava para trás para tentar ouvir a conversa, mas o som do vento e do motor censuravam as palavras do líder daquela gangue. Com o canto do olho, percebia que conversavam sobre eles. Apontavam para a carroceria com frequência e faziam movimentos bruscos, como se definissem o destino deles dois.

Após algumas horas de viagem, o veículo saiu da estrada principal. Bernardo e Dimitri ergueram a cabeça e olharam para a estrada se distanciando. Estavam seguindo perpendicularmente em relação ao caminho original, que rumava à Cidadela. A poeira levantada pela roda do caminhão misturava-se com a fumaça negra do cano de descarga. Os homens que os acompanhavam na carroceria também pareciam confusos. Um deles escalou até a janela lateral do veículo e conversou rapidamente com o líder.

Ao tomar a posição inicial, o homem olhou para os demais comparsas e, com um leve sorriso, confirmava algo com a cabeça, comunicando-se num indecifrável subtexto de olhares e gestos discretos. Voltaram a fitar os dois viajantes. Bernardo olhou rapidamente para suas mochilas, que estavam no lado oposto da carroceria. Todas as armas que tinham estavam lá. Dimitri olhou para ele, tentando desvendar o plano do companheiro, mas não encontrava nada em seus olhos.

Algumas barracas e casas de pau a pique surgiam em torno do veículo, que diminuía a velocidade. Bernardo cerrava os dentes.

Três homens desceram da carroceria, ainda em movimento, deixando um espaço livre no canto. De punhos fechados, Bernardo abaixou a cabeça. O veículo acelerou por um breve momento, aumentando a poeira e fumaça. Ele, então, relaxou as mãos e as apoiou na lataria da cabine. Assim que o caminhão parou por completo, a poeira tomou conta da carroceria. Bernardo, com um forte impulso, saltou para fora do caminhão, puxando uma das mochilas. Sua extrema agilidade não permitiu uma reação hábil dos homens que o vigiavam, pois correu rapidamente rumo ao deserto, conseguindo escapar.

Um dos homens sacou um rifle de dentro da cabine e apontou para Bernardo. Tentava colocá-lo na mira em meio à poeira. O líder saiu do veículo, olhou para Dimitri e retirou a arma da mão do homem.

– Não gaste balas, seu imbecil – disse.

– Mas ele está fugindo – respondeu o atirador.

– Ele que se dane! Já temos o que precisamos.

Com uma rápida olhada para Dimitri, o líder deixou seus subordinados e seguiu para uma casa grande, próxima ao caminhão. Os homens arrastaram Dimitri para fora, que refletia sobre sua escolha de voltar para sua família. Escolhera um péssimo parceiro para tal jornada.

Após alguns minutos de espera, o homem careca saiu da casa e caminhou em direção a Dimitri, que era segurado por outros dois comparsas. Ele parou diante do velho e o fitou da cabeça aos pés.

– Sabe falar russo, camarada? – disse o homem.

– *Da** – respondeu Dimitri.

– Ótimo, camarada Volkov. A partir de agora você vai se chamar Dimitri Kuleshov, entendeu?

Os olhos de Dimitri se arregalaram.

– E não diga o contrário disso, senão vou te enforcar com seu intestino. Dimitri Kuleshov, entendeu?

– *Da* – respondeu Dimitri, ainda assustado.

– Guarde seu russo para daqui a pouco, senhor Kuleshov.

O homem o pegou pelo braço e o arrastou em direção à entrada da casa. Sem chances de resistência, Dimitri se deixou levar. O sol esquentava seu corpo, que derretia em suor. Sua boca estava seca e seus lábios feridos. A porta diante deles se abriu e entraram no breu interior da casa. A porta, que permitia que a luz entrasse, se fechou logo em seguida, deixando Dimitri completamente cego.

Sua visão começou a se acomodar. Começou, então, a ver alguns detalhes interiores. Cerca de dez pessoas estavam naquele ambiente; um deles, sentado no que parecia ser um trono real. O suposto rei era alguns anos mais velho que o seu raptador. Um pouco mais próximo de si, Dimitri reconheceu os três rostos que o acompanhavam na carroceria. Ainda desnorteado voltou-se para o homem no trono.

– Como se chama? – indagou rispidamente o homem.

– Dimitri.

---

* "Sim", em russo. [N.A.]

– Apenas Dimitri?

– Dimitri Kuleshov.

O homem voltou-se para o lado e sussurrou algo para um de seus aliados. Voltou a conversar com Dimitri.

– Tem quantos anos?

O homem que o segurava pelo braço, antes tranquilo, estremeceu.

– Parei de contar há muitos anos – rebateu Dimitri.

– Estamos em 1999 – disse o homem. – Faça as contas.

Dimitri parou por alguns instantes e calculou mentalmente a própria idade.

– Setenta.

Uma mulher surgiu das sombras e foi até a cadeira onde o homem estava sentado. Ela aproximou-se do ouvido dele e sussurrou algo. Afastou-se em seguida, mas manteve-se posicionada ao lado da cadeira.

– Dimitri Kuleshov trabalhou com um general russo que atuou junto de seu pai na Segunda Guerra. Qual era o nome desse general?

A mulher fitou rapidamente o suposto rei, como se não esperasse a pergunta final. Segundos de silêncio deixavam o clima tenso.

O homem que o sequestrara estava pálido. Ele contava com uma resposta inteligente daquele tcheco desconhecido que tinha obrigado a estar ali representando o causador da guerra. Os três outros comparsas abaixavam a cabeça, aceitando a perda da recompensa. Dimitri olhou à sua volta, poderia escolher entre as duas gangues. Deveria decidir que rumo tomar. Se contasse a verdade, iria se assumir como Dimitri. Caso contrário, seria fatalmente descartado.

O homem que o segurava inclinou-se em sua direção.

– Diga que não se lembra – disse entre os dentes.

– Petr Volkov – disse Dimitri em seguida.

O homem baixou a cabeça, e seus homens tiveram a mesma atitude. Sua chance de enganar aquele homem havia escorrido por suas mãos. A mulher voltou a sussurrar algo no ouvido do homem sentado. Ele sorriu.

– Cinco mil dólares, Claude. Para você e para seus homens – disse o homem na cadeira. – Agora pegue o dinheiro e suma daqui.

Os homens de Claude ergueram a cabeça e se entreolharam. Voltaram-se para Claude, que não largara Dimitri sequer por um segundo. Ele retribuiu o olhar confuso. Dois outros homens se aproximaram com uma sacola com o dinheiro. Seguraram Dimitri pelo outro braço, porém Claude não o largou.

– Cinco mil é um preço muito baixo. Conseguiria mais na Cidadela Soviete – disse ele, puxando Dimitri para próximo de si.

– Cinco mil foi o combinado – retrucou o homem, se levantando da cadeira. – Se quisesse mais, teria ido à Cidadela Soviete por si só.

Claude rosnava. Todos que estavam ali dentro sacaram armas de fogo e apontaram para ele.

– Prefere 5 mil dólares ou 70 balas em seu corpo?

Claude olhou para seus três homens, que também estavam rendidos. Voltou a olhar com ódio para o homem. Empurrou Dimitri para o lado e tomou a sacola em mãos.

– Sábia escolha...

Claude deu as costas e se dirigiu à porta, acompanhado de seus homens.

– Isso se chama carma, Claude – disse o homem. – Não tente me enganar novamente.

Com passos firmes e rápidos, Claude entrou no caminhão com a sacola de dinheiro. Os demais olhavam sorridentes para ele.

– Vamos para a estrada principal – disse Claude, em tom ríspido.

– Conseguimos o dinheiro? – perguntou o motorista.

– Aquele era o verdadeiro Dimitri Kuleshov – disse um dos três que o acompanharam.

– Merda! – berrou o motorista, acelerando o caminhão e afastando-se dali.

CAPÍTULO 9

Bernardo observava tudo de longe. Havia se escondido em meio aos casebres da vila. Após sua fuga, ficou à espreita próximo à casa a que Dimitri fora levado. Mesmo sem ouvir nada, conseguiu entender de que se tratava de uma venda e Dimitri era a mercadoria. Após a transação e a partida dos traficantes, Bernardo se tranquilizou. Pôde se aproximar com menos chances de ser pego, já que ninguém ali o conhecia.

Dentro da casa, Dimitri estava acuado, cercado. Nikolai voltou a se sentar em seu trono improvisado. Estava cansado, os 60 anos lhe pesavam, afinal não era um militar muito bem preparado como sua recente aquisição. Disse algo para um de seus subordinados e apontou para Dimitri. O russo foi levado para um dos quartos da casa e ali foi trancado. Antes de fecharem a porta, trocou olhares com a mulher que conversava com Nikolai. Ela o analisava profundamente, assim como ele a ela.

Com um cabelo loiro-escuro, de olhos verdes, pele morena clara e porte físico atlético em seus quarenta e poucos anos, Carol não tinha traços eslavos como os demais naquele lugar. Não havia ouvido ela proferir palavra alguma, mas tinha quase certeza de que não era sua conterrânea. Precisava apenas ouvir o sotaque para confirmar a suposição.

A porta se fechou, imergindo o quarto numa escuridão maior ainda. Dimitri pôs a mão sobre a cintura, sentindo as balas reserva que havia escondido em sua roupa. A fechadura antiga permitia apenas um faixo de luz entrar em seu cárcere. Olhou à sua volta, procurando objetos rígidos, mas tudo o que tinha era um colchão de espuma e um trapo sujo de terra. Suspirou.

Bastaram dois dias para a viagem ser programada. Aquele grupo de sobreviventes era muito bem organizado. Nesses poucos dias, Dimitri foi capaz de se recuperar, tanto da fuga da Metrópole quanto da falta de comida. Durante o cativeiro, era alimentado regularmente, com certa fartura até – três vezes por dia. Já não pensava numa estratégia para escapar dali. Apenas seguia aquilo que lhe indicavam.

A porta se abriu pelo que seria a última vez. Carol o aguardava do lado de fora, acompanhada de mais dois homens. Dimitri se levantou e foi levado pelos capangas. Assim que passou em frente à mulher, parou e olhou profundamente em seus olhos.

– Para onde vão me levar? – disse o russo.

– Para a Cidadela Soviete, senhor Kuleshov – ela respondeu.

Dimitri deu um leve sorriso, causando o estranhamento da moça. *Americana*, pensou ele. Satisfeito com sua descoberta, prosseguiu com a caminhada para fora da casa. Carol seguiu atrás dos três. Cruzaram a sala onde houve a troca com Claude e atravessaram a porta, inundando a visão de Dimitri com a forte luz solar, o que o fez fechar os olhos e abaixar a cabeça, protegendo-se daquele deserto completamente iluminado.

À medida que sua visão foi se acostumando com a luz, começou a tentar enxergar algo além do borrão branco que via. Oito pessoas estavam presas por correntes, que as ligavam pelos pulsos, pés e pescoços. Subiam em uma das carrocerias do comboio. Com dificuldade, observou cada uma delas. Todos pareciam prisioneiros de guerra, com praticamente a mesma idade – a sua idade.

Olhou para um deles e o reconheceu. Oleg retribuiu o olhar assustado. Não se viam desde 1964. Dimitri tentou se aproximar do colega, que se encontrava na mesma situação que ele: como um fugitivo da União Soviética. Tentou avançar em sua direção, mas foi rigidamente interrompido por um dos capangas que o seguravam. Oleg se sentou, mas mantendo o olhar fixo no camarada, enquanto Dimitri era arrastado para outro veículo.

Nikolai subia na cabine da carreta com a ajuda de um de seus homens. Outros nove homens se dividiam nos outros veículos. Dimitri foi levado para o mesmo caminhão que Nikolai e algemado ao banco traseiro. As portas se fecharam. O comboio estava pronto para partir. Dimitri olhou para trás, observando a casa se distanciar aos poucos. No último veículo, viu um homem subindo na carroceria, ainda em movimento, era uma figura conhecida. O vento forte movimentava suas roupas de forma fantasmagórica, mas, dessa vez, sem a distorção do calor. Bernardo estava próximo; Dimitri virou-se para a frente, com um certo alívio, mas ainda temendo por sua vida. Bernardo cobriu o rosto.

Após alcançar a estrada principal, a poeira diminuiu. Os homens, distribuídos entre os três veículos do comboio, tomaram posição de defesa. Estavam todos armados com metralhadoras e rifles. Pareciam estar transportando um tesouro. Todos estavam extremamente atentos a tudo o que acontecia.

Carol estava no veículo do meio, completamente vazio. Esperavam voltar para a vila com nove pessoas a menos, mas com toneladas de mantimentos a mais. Os prisioneiros valiam muito, e apenas Dimitri valia mais que todos juntos.

Aquela venda de prisioneiros, liderada por Nikolai e seus simpatizantes, mudaria a história da vila. O arrecadado seria o suficiente para manter seu povo estável por alguns anos. Mas teriam que contar com a boa vontade soviética de fazer uma troca justa.

A Cidadela Soviete já não estava mais tão longe, mas também não estava perto. Teriam um longo caminho a percorrer naquela baixa velocidade, pois os motores dos veículos não conseguiam mais realizar suas funções com perfeição. O tempo castigou não só os homens, mas também as suas máquinas. A viagem demoraria e cada segundo que passava gerava mais ansiedade em Dimitri. A qualquer momento, Bernardo poderia agir e, quando agisse, o soviete deveria estar pronto para a fuga ou qualquer que fosse o plano do companheiro.

CAPÍTULO 10

De tempos em tempos, pequenos abalos indicavam as explosões na superfície de Domodedovo e arredores. Dimitri passava o tempo observando a oscilação das lâmpadas que iluminavam seu quarto. Por vezes, a poeira escapava das juntas e gretas do concreto que revestia o teto do *bunker*. Apoiava a mão esquerda sobre o quadril, onde as balas estavam escondidas. Passava os dias de confinamento quase que exclusivamente olhando para o teto e imaginando o inferno acima de si. Não sabia quando seu carrasco iria buscá-lo, mas era certo que o momento chegaria.

Após quatro dias de confinamento, em seu horário de almoço, Dimitri recebeu uma lata de feijão e uma colher de metal, com um cabo ligeiramente pontiagudo. Assim que o guarda deixou o quarto, um sorriso brotou no rosto do russo. Fitava a extremidade fina do talher como se tivesse descoberto a roda.

Não almoçou o feijão. Precisava da lata pesada. Escondeu sua refeição debaixo da cama, junto à colher, e aguardou o momento certo para seu plano, que não estava longe de se concretizar. Voltou a deitar-se, na expectativa de uma brecha para a fuga.

Não muito tempo depois, um abalo extremamente intenso pôs Dimitri de pé. A porta de seu cativeiro, sempre aberta, permitia ver os demais militares correrem em direção à escadaria que levava para o salão principal. O corredor diante de si, repleto de quartos, ficou completamente vazio, exceto pela presença do homem que o vigiava. Dimitri inclinou-se para verificar a situação. Aparentemente um ataque em Moscou provocou o alvoroço. Sons de jatos ao longe ocuparam os ouvidos de Dimitri. Seu coração acelerou. Levantou-se da cama e foi até a porta. O guarda segurou firmemente o rifle que estava pendurado em si.

– Sabe o que está acontecendo, soldado? – perguntou Dimitri.

O homem hesitou, mas respondeu.

– Uma explosão nuclear – disse com voz trêmula.

– Onde?

– No Kremlin.[3]

Dimitri empalideceu.

– Você sabe qual foi a potência?

– Foi uma Castle Bravo*. Agora volte para seu quarto, comandante.

Dimitri deu as costas para o homem e fitou sua cama. Calculava mentalmente qual seria o raio da explosão. A Castle Bravo testada em 1954 era de 15 megatons. Os danos graves da explosão não passariam de 35 quilômetros. Domodedovo estava a salvo, assim como seu aeroporto. Porém, até 950 quilômetros a noroeste da cidade sofreria com a precipitação radioativa. O inferno anunciava o início de sua era.

Após refletir sobre o prelúdio do caos, olhou para a cama que ocultava uma lata de feijão e uma colher. Pegou as duas e dispôs sobre o leito. Seria o momento perfeito. A maioria dos que estavam em Domodedovo haviam partido para o Egito, no caso dos mais velhos, ou para a batalha. As barreiras para a

---

* *Castle Bravo* foi a maior bomba termonuclear já detonada pelos Estados Unidos. [N.A.]

fuga eram mínimas. Tirou uma das balas escondidas, a observou e olhou para a porta.

Num movimento súbito, avançou para a porta, olhou profundamente nos olhos do guarda e a fechou. O homem sacou o rifle e caminhou rapidamente em direção ao quarto de Dimitri, enquanto berrava:

– Comandante Kuleshov! Abra a porta! O general Volkov ordenou que ela esteja sempre aberta! Comandante Kuleshov! É uma ordem!

Dimitri olhou pela fechadura antiga o soldado se aproximar a passos largos. Rapidamente, colocou a bala no buraco da fechadura e posicionou a parte pontiaguda da colher no escorvador. Com a outra mão, segurava a lata de feijão e, com um dos ombros, pressionava o corpo contra a porta, para impedir que o soldado a abrisse.

O guarda girou a maçaneta, mas sem sucesso. Prosseguia gritando palavras de ordem. Tentava abrir a porta de toda a forma. Assim que percebeu que o homem forçaria a abertura colocando seu corpo contra a porta, Dimitri golpeou fortemente a colher com a lata, acionando a espoleta da bala.

O tiro ecoou pelo corredor vazio, assim como o urro de dor do guarda. A bala atravessou lateralmente seu abdome. Dimitri abriu a porta e, com movimentos ágeis, nocauteou o soldado ferido. Pegou o rifle e munição. Puxou o corpo inconsciente para dentro de seu cativeiro e o colocou na cama. Ao sair, limpou as manchas de sangue e deixou a porta entreaberta. Cruzou o corredor correndo. Foi até um dos armários de trajes especiais e vestiu um traje antirradiação, que impedia que inalasse ou entrasse em contato com partículas suspensas no ar devido à explosão.

Cautelosamente, caminhou até o salão por onde havia entrado. Estava praticamente deserto. Assim como sua antiga base, papéis com dados e documentos forravam o chão. Os poucos que restavam lá se concentravam nas informações de suas responsabilidades. Cruzou a sala até a porta sem ser notado por ninguém. Até que, ao virar-se para trás, seus olhos se chocaram com o desespero de Oleg, que o fitava pálido. Dimitri também empalideceu. Seu plano iria por água abaixo.

Por alguns instantes, os dois se olharam. Oleg olhou à sua volta e retornou a fitar Dimitri, que suplicou seu silêncio balançando a cabeça negativamente. Oleg suspirou e assentiu. Dimitri deixou a sala rapidamente e começou a subir as escadas para fora do *bunker*. Oleg também deixou a sala. Seguiu para seu quarto, pegando o máximo de utensílios que podia, inclusive um traje semelhante ao de Dimitri.

Oleg correu pela sala principal em direção à saída. Mais explosões rugiam do lado de fora do *bunker*, mas não eram nucleares. Um ataque aéreo passou por Domodedovo. Quando ele saiu, percebeu que o calor era extremo. As poucas horas da explosão não foram suficientes para dissipar a irradiação de calor do epicentro. O rosto de Oleg ficou instantaneamente vermelho. Ergueu os olhos, vendo aeronaves sendo abatidas no céu e olhou ao seu redor. Não conseguia ver nada além de fumaça e escombros, não via Dimitri, mas apenas vislumbrava o inferno corado de vermelho à sua volta.

Um jipe se aproximava. Seus olhos se arregalaram com a esperança de ser seu camarada e antigo comandante. O veículo parou e dele desceu um outro oficial. O leve sorriso de Oleg se desfez.

– Atacaram Leningrado. Khrushchov acabou de autorizar Ivan em Washington.

A feição sádica do oficial que anunciava contente o acionamento do protocolo da Tsar Bomba* fez Oleg estremecer. Não sabia mais o destino que deveria tomar. O mundo estava, de fato, condenado ao seu fim. Segurava sua mochila cheia de suprimentos. Não sabia para onde ir ou como ir. A condenação da Terra era quase inevitável. Não havia mais lugares de paz. Ouviu um grito atrás de si.

– Tenente?

Sem olhar para trás, Oleg começou a caminhar. Seu passo acelerava gradativamente. Seu destino final ainda era incerto, mas tinha decidido o que faria. Corria em direção ao jipe, ouvindo os gritos de um soldado o chamando. Seu caminho já era irreversível: era um desertor em plena guerra. Tomou a estrada em direção ao aeroporto de Domodedovo.

---

* Tsar Bomba é o nome dado à bomba RDS-220, a mais potente arma nuclear já detonada. Desenvolvida pela União Soviética, a bomba de 58 megatons levava o nome-código de "Ivan" dado pelos seus desenvolvedores. A bomba foi testada em 30 de outubro de 1961. Teve uma redução de 100 megatons do seu desenho original para minimizar a escala de destruição. [N.A.]

CAPÍTULO 11

O sol infernal aquecia a cabine do veículo. Dimitri observava o horizonte infinito tremulando ao longe. Não conseguia definir um foco para seus pensamentos. Ora pensava no possível plano de fuga de Bernardo, ora relembrava a feição sofrida de Oleg. O olhar que demonstrava a falta de rumo do soldado soviete se mistura com o mesmo olhar de 1964, quando fugia do *bunker* de Domodedovo. Se ele estava ali, naquele transporte quase pecuário para a cidade de domínio comunista, significava que ele fugira após aquele encontro. Era um traidor e possível conspirador. Haviam cortado seus cabelos para ser mais facilmente identificado.

A noite se aproximava. O sol, que insistia em aquecer a terra devastada, caía ao longe. O império da escuridão iniciava seu domínio. Como as diligências que desbravavam os Estados Unidos na corrida para o oeste, os caminhões se posicionaram em círculo, protegendo aqueles homens da poeira violenta. Acenderam uma fogueira ainda no crepúsculo, para assarem a comida que tinham. Algumas batatas e carne de origem incerta. Um dos homens se aproximou de Dimitri, sentado no chão próximo a um dos veículos, com uma navalha. Nikolai o segurou pelo braço.

– O que pensa que está fazendo? – disse o líder.

– Vamos deixá-lo como a foto do panfleto. Assim a Cidadela não terá dúvidas de que ele é Kuleshov.

– Não só a Cidadela, mas qualquer um que passar por nós. Ele deverá ir disfarçado, assim como está. Faremos isso dentro da Cidadela, diante do Generalíssimo da Cidadela Soviete.

– Só há um Generalíssimo Soviete – o homem disse com ódio, entre os dentes.

Nikolai se aproximou do rosto do homem de forma extremamente ameaçadora. A movimentação atraiu os olhares dos demais, que se aproximaram em apoio ao líder.

– Não está aqui para defender suas santificações de Stalin.[4] O título foi passado adiante. O homem fundou a maldita cidade e é esse o título que ele escolheu. É melhor que mude sua postura, senão vai fazer companhia aos traidores.

Os dois se olharam, guerreando com suas feições sérias e intimidadoras. Nikolai soltou o braço de seu subordinado, que o abandonou e seguiu para um dos veículos. Então olhou brevemente para Dimitri, sentado no chão. Em seguida, voltou-se para os demais homens.

– E que fique bem claro. Caso não respeitem a patente do Generalíssimo ou mencionem Stalin dentro da Cidadela, considerem-se mortos. Ou pela justiça soviete ou por mim. Nunca ofendam o comprador. A vida dele não depende da mercadoria, mas a nossa sim.

Nikolai deixou o local, entrando em seu veículo. A atenção em Dimitri se dispersou em instantes. Voltou a mascar os gafanhotos que tinha. Carol se aproximou dele. Puxou uma corrente que estava no chão e verificou que estava atada ao pé do soviete e ao caminhão. Olhou para o prisioneiro e se virou. Dimitri se manifestou discretamente.

– Sei que é americana. Ou ao menos é da Cidadela Capital.

Carol interrompeu sua caminhada. Voltou-se para Dimitri.

– E qual o problema nisso?

– Não há problema nenhum. Mas talvez tenha de deixar seu sotaque ecoar pela Cidadela Soviete.

Ela riu. Olhou para a direção de Nikolai.

– Não preciso falar nada com meu sotaque. Tenho quem fale por mim.

– Seu rosto não é nada eslavo, minha cara. Se os sovietes continuaram desconfiados como sempre foram, vão questionar suas origens.

Carol fitou Dimitri com uma feição séria. Estava claramente preocupada com o futuro.

– Posso ser uma dissidente da Capital.

– Não – Dimitri riu. – Não pode.

Ela sabia que os sovietes não aceitariam a presença de uma pessoa vinda da Capital, sendo ela aliada ou não à causa comunista. A regra era bem rígida dentro das duas cidades-polo. A espionagem era muito mais perigosa e provável do que a dupla espionagem. Não arriscariam. Carol acreditava que sua estratégia de mudez seria suficiente para a situação, mas claramente não era. Ela se portava e tinha traços físicos que não condiziam com seu personagem.

– Qual é o seu propósito na Cidadela? – disse Dimitri, interrompendo os pensamentos de Carol.

– Vender traidores.

– Não. Minha pergunta é sobre seu real propósito na Cidadela.

Ela ficou muda. Fitava o russo com ódio. Dimitri prosseguiu.

– Seu treinamento não foi suficiente para sua missão. Eu aconselho voltar para a Capital e rever suas estratégias e as estratégias do seu governo.

– Não sei do que está falando.

– Fique tranquila, minha jovem. Não é do meu interesse espalhar seu segredo. Afinal de contas, está tentando destruir o povo que me quer morto. Acalme-se, por enquanto.

A última palavra fez Carol empalidecer. A moeda de suborno estava bem clara ali. Dimitri continuou.

– Digo por enquanto, pois meu perigo atual é a Cidadela Soviete. Mas a sua Capital quer minha morte tanto quanto meus camaradas. Assim que você passar a ser uma ameaça para mim, eu serei uma ameaça para você.

Carol se afastou dali a passos largos. Saiu do círculo de veículos e parou diante da distante imagem da estrada principal, parcialmente encoberta pela tempestade de poeira. Fitava o nada, meditando, até que uma mão segurou com força seu braço. Ela se virou em direção ao agressor e percebeu que não era algum conhecido do acampamento. Antes mesmo de pedir socorro, o homem tampou sua boca com certa violência.

A americana estava razoavelmente afastada do acampamento, portanto não seria vista por ninguém. Tentou se desvencilhar do agressor, mas ele era mais forte. Dimitri estava certo. Seu treinamento foi muito superficial. O homem a abraçou com força, imobilizando-a por completo. Tirou a mão da sua boca e, com um movimento rápido, antes mesmo de Carol pensar em gritar por socorro, encostou a lâmina fria de uma faca na garganta da mulher.

– Shhh – disse o homem. – Não quero te matar, minha cara. Mas, se gritar, a areia desse inferno vai provar seu sangue.

A voz ríspida e rouca entrou pelos ouvidos da mulher, congelando-a imediatamente. Não estava disposta a arriscar sua vida. O homem começou a se afastar do acampamento, levando consigo a refém em meio ao breu do deserto africano.

CAPÍTULO 12

A alguns metros do acampamento de Nikolai, Carol respirava de forma mais calma. A faca que o homem segurava já não estava mais pressionada contra o seu pescoço. Ele voltou a sussurrar em seu ouvido, sendo o mais discreto possível.

– Sei que você é uma espiã da Cidadela Capital – disse Bernardo.

Carol manteve-se calada e séria. Bernardo continuou.

– Se você quer manter seu disfarce, é melhor colaborar comigo.

– O que você quer?

– Quero seguir viagem com vocês. Mas sem ser notado. Assim como você, eu pretendo entrar na Cidadela Soviete. E eu pretendo fazer isso da forma mais discreta possível.

– Não posso garantir sua segurança no comboio de Nikolai.

– Terá que garantir de alguma forma. Sua permanência aqui também depende disso.

A americana parou alguns segundos para refletir. A solução já estava evidente em sua cabeça, mas o problema seria explicar o plano para seu raptor. Ela olhou para o caminhão dos prisioneiros.

– Se você quer realmente entrar na Cidadela, terá que entrar como mercadoria.

Para a surpresa de Carol, Bernardo aceitou sem titubear. Apesar de ter presenciado as torturas psicológicas e físicas que aquele comboio sofria, seus interesses eram maiores, o que fez Carol questionar os motivos daquele homem.

Ainda naquela noite, enquanto todos dormiam, Carol fugiu do campo de visão do único vigia e foi até o local afastado onde Bernardo se encontrava. Levava consigo uma navalha. Caracterizou o homem como um prisioneiro, raspando sua barba e cabelos. A limpeza trouxe à tona as marcas mais profundas de sua face, ocultadas até então. Enquanto Carol terminava de limpar Bernardo, ela observava o rosto sofrido do homem. Cicatrizes próximas à boca e no queixo haviam sido claramente provocadas por armas brancas. A trajetória de Bernardo estava estampada em sua face.

Com muita cautela, Carol abriu o compartimento de carga dos prisioneiros, permitindo que Bernardo entrasse em sigilo. Os sovietes desertores olhavam desconfiados e confusos. O novo prisioneiro não era soviético, era muito jovem para ter participado da guerra. Era um objeto estranho em meio àquele museu vivo. Sentou-se no fundo, como se precisasse se esconder da entrada. Muitos criaram falsas esperanças de que seria o início de uma manobra de resgate. Carol fechou a porta, imergindo a prisão no breu total. A claustrofobia não era um problema para Bernardo, mas aquele ambiente era terrivelmente semelhante ao de um caminhão de gás para extermínio de judeus. Aquela sensação gerava um profundo desconforto, mas ele tentava abstrair.

O veículo começou a se movimentar. Após alguns minutos chacoalhando, ganhou a estabilidade da estrada principal. Plana e parcialmente coberta de areia, a estrada era limpa pela manhã graças à corrente de ar que percorria toda sua extensão, mas bancos de areia eram comuns em certos trechos. Bernardo tentava procurar uma fresta que lhe permitisse ver o lado externo de seu cárcere. Após vasculhar o local, colocou seu rosto contra a lataria do caminhão, aproximando o olho de um dos únicos fachos de luz que ali entrava. Podia ver parte da estrada.

Os demais sovietes o observavam. A inquietação do novo prisioneiro gerava ainda mais estranheza. O veículo chacoalhou. Subitamente, Bernardo afastou o rosto da fresta e olhou com preocupação para o lado oposto. Procurava outra falha na lataria que permitisse uma maior amplitude de visão. Correu até outro ponto.

– Estamos saindo da estrada – disse para todos ouvirem.

– Bancos de areia. São muito comuns, caso não saiba – falou um dos homens.

– Mas por que não diminuíram a velocidade? – retrucou Oleg, num dos cantos.

– Exatamente... – concordou Bernardo.

A inquietação de Bernardo logo se espalhou para os demais prisioneiros. O veículo acelerou levemente antes do tranco da mudança de superfície. Estavam paralelos à estrada principal.

– Estamos sendo seguidos? – questionou outro prisioneiro.

Bernardo avançou até a porta da carroceria, puxou uma faca e cravou na lataria com uma força incrível. Uma pequena abertura se formou. Não havia ninguém atrás deles... Algo, então, acontecia no próprio comboio. Ele se manteve mudo, enquanto pensava. Os prisioneiros sovietes procuravam outras frestas para tentar descobrir o que se passava. Não tinham muita mobilidade, já que estavam acorrentados. Ninguém era visto na estrada além do comboio.

Uma sombra se projetou dentro do caminhão. Estavam ultrapassando algo. Oleg, que estava bem próximo a uma das aberturas da parede de metal, olhou para fora. Pela terceira vez desde 1964 viu Dimitri. Ele estava amarrado no banco traseiro da cabine de um dos veículos.

– Estamos ultrapassando o veículo de Dimitri – disse Oleg.

Seu campo de visão foi percorrendo o veículo até a janela do motorista. O homem apontava uma submetralhadora M3 para a cabine do caminhão que os levava. Oleg voltou-se para Bernardo rapidamente.

– Estão se preparando para atirar.

Bernardo encarou Oleg.

– Não estamos sendo seguidos. Estamos fugindo – Oleg continuou.

O caminhão chacoalhava ainda mais. Continuava acelerando fora da estrada. Todos os prisioneiros se seguravam à lataria com força, para, caso capotassem, terem alguma chance de vida. Bernardo abaixou-se na altura da trava da porta do compartimento e começou a golpeá-la com sua faca. O som metálico era abafado pela turbulência por que o veículo passava. A tranca estava quase cedendo quando o som intenso de dois tiros se espalhou pelo local. Bernardo e todos os outros se lançaram no chão para se protegerem do tiroteio. O veículo diminuiu a velocidade, mas não parou. Todos continuavam abaixados. Escutaram, então, mais tiros.

Bernardo, ainda abaixado, prosseguiu tentando arrombar a porta. Já conseguia ver a trava se desfazendo quando foi arremessado para longe, junto aos outros prisioneiros. O caminhão havia se chocado intensamente com algo. A inércia não lhe foi favorável. Sua faca foi arremessada para longe de si com seu impacto na parede. O caminhão finalmente parou.

CAPÍTULO 13

Dimitri estava abaixado no banco traseiro de seu veículo. Todos o protegiam, já que ele valeria mais vivo do que morto. Um dos carros do pequeno comboio de Nikolai havia entrado na frente do caminhão em fuga e freado bruscamente, obrigando o outro a parar. Dimitri ergueu a cabeça e observou o lado de fora. A poeira tomava a estrada, mas o vento já tratava de limpar a visão. Quatro homens desceram armados e foram em direção ao caminhão fugitivo. Carol também acompanhou o grupo. Eles berravam.

Bernardo, recuperando-se do impacto, escutava a confusão do lado de fora. Voltou a tentar arrombar a porta, mas com mais cautela, tentando fazer o mínimo de barulho. Mais um tiro, seguido de um silêncio profundo. Apenas o vento ousava sussurrar algo. Os prisioneiros se levantavam lentamente e se olhavam confusos. Assim como Bernardo, ninguém sabia o que acontecia. A única voz que tomou o silêncio foi a de Nikolai. Todos foram capazes de ouvir as claras palavras do líder.

– Alguém mais pensa em trair minha confiança?

O silêncio persistiu entre a plateia. Dimitri observava o corpo ensanguentado no chão diante de Nikolai. Um dos homens que estava no carro que bloqueou a fuga se aproximou do líder.

– Talvez Carol queira dizer algo... – disse o homem, fitando a mulher.

Ela manteve a postura séria, mas lançando um olhar de fúria para aquele homem.

– O que ela tem a dizer? – questionou Nikolai.

– Não percebe? Ela quer apenas entrar na Cidadela. Ela que o convenceu de que aquele homem era Dimitri Kuleshov. Quem garante que ela está certa? Se o júri soviético descobrir que tentamos vender um falso Dimitri, estamos mortos. Todos nós.

– Não tenho nada com isso – retrucou Carol. – O homem respondeu corretamente a todas as perguntas. É a prova de que ele é a pessoa certa.

– Nikolai, você não se lembra? No dia da negociação, Claude disse algo para aquele homem antes de ele responder. Talvez ele lhe tenha dito a resposta.

– Aquela pergunta era muito específica. Poucos sabem a resposta certa – disse Carol.

– Mas o que impede de Claude ser uma dessas poucas pessoas?

– Onde quer chegar com isso? – Nikolai interferiu.

Uma pequena pausa no diálogo. Todos olhavam para Carol.

– Digo que matemos esse falso Dimitri Kuleshov. Não podemos correr riscos.

– Dane-se esse disfarce! – disse outro. – Vamos cortar a barba e o cabelo e ver se ele é realmente quem diz ser.

– Se deixarmos ele à mostra, todos vão saber quem ele é – disse Carol. – Nosso percurso será muito mais difícil e mais perigoso.

A discussão prosseguia. Enquanto uns acusavam Carol, outros tentavam defender seu ponto de vista. Outros homens chegaram ao local, inclusive os que vigiavam Dimitri. O russo ficou sozinho. Enquanto a confusão entre seus raptores aumentava, Dimitri tentou pegar algo para abrir as algemas que o prendiam ao veículo.

Bernardo tentava escutar o que se passava, mas a conversa havia se tornado uma algazarra. Todos berravam suas opiniões. Subitamente, mais tiros silenciaram o grupo. Porém, não partiam da arma de Nikolai, vinham de trás. Bernardo se levantou e olhou pelo pequeno buraco que havia feito. Três caminhonetes se aproximavam em alta velocidade e atiravam contra o grupo de Nikolai. Um dos veículos era familiar: a caminhonete de Claude. Outro tiro acertou um dos homens de Nikolai na cabeça.

– Estão nos atacando – disse Bernardo, voltando à trava da porta e golpeando com vigor.

Os inimigos chegaram metralhando todos que viam. Carol disparou em direção ao seu veículo junto a Nikolai. O caminhão em que Bernardo estava confinado arrancou. Ele voltou a golpear a trava da carroceria. O veículo acelerava. Bernardo já não sabia se os demais membros do comboio ainda estavam vivos, seu foco era direcionado completamente para sua sobrevivência. Mais tiros alvejaram o caminhão, acertando um dos prisioneiros. Bernardo prosseguia golpeando a porta.

O metal da tranca se estilhaçou num último golpe intenso. A luz da fresta lateral desapareceu. Todos sabiam o que se seguia. O impacto lateral foi brusco demais para que o motorista pudesse retomar o controle do caminhão. O veículo saiu da estrada principal e seguiu em direção a uma área de savana mais densa. Mesmo mortas, as árvores formavam uma vegetação quase que impenetrável.

A gravidade desapareceu, tudo dentro do caminhão de prisioneiros ficou em suspensão. Uma duna fez com que o veículo capotasse. A rotação daquele ambiente só cessou quando uma árvore seca impediu seu prosseguimento. Tudo congelou. Apenas Bernardo se erguia em meio aos corpos dos acidentados. Ele engatinhou em direção à porta que havia arrombado, pegou sua faca e ficou à espreita. O som de uma moto injetou adrenalina em seu sangue. Os passos na areia contornavam o caminhão. Verificavam o paradeiro trágico do motorista. O copiloto ainda suspirava, mas recebeu o golpe de misericórdia do motoqueiro. Os passos seguiram em direção à carga viva. Assim que a porta do compartimento foi aberta, Bernardo atacou o homem como um animal. O esfaqueou com intensidade e precisão.

A poeira à sua volta não permitia uma boa visão daquele campo de batalha. Pegou a pistola do motoqueiro e manteve-se em posição de ataque. O vento dispersou parte da poeira, revelando outra caminhonete se aproximando. Pareciam ser os capangas de Claude. Bernardo correu para a savana seca e se escondeu em meio aos troncos escuros queimados, ouvindo sons de tiros ao fundo.

Bernardo suspirou e ergueu a arma com uma das mãos e a faca baixa na outra mão. Controlava sua respiração perfeitamente. O ritmo ofegante e ruidoso deu lugar à respiração calma e silenciosa.

O veículo que se aproximava parou. Uma pessoa desceu dele. O som dos passos na areia indicava um corpo menor que o seu. Era capaz de derrotar o inimigo sem desperdiçar balas ou chamar a atenção. Os passos tomavam o local. A ameaça parecia verificar o resultado do acidente. Bernardo segurou a faca com mais força. Lembrara que os corpos esfaqueados ainda estavam expostos. Saberiam que ele estava ali, vivo e pronto para atacar.

Os passos cessaram. Bernardo mantinha-se focado nos ruídos à sua volta. O som de tiros tornou-se mais distante. Estava sozinho com a ameaça e, talvez, mais um comparsa no banco do passageiro da caminhonete. A areia voltou a fazer ruído sob os pés daquele que se aproximava da savana seca. Um único tiro, de um rifle, arrancou uma grande lasca da árvore que Bernardo usava como esconderijo. Ele se encolheu. Atrás de si, ouviu um gemido de dor. A voz mais aguda o fez olhar entre os arbustos.

Carol, segurando o ombro esquerdo, caía de joelhos e se encolhia buscando proteção. Ao longe, uma silhueta voltava a apontar o rifle para a direção de Bernardo. Ele tentou erguer a arma e mirar no *sniper*, mas a distância impedia um tiro certeiro. Mais um tiro foi disparado em sua direção.

Bernardo se jogou no chão. A figura começou a se aproximar. Era um dos homens de Claude. Após alguns metros caminhando ainda com o rifle apontado para a savana seca, o homem abaixou a arma e foi em direção ao veículo que Carol havia roubado. Olhou para dentro dele e deu uma coronhada em alguém que estava no banco do passageiro. Voltou a caminhar em direção à Carol, que, segurando o ombro, contorcia-se no chão.

Ele parou diante da mulher e apontou o rifle para o rosto da americana. Outro tiro. Dessa vez, não foi um rifle. Bernardo se ergueu do chão rapidamente e avançou no *sniper* ferido. Assim como os outros dois homens que matou, esfaqueou-o silenciosamente. Olhou para Carol e exigiu seu silêncio. Ela ainda tentava se recuperar do tiro. Seu descuido ecoava em sua cabeça na voz de Dimitri: *Seu treinamento não foi o suficiente.*

Bernardo correu agachado em direção à caminhonete. Parou diante da porta, e sacou a pistola. Abriu a porta rapidamente e apontou para o indivíduo desacordado dentro do veículo. Ele abaixou a arma e arrastou Dimitri para fora da caminhonete, levando-o para dentro da savana morta.

A americana observava os dois homens se afastarem e desaparecerem em meio aos troncos negros. Dimitri abria os olhos com dificuldade, mas foi capaz de ver a expressão de dor no semblante de Carol. Ela sentia não só a dor do ferimento causado pelo rifle, mas pela dura realidade antes escancarada por Dimitri. Fora deixada ali para morrer, enquanto os dois homens se distanciavam. Ela já não tinha mais foco, havia perdido a crença em si mesma. Não seria capaz de realizar a missão que lhe foi negada sucessivamente por seus antigos superiores na Cidadela Capital.

Ela voltou a olhar para o lado oposto da savana. A estrada principal ainda estava deserta exceto por um único caminhão que se aproximava. Não reconhecia aquele veículo. A distância e as ondas de calor que irradiavam do chão impediam que ela enxergasse com perfeição. Forçou seus olhos para identificá-lo. Algo estava amarrado no capô do veículo. Seus olhos se arregalaram – era a cabeça decepada de Nikolai.

CAPÍTULO 4

As árvores secas faziam sombras no chão árido. Dimitri era carregado no ombro por Bernardo, sua cabeça pendulava. Acordava de seu desmaio vagarosamente.

Já era quase noite. O crepúsculo se adiava, mas já estava quase em seu clímax. O céu sem nuvens enfatizava o eterno verão daquele local. O solo já não era tão arenoso quanto o que cercava a estrada principal. Era mais rígido, petrificado, porém igualmente seco.

Bernardo colocou Dimitri no chão com cuidado. A idade avançada somada às condições daqueles tempos agressivos o tornava um ser frágil externamente, apesar do psicológico tão sólido e seco quanto aquela terra que pisavam. Para se proteger e proteger o velho soviete, Bernardo quebrou facilmente pedaços de árvores para criar paredes improvisadas. O vento intenso da noite era recheado de perigos e detritos perfurocortantes.

A madeira seca daquela savana facilitou a construção da fogueira para manter os dois aquecidos durante o período noturno. O fogo tremulava com as rajadas de vento, que escapavam pelas frestas da construção improvisada. O rosto de Dimitri ainda tinha manchas de sangue secas na pele, próximas ao nariz. Um hematoma havia se formado devido à coronhada que recebera mais cedo.

Seus olhos entreabertos localizaram o amigo. Não fazia ideia de como ele o havia encontrado. A última vez que viu aquele rosto marcado por cicatrizes foi na carroceria da caminhonete de Claude, antes de ser vendido a Nikolai. Estava confuso.

Bernardo estava escorado em um tronco seco. Observava o fogo, pensativo. A lua iluminava a savana seca, tingindo-a de azul. O silêncio era apenas de palavras, já que o vento ocupava o espaço sonoro vazio. Nuvens esparsas cobriam a luz noturna parcialmente. Um leve ruído atrás de Dimitri pôs Bernardo em estado de alerta.

Lentamente, o homem levou a mão à cintura, onde guardava a pistola que havia furtado. O rifle estava mais próximo de Dimitri, que se manteve estático ao notar a tensão de Bernardo. O som de gravetos quebrando se aproximou. Poderia ser um animal ou um ser humano, o mais bestial dos seres sobreviventes da catástrofe. Nada levava a crer que aquele som seria de um pobre animal, pois aproximava-se com cautela.

Mantendo-se na mesma posição, Bernardo sacou a arma e apontou para a direção do som num movimento delicado. A ameaça se aproximava ainda mais. Sua sombra se tornava mais clara à medida que as nuvens davam lugar à luz da lua. Era, de fato, um ser humano. Bernardo puxou o cão da pistola e repousou o dedo sobre o gatilho. Com a sombra na mira, acompanhou o caminhar desta até a entrada improvisada do abrigo. Dimitri acompanhava os movimentos de Bernardo apenas com os olhos.

A feição concentrada de Bernardo se aliviou, mas não o fez baixar a guarda. Carol surgia curvada, ainda sangrando pelo ombro esquerdo. Havia feito uma atadura simples para tentar estancar o sangramento, mas foi em vão, suas roupas estavam encharcadas de sangue. Caminhou em direção a Bernardo, que ainda mantinha a pistola apontada para a mulher.

– Não precisa disso – disse Carol, sentando-se no chão, perto do fogo.

Bernardo se manteve calado, ainda em posição de ataque.

– Claude matou Nikolai. Estão à procura de Dimitri, ou quem quer que ele seja. – Indicou Dimitri com os olhos.

– Por que acha que vamos te dar abrigo? – indagou Bernardo.

– Não sei se vão me dar abrigo. Mas tenho certeza que lá fora vou morrer, no mínimo, de hipotermia. Preferi arriscar uma morte rápida – apontou para a arma de Bernardo – para evitar uma morte mais sofrida. Se quer me matar, puxe o gatilho. Não vou sair de perto do fogo até o sol nascer.

Carol tirou, com muito cuidado, a atadura, feita com pedaços de sua roupa. Ela já ignorava a arma nas mãos de Bernardo apontada para sua cabeça. O sangue ainda escorria, mas com menos intensidade que antes. Pegou um pedaço de madeira que estava no fogo e pressionou a brasa no ferimento. Sua mandíbula travava, pressionando seus molares fortemente, segurando o urro de dor que se debatia em sua garganta.

Bernardo ainda manteve a pistola apontada para Carol por alguns minutos. Seu nível de atenção ainda estava elevado quando abaixou a arma. Ela olhou para Dimitri deitado, que retribuiu o olhar fitando-a com desconfiança e seriedade.

– Como conhece Petr Volkov? É uma informação muito específica – Carol questionou Dimitri, voltando a olhar para seu ferimento.

– Foi ele quem me levou até o bunker de Domodedovo. Mas, antes disso, meu pai havia feito amizade com ele durante a guerra.

Carol parou de enfaixar seu braço e olhou profundamente nos olhos do soviete. Bernardo voltou a apontar a arma para ela. Dimitri manteve seu semblante sério.

– Qual é seu preço? – disse Carol, voltando-se para Bernardo.

Recebeu o silêncio como resposta.

– Por quanto vai vendê-lo? – prosseguiu.

– Dimitri não está à venda.

Carol riu.

– Sim. Ele está. – Voltou aos cuidados com seu ombro.

Mais uma vez, o silêncio tomou o ambiente.

– Queira ou não, Dimitri vale muito – continuou –, visto que Claude matou praticamente todos os demais prisioneiros, não há nenhuma cabeça com o valor levemente próximo ao do senhor Kuleshov.

Bernardo olhou para Dimitri.

– Qualquer um que tenha o mínimo de raciocínio iria vendê-lo – Carol continuou. – Você tem um bilhete de loteria premiado nas mãos. Tudo o que tem a fazer é ir até o banco, pegar sua fortuna e torcer para que não roubem esse bilhete no caminho até lá. Agora saiba que, quanto mais perto do banco, mais perigoso é.

Dimitri notou o olhar de Bernardo. O soviete sentia ainda mais a desconfiança que havia surgido no primeiro dia que encontrara Bernardo. Carol voltou a fitar Bernardo.

– Todos sabem a lógica do bilhete de loteria. Todos sabem que o ganhador vai para o banco receber seu prêmio. E nós sabemos muito bem que aqui fora não há polícia para proteger o ganhador nesse percurso. Ou você passa despercebido pela porta do banco, ou perde seu bilhete para outro – Carol falou.

– O que quer com isso? – Dimitri indagou, atraindo o olhar dela.

– Eu posso ajudar o ganhador a entrar no banco com o bilhete intacto. – Virou-se para Bernardo. – A partir daí, o ganhador prossegue para o caixa sem perigo.

– E presumo que você vai querer sua parte na recompensa – Bernardo interferiu.

Carol olhou rapidamente para Dimitri com um leve sorriso, como se apontasse o real interesse de Bernardo para com o soviete. Em seguida, voltou-se para o outro homem, que abaixava a arma novamente.

– Pouco me importa o prêmio da loteria. Meu interesse é destruir o banco.

CAPÍTULO 15

O alimento, que já era escasso, era racionado ao máximo. O pouco que Carol e Bernardo conseguiram pegar da reserva de Nikolai não duraria por muito tempo. O sol castigava a pele dos andarilhos, que seguiam paralelamente à estrada principal. Um único cantil de água cheio era tudo o que tinham para percorrer o trajeto planejado na noite anterior. À medida que prosseguiam, procuravam vestígios de vida e possíveis fontes de nutrição e hidratação.

Bernardo e a mulher caminhavam ao lado de Dimitri, como guarda-costas. Suas sombras desapareciam sob seus pés à luz do meio-dia. Carol interrompeu a marcha sofrida, olhava para o horizonte. Sacou de um dos seus bolsos uma pequena luneta portátil e percorreu toda a área com os olhos. Com sua feição séria costumeira, Bernardo observava a mulher. Ela guardou a luneta no bolso, enxugou a testa e suspirou.

– Temos dois caminhos e duas escolhas para tomar.

– Dois caminhos? – disse Bernardo.

– Temos o caminho adiante, direto para a Cidadela Soviete, e um a nor-nordeste, passando por algum vilarejo. Primeira opção, decidimos para onde vamos e seguimos. Segunda opção, nos separamos. Vocês ficam e eu procuro um vilarejo próximo, consigo água e comida e volto para cá.

Bernardo sabia que era arriscado deixar que Carol fosse buscar comida e água, mas era a opção mais sensata. Dimitri atrasava os dois. Se seguissem ao norte, não chegariam a lugar algum antes da inanição e desidratação aguda. Se seguissem para um vilarejo à nor-nordeste, tinham mais chances de sobrevivência, porém Dimitri poderia ser identificado por alguém. Qualquer um da idade do soviete chamava a atenção, principalmente um com a postura militar encrustada na memória muscular do velho.

– Ficaremos aqui – disse Bernardo. – Mas não pretendo ficar sob esse sol de meio-dia.

Olhou à sua volta, procurando um abrigo provisório que os protegesse dos raios perfurantes do sol. O calor que descendia do céu sem nenhuma nuvem pesava toneladas nas costas dos viajantes. Ficar por muito tempo debaixo de tal ameaça era suicídio. A alguns metros dali, formações rochosas criavam uma pequena caverna no meio do nada, onde parecia ter sido um oásis em tempos idos de natureza pacata. O trio caminhou até lá e verificou a segurança do local. Nenhum animal peçonhento – ou qualquer outro ser vivo – havia reivindicado aquele oásis distópico.

– Certo – disse Carol –, não demorarei muito. Conheço um povoado pacífico a algumas milhas daqui se não me engano. – Voltou-se para Bernardo: – Não saia daqui, a não ser que haja risco de morte. Posso parecer inexperiente, mas consigo rastrear qualquer um neste inferno.

A mulher fitou os dois em tom de ameaça. Não pretendia perder seu passe livre para o lar do inimigo. Abandonou a caverna e seguiu a passos largos em direção ao nada. Os olhos apertados de Dimitri tentavam acompanhar a trajetória de Carol, mas o sol ofuscava sua visão. A imagem da mulher tremulava no horizonte, por trás das ondas de calor que emanavam do solo árido.

Algumas horas se passaram e Bernardo já se demonstrava impaciente. Carol não tinha motivos para não voltar, mas a sociedade em que estavam tinha motivos para impedi-la. Dimitri estava encolhido no fundo da pouca sombra que as pedras permitiam lhe dar. Seu rosto, bastante corado, descascava com o vento seco. Interrompeu o silêncio com uma pergunta que vinha assombrando-o há dias.

– Desde quando você me vigia? – questionou Dimitri.

– O quê?

– Desde quando?

– Não o vigio.

– Sabia quem eu era, sabia onde me encontrar, *quando* me encontrar...

– Essa paranoia sem motivo...

– Sabia como chegar em minha casa – Dimitri interrompeu. – De noite, na tempestade de areia, você sabia onde procurar os mantimentos, onde eu guardava as armas, como eu escondia o dinheiro...

Bernardo ficou em silêncio, mantendo os olhos no horizonte em busca de Carol. Dimitri continuou.

– Posso ser velho, mas me lembro muito bem que ficou de me falar seu preço para me levar para a Cidadela.

– Isso realmente importa agora? – Bernardo fitou o velho.

Dimitri respondeu o olhar com outro ameaçador. Seus trejeitos duros de militar enfatizavam o caráter interrogatório da conversa. Bernardo prosseguiu com certa indignação.

– Estamos no meio do deserto africano. Não temos água. Não temos comida. Mal temos abrigo. Não temos armas. Se quer realmente saber o meu preço, pense em como vamos sobreviver a isso. *Se* sobrevivermos.

A conversa hostil foi bruscamente interrompida quando sons vindo da estrada injetaram adrenalina no corpo de Dimitri. Bernardo correu para a caverna e se apertou junto ao soviete. Sabia que sua postura de cão de guarda não seria a ideal naquela conjuntura.

Por uma fresta, viram a movimentação ao longe. Duas caminhonetes corriam na estrada; estavam em uma aparente perseguição. Então escutaram tiros. Algumas balas ricocheteavam na lataria dos veículos, outras seguiam completamente sem rumo, acertando até mesmo a pedra da caverna de Bernardo e Dimitri, que se abaixaram para se proteger.

A movimentação seguiu por mais alguns segundos quando uma explosão tremeu a estrutura da formação rochosa na qual se abrigavam. Bernardo ergueu-se novamente olhando o ocorrido pela fresta. Uma das caminhonetes havia capotado e estava em chamas. Numa fração de segundo, o veículo explodiu com os passageiros ainda presos em seu interior, obrigando o homem a se abaixar novamente. Com a explosão, uma nuvem de fumaça e poeira subiu ao céu. Então, os estilhaços da caminhonete começaram a chover e, dentre eles, uma pequena bomba armada. O dispositivo quicou no chão, rolando em direção à pedra. Bernardo tornou a se erguer para averiguar a origem daquele som tão próximo de seu abrigo. A bomba disparou, emitindo uma nuvem de gás densa e amarelada.

– Cubra o rosto! – Bernardo comandou. – Tente não respirar o gás!

Os dois homens envolveram suas cabeças com os poucos tecidos que tinham. A nuvem se aproximava lentamente da caverna, aumentando a sombra do abrigo. O vento, tão costumeiro naquela região, parecia ter cessado por completo. Estavam presos ali, à mercê de um gás desconhecido e impedidos de escapar, já que poderiam ser notados pela outra caminhonete parada na estrada. Bernardo olhava constantemente para o veículo aguardando sua partida para poderem escapar, mas parecia não ter pressa alguma.

O gás envolveu a dupla por completo. Mesmo com os panos cobrindo o rosto, o efeito daquela substância parecia já os tomar. As extremidades de seus corpos estavam dormentes e suas visões, turvas. Antes mesmo da caminhonete abandonar o local, Dimitri e Bernardo caíram no chão quase inconscientes. O vento tardou, mas finalmente levou parte da fumaça e do gás, revelando os corpos adormecidos dos homens ao sol infernal do deserto.

CAPÍTULO 16

O veículo fechado protegia Dimitri parcialmente dos detritos radioativos. O céu ainda se mantinha vermelho-vivo. As partículas de poeira em suspensão batiam no para-brisa do jipe militar. Toda a terra à sua frente estava completamente devastada. Dimitri ainda estava atônito, apenas seguindo o caminho para o aeroporto de Domodedovo.[5] Não conseguia raciocinar suas ações.

O carro furtado continha algumas armas e cantis de água, além de um mapa já dobrado em posição para facilitar a navegação para o aeroporto. Pelas janelas entreabertas, entrava um vapor quente, como se estivesse num forno industrial. Tudo o que Dimitri ouvia era o som abafado de jatos acima de sua cabeça e o trepidar das rodas no chão acidentado.

Ao chegar na estrada principal que levava ao aeroporto, mais um clarão surgiu à sua frente. Ao longe, podia ver o enorme cogumelo se formar, mas decidiu ignorar, seguindo seu caminho para o aeroporto. O local da explosão era Níjni Novgorod, grande cidade soviética à leste de Moscou, uma das maiores russas. Novamente, uma termonuclear castigava as terras eslavas.

O caminho estava praticamente vazio. Os que sobreviveram ao primeiro ataque já haviam ido. Os militares ainda não haviam colocado Domodedovo nas estratégias do Protocolo Ivan, portanto a movimentação daquela região ocorria paralelamente ao aeroporto.

A entrada com enormes letras do cirílico na fachada apresentava um futuro promissor que nunca mais chegaria àquele povo ou à humanidade. Alguns civis ainda tentavam sair do estabelecimento, outros permaneciam catatônicos, o que facilitou a entrada de Dimitri na área restrita. Um homem puxou o braço do soviete, impedindo que prosseguisse. Seu coração congelou.

– Senhor – disse a voz.

Dimitri voltou-se para ele. Estava fardado, com o uniforme da aeronáutica.

– Sim? – disse, mantendo sua postura de alto escalão militar.

– Esse é o hangar civil. O militar fica logo à esquerda.

Dimitri assentiu com a cabeça, podendo respirar com mais tranquilidade após a fala daquele homem. Seguiu na direção indicada, agradecendo a ajuda.

– Boa sorte, camarada – disse o homem, em tom fúnebre, tornando a orientar os demais presentes no aeroporto.

O hangar não estava muito cheio, com apenas meia dúzia de militares e poucas aeronaves. Todos estavam em frenesi, preparando-se para abandonar o local, pegavam documentos e equipamentos. Os aviões disponíveis estavam ou parcialmente desmontados ou com danos visivelmente irreparáveis. Mais uma vez, Dimitri via-se distante de sua família e mais próximo do fuzilamento. Começou a vasculhar o hangar em busca da aeronave mais promissora para sua fuga.

– Estão todas aposentadas, comandante – disse um militar carregando uma caixa cheia de papéis. – Não podem voar sem reparo e, pelo rumo das coisas, não serão reparadas tão cedo.

O olhar atento de Dimitri logo encontrou uma Yakovlev Yak-25. Nela havia sido sua primeira experiência, tanto como piloto quanto como mecânico. Era uma aeronave movida a turbojato de asas de reconhecimento, famosa por sua facilidade de manejo.

– Aquela Yak... – perguntou. – Qual o problema dela?

– Não sei, senhor – disse o soldado, já saindo do hangar às pressas. – Acredito que seja algo no motor.

– Vai servir – disse para si mesmo, caminhando em direção à aeronave.

Algumas horas se passaram e o aeroporto já estava praticamente vazio. Dimitri focava no conserto do motor de seu jato de fuga. Suas aulas de mecânica haviam dado bons resultados. O comandante, depois de anos atrás de uma mesa de escritório, nunca pensou que seus conhecimentos de turbojato salvariam sua vida.

A estrutura da aeronave era bastante familiar aos seus olhos, porém a pintura o deixou confuso. Na lateral, não havia apenas dois números pintados, como as demais aeronaves da força soviética. A inscrição tinha um código de quatro números, seguidos da sigla da União Soviética: 3964-CCCP, pintado em preto sobre a fuselagem cinza da Yak. A estrela vermelha na cauda, costumeira, estava ausente, assim como qualquer outra identificação visual no exterior da aeronave.

Mesmo esperançoso, corria contra o tempo. Não sabia o plano de ataque dos Estados Unidos e Aliados, mas tinha certeza de que não poderia correr riscos de estar no marco zero de uma termonuclear. O processo estava quase completo, o único problema seria o combustível necessário para percorrer os três mil quilômetros até a base no Egito.

O jipe militar solitário na entrada do aeroporto de Domodedovo se destacou com a evacuação completa do local. Em poucas horas, dois outros veículos militares chegavam ao aeroporto. Os soldados desceram e vasculharam todo o veículo. A movimentação estranha chamou a atenção do aeronauta que auxiliava a movimentação de dentro do prédio. Ele saiu, indo ao encontro do grupo recém-chegado.

– Algo de errado, soldados? – disse.

Surgindo de trás dos homens, uma figura alta e imponente, apesar da idade, aproximou-se.

– Estamos procurando um fugitivo – disse Petr Volkov.

– Pois não, general. De quem se trata?

– Comand – interrompeu sua própria fala, já excluindo a relação com as forças armadas soviéticas. – Dimitri Kuleshov, ex-comandante.

– Não o conheço, senhor – o homem se desculpou.

– Talvez o reconheça com uma foto.

Volkov sacou uma fotografia que continha três homens. Petr, Dimitri e seu pai. Indicou Dimitri com o dedo.

– Este, da esquerda – disse Volkov. – Chegou a ver ele entrar nesse aeroporto?

O homem ponderou. A feição de Dimitri realmente não era estranha. Havia, de fato, visto aquele sujeito, mas seu dia naquele aeroporto fora tão caótico que já não tinha certeza dos rostos que por lá passaram.

– Ele provavelmente estava em busca de um avião ou indo em direção a algum dos hangares – disse um dos soldados.

A informação reavivou imediatamente a memória do aeronauta. Lembrava com clareza o olhar suspeito de Dimitri ao ser abordado. Lembrava a conversa sobre o hangar.

– Se ele não for um bom mecânico, não tirou os pés daqui ainda. O hangar que indiquei a ele possui somente aeronaves defeituosas – disse o homem –, e nenhum voo comercial foi feito desde que o vi.

– Ele é um bom mecânico – disse Petr, correndo para dentro do aeroporto, seguido dos soldados.

Os sapatos dos militares ecoavam pelos salões vazios do prédio. Rumavam para o hangar militar a toda velocidade.

Petr já sacava sua pistola ao se aproximar da entrada. A porta estava semiaberta, permitindo feixes de luz entrar. O som do motor do jato já era audível. Petr explodiu sua raiva com um chute na porta, correndo para dentro do hangar indicado: várias aeronaves em péssimo estado aguardando manutenção, porém nenhum vestígio de Dimitri. O som de motor aumentou, fazendo com que Petr corresse para a outra ala do hangar, que já estava com a saída para a pista aberta.

Ao longe, observava a Yak-25 ganhar velocidade na pista e levantar voo. Mirou com sua pistola e atirou algumas vezes. Mesmo sabendo ser impossível acertar àquela distância, atirou apenas como uma catarse de sua busca, falida naquele momento, mas já com um destino confirmado.

– Quais são as ordens agora, general? – disse um dos soldados que acompanharam Petr.

– Sabemos seu destino. Kuleshov é muito sentimental. Vai tentar a todo custo se reunir com a família.

– Então está indo para casa? Ele não é de Moscou?

– Não. Está indo para o Egito.

CAPÍTULO 17

Tudo estava branco. Dimitri não era capaz de distinguir nada diante de seus olhos a não ser uma forte luz. Mexia os olhos para todas as direções, procurando um ponto de referência. Não sabia o que era cima ou baixo. Não tinha propriocepção, apenas consciência de sua existência. Estava solto no nada. Seu coração acelerava em pânico, não via como escapar daquela situação agonizante e amedrontadora.

À medida que tentava se acalmar e trazer de volta um pensamento racional, um ruído branco surgia, intermitente. O som aumentava gradativamente, com breves pausas entre si. Seus sentidos também voltavam. Sentia seus pés em algo. Estava de pé. A maciez da areia, junto ao som, trouxera-lhe à mente o mar. O branco se desfazia, seus pés afundavam poucos centímetros na areia fofa. Conseguia ver dunas diante de si.

Dimitri olhou à sua volta, procurando o mar que produzia aquele ruído de ondas quebrando no litoral. Tudo o que via era areia amarela. Caminhou por alguns metros, mas não enxergava nada além do deserto. Olhou para seus pés descalços. A areia se mexia em torno deles. Ao levantar os olhos, tudo se movia. Ele estava no mar. As dunas, como ondas, dançavam na paisagem amarelada. Quebravam em si mesmas. O pânico voltava na mente do soviete.

Correu em meio à maré de sílica, desviando das dunas que se chocavam à sua volta. Seu corpo frágil de 70 anos não era mais capaz de suportar tamanha demanda física. Caiu na areia e foi devorado por uma duna. A onda o arremessou para longe, mas ainda na superfície.

Ele se levantou com certa dificuldade. Ao se erguer, viu a maré de areia baixar, revelando estruturas bastante familiares. Como se emergissem do chão, os prédios de Moscou tomaram a paisagem. Dimitri sentia o asfalto morno sob seus pés. Caminhou por uma larga avenida, cruzando uma ponte sobre o rio Moscou desertificado. Diante de si, via as torres vermelhas do Kremlin. Um tremor o fez cair de joelhos na ponte, seguido de um barulho agudo e crescente. Ao olhar para o céu, viu a Castle Bravo caindo das nuvens verticalmente, logo acima do Kremlin, o coração de Moscou. O ruído deu lugar ao som intenso da sirene de aviso – a mesma que ecoou pela sua base em 1964.

A poucos metros de atingir o prédio vermelho, a bomba explodiu lentamente. Dimitri ergueu o braço cobrindo o rosto e fechou os olhos. Tudo estava branco novamente. Sentia um calor descomunal. Ao abrir os olhos, viu sua mão se desintegrando, como se fosse feita da mesma areia das violentas dunas que o cercavam.

A explosão o empurrou com intensidade. Fechou os olhos novamente. Sentia o deslocar do ar nas suas costas, como se o impulso fosse contínuo. Ou como se estivesse caindo. Abriu os olhos e viu um avião soviético se afastando. Estava, de fato, caindo. Ao se virar naquela queda livre, mergulhou nas nuvens densas, que o impediam de ver o chão. Após passar por aquela camada nebulosa, um ponto branco crescia diante de si. À medida que se aproximava, ganhava mais detalhes, permitindo sua clara identificação: o prédio do Capitólio.

Dimitri sentiu suas entranhas em chamas. O calor intenso escapava por orifícios que surgiam em seu peito e em seu abdome. Do seu corpo, raios de luz brotavam. Estava explodindo. Sentia cada célula queimar, cada parte de seu corpo emanar energia nuclear. Ele era a própria Tsar Bomba mergulhando em direção à capital americana e iniciando a reação em cadeia da maior arma nuclear feita pelo homem. Enquanto despedaçava, o calor aumentava.

Um forte impacto cessou aquela agonia infernal. Havia caído no mar de areia novamente, mas dessa vez afundava. Dimitri se debatia contra aquela força implacável que o arrastava para o fundo do deserto. Mexia os braços, mas nada era capaz de o afastar daquilo. Estava prestes a ser devorado pela duna.

Instantaneamente, o mar de areia se aquietou e se solidificou, permitindo que o russo se erguesse novamente. Ele respirou ofegante sua vitória contra o magnetismo sobrenatural daquele deserto. Ao longe, ouviu um trovão. O céu estava completamente tomado por nuvens negras. Ouviu o som de chuva caindo no chão. Seu único momento de alegria se desfez ao olhar para o chão e encontrar não água, mas panfletos com seu rosto estampado. "искать"* estava escrito abaixo de sua foto. Ao olhar para o céu novamente, viu um turbojato soviético passando em meio às nuvens completamente vermelhas. O céu estava em chamas.

Tremulando sob a luz avermelhada do céu, uma forca o aguardava. Tinha uma bandeira da URSS hasteada no topo. A forca começou a se aproximar de Dimitri, que tentava se afastar com todas as suas forças. Corria da condenação. Sentiu

---

* Procurado, em russo. [N.A.]

uma pressão na cintura. Uma corda o arrastava em direção a ela. Na outra extremidade, Bernardo o puxava com facilidade. Do lado oposto ao da forca, uma multidão surgia, guiada por Claude e Nikolai. Decidiu ceder e ser arrastado por Bernardo.

O laço da corda prendeu seu pescoço. Uma enorme plateia aplaudia Petr Volkov, que segurava a alavanca da forca. Ele acenava sorridente.

– Não importa sua escolha, camarada. O destino será sempre o mesmo – disse Volkov, puxando a alavanca em seguida.

Dimitri caiu num vazio. Uma escuridão profunda, que trazia uma sensação semelhante à do ambiente completamente branco. A única fonte de luz se afastava. Era a abertura do alçapão da forca que revelava o céu vermelho e os rostos de Petr e Bernardo. Caía em direção ao nada. Acelerava para o desconhecido, para o inexistente. Sugado pelo breu mais profundo, deixou de sentir qualquer sentimento a não ser a profunda e constante angústia. Não se lembrava mais de quem era, de onde vinha, o que havia acontecido e o que o levou até aquele momento agonizante. Forçava a memória, porém em vão. A abertura do alçapão já era invisível. Não tinha nada, nenhuma imagem, para lhe trazer alguma lembrança. Estava deixando de existir.

CAPÍTULO 18

O vento já empoeirava os corpos desfalecidos de Bernardo e Dimitri sob o sol escaldante. A nuvem de gás havia se dissipado no ar e os dois conseguiam respirar o ar quase puro daquele apocalipse nuclear. Bernardo retomava a consciência, enquanto o soviete ainda tinha dificuldades com suas alucinações. A idade tornava a recuperação de qualquer acidente uma tarefa árdua e demorada. Bernardo pôs-se sentado, mas ainda zonzo e incapaz de abrir os olhos irritados pelo produto químico. Uma sombra ocluiu o sol que castigava sua face.

Com facilidade, Carol ergueu o homem e praticamente carregou Dimitri até o vilarejo que havia encontrado a alguns quilômetros dali. Bernardo se recuperava com uma rapidez quase super-humana. Com poucos metros de caminhada com dificuldade, já se oferecia para ajudar Carol a carregar o velho soviete.

Ainda relutante com a ida ao vilarejo, Bernardo deixava clara sua desconfiança naquele povoado, mesmo sendo ignorado por todos. Suspeitava que havia algo de errado ali, e sua experiência com grupos de seres humanos no passado apenas reforçava aquela sensação. Nenhum olhar, entretanto, foi lançado sobre o grupo de estranhos. Viviam suas vidas como se desconhecessem o pandemônio que os cercava.

Os traços núbios e egípcios daquele povo indicavam sua natividade na região. Interagiam com tanta naturalidade com o ambiente que se mesclavam com o cenário e com a escassa natureza. O destino de Carol estava próximo: uma enorme tenda, quase que encravada na terra.

Ao entrar na tenda, o ar fresco mudou o ânimo dos viajantes. Pareciam ter entrado numa geladeira. No centro da tenda, uma mulher negra, alta, de cabelos curtos e cacheados os aguardava. Vestia roupas comuns como os demais moradores: uma túnica bege e sapatos ocre. Com um sorriso discreto, indicou o caminho para os três.

Deitaram numa cama confortável, feita apenas de panos e folhas secas. Outros entraram no ambiente e passaram panos úmidos nos rostos dos homens, como se cuidassem de deuses. Mesmo atormentado por sua extrema desconfiança, Bernardo dormiu, como se sob algum feitiço presente naquele agradável ambiente. Passaram a noite naquela tenda, descansando da viagem exaustiva e danosa para o corpo e a mente.

Na manhã seguinte, acordaram com água e alimento. Comeram até se satisfazerem. A mulher, sempre presente, acompanhava-os com um constante sorriso. Carol agradecia à anfitriã constantemente e Bernardo apenas concordava. Mesmo carregando uma carga preciosa e com data de validade, decidiram ficar mais uma noite.

Finalmente, após duas noites de descanso, o grupo estava decidido a partir. Um dos homens do vilarejo se aproximou dos três viajantes, que se aprontavam para reiniciar a árdua tarefa.

– A anciã deseja conversar com vocês – disse o homem, em tom agradável.

Aceitaram o pedido, mesmo desconhecendo a anciã. O pouco contato com aquele povo limitou a percepção etária daquela sociedade. Não viram ninguém visualmente com mais que 40 anos. Seguiram para o centro da tenda principal, onde a bela mulher os aguardava.

– Espero que tenham descansado de sua viagem – disse.

– Sim! – Carol respondeu. – Somos gratos pela sua hospitalidade!

A mulher olhou para Dimitri e Bernardo.

– Espero que nossa hospitalidade tenha acalmado seus corações desconfiados. Não somos ameaça, mas sei que é difícil conceber tal ideia num mundo como este.

– Você é a anciã? – Bernardo questionou.

A mulher assentiu com a cabeça e com um sorriso, entendendo a confusão mental do homem. A anciã começou um discurso suave, como se narrasse um conto de fadas para uma criança.

– Essa terra deu a luz à humanidade. Não é algo a se orgulhar, mas é o passado. Alguns deixaram o lar e seguiram seus rumos. Outros ficaram. Os que foram, um dia voltaram reivindicando a terra que já não lhes pertencia mais; tomaram o lar dos que decidiram ficar. E eles partiram com nossas riquezas, não os diamantes e o sangue negro de nosso solo, mas com nossas almas. Anos depois, retornaram novamente, dessa vez porque destruíram o lar que eles próprios criaram longe daqui. Novamente, nos tomaram a morada que tínhamos.

Dimitri abaixou a cabeça com o peso da culpa. Sentia que aquela mensagem era para ele, o causador da Terceira Guerra Mundial. A anciã prosseguiu.

– Nada disso foi escolha de nenhum de vocês. Nasceram em meio a um pecado que já estava em andamento. Agora, cabe a vocês o destino que deve ser seguido. Querem abandonar o lar novamente e seguir para o mundo dos que se dizem grandes ou desejam ficar aqui?

– Eu não tenho propósito aqui – disse Carol.

– Então escolhe os que se dizem grandes. – Voltou-se para Bernardo. – E você?

– Estou aqui por causa dele, não vou fazer essa decisão por mim – disse, indicando Dimitri.

A anciã fitou Dimitri, que se sentia em 1964 novamente, decidindo entre seguir ou não. Entre uma pequena chance de vida e uma provável morte.

– O destino está em suas mãos... mais uma vez.

O soviete ponderou por um tempo. Não se dava muito bem com decisões abruptas, mas aquela estava clara naquele momento.

– Não tenho o que perder seguindo meu caminho.

– Em seu caminho, não vejo um final iluminado se decidir seguir para a Cidadela, que acha que é seu lar. Seu lar não é nas presenças do passado.

– Já não me importa.

– Mesmo dizendo que vai ficar com seu passado, acredito que escolherá o futuro – sorriu. – Não é necessário decidir agora. Acredito que vai decidir a tempo.

Numa língua estranha a eles, a anciã disse algo a dois homens, que em instantes trouxeram água limpa e comida.

– Sei que não é muito, mas é o que podemos oferecer para vocês. Façam boa viagem!

A mulher cumprimentou os três com um abraço, dizendo algo em seus ouvidos. Para Dimitri, disse uma frase sucinta.

– Eles não são seus amigos, não confie cegamente. Lembre-se de que eles buscam a sobrevivência acima de tudo.

Os dizeres da anciã afetaram a percepção de todos os três. Bernardo estava ainda mais pensativo e introspectivo que o normal. Deixaram a grande tenda e seguiram em direção à saída do vilarejo. Numa das últimas casas, um homem tentava consertar um carro antigo. Dimitri se aproximou, embora seus colegas de viagem não concordassem.

– Algum problema? Precisa de ajuda? – disse.

– Sim. Não entendo de mecânica e preciso buscar alguns mantimentos longe daqui.

O soviete se prontificou a ajudar, consertando o veículo em menos de uma hora de trabalho. Muito agradecido, o homem ofereceu carona aos três.

Bernardo abandonou seu palácio mental e retomou sua postura desconfiada. Mesmo com um olhar repressivo para Dimitri, o soviete aceitou.

– Não conhecemos este homem – disse Bernardo. – Como pode confiar num desconhecido tão facilmente?

– Confiei em você – Dimitri retrucou. – Por que não confiaria em outro?

Relutante, Bernardo cedeu e seguiram de carro paralelamente à estrada. Mesmo sendo de uma cultura extremamente pacífica, Hathor[6] sabia dos perigos que a estrada oferecia nas proximidades da Cidadela Soviete. Seguiam em silêncio, sempre atentos às movimentações estranhas ao redor.

CAPÍTULO 19

Abraçada em sua bolsa, Carol fitava o horizonte. A americana observava a vastidão desértica, salpicada de carcaças de veículos queimados e alguns escombros. O carro de Hathor sacudia com o chão irregular, levantando uma nuvem de poeira densa. No banco dianteiro, ao lado do motorista egípcio, Bernardo mantinha a mão agarrada no cabo de sua faca, pronto para um ataque. Logo atrás de Hathor, Dimitri mantinha os olhos ocupados com a paisagem hostil e ameaçadora. Ninguém falava, apenas aguentavam a agonia silenciosa da expectativa. A qualquer momento poderiam ter que interagir com seres humanos, a espécie mais selvagem e bruta do planeta.

Algumas horas se passaram e a monotonia apenas agravava a paranoia. Ao longe, uma muralha de ferro-velho e árvores secas tortuosas impediam a passagem do veículo. O obstáculo seguia indefinidamente para o lado oposto ao da estrada, permitindo apenas uma alternativa. Carol olhou para a estrada principal, distante, como se olhasse para um abismo. Era o único caminho que tinham.

O carro prosseguia, aproximando-se gradativamente da estrada. A ideia do grupo era apenas cruzar aquele trecho bloqueado e retornar ao caminho paralelo, longe do perigo. Bernardo voltou-se para Dimitri e indicou o chão do carro com os olhos para o soviete. O velho assentiu, abaixou e se apertou o máximo que podia, encolhido atrás do banco do motorista.

Desviaram dos escombros e dos veículos abandonados, alcançando o asfalto. Com um chacoalho mais intenso, o veículo subiu o degrau que separava a estrada do chão de terra. O carro seguia cautelosamente. Um vulto às margens da estrada chamou a atenção de Bernardo.

– Acelere! – disse em tom de ordem. – Agora!

Hathor pisou no pedal rapidamente. Logo adiante, um homem surgiu no asfalto. Jogou algo que parecia uma corrente no caminho do carro. Sem tempo para frear, as rodas trepidaram na corrente, salpicada com pregos. O barulho seco das rodas estourando fez com que Hathor retirasse o pé do acelerador instintivamente.

– Não pare o carro! – disse Carol.

O veículo então acelerou a todo vapor. Dois dos carros aparentemente abandonados, nas margens da estrada, avançaram em direção ao grupo em fuga. Carol olhou para trás e reconheceu um dos veículos.

– Claude! – disse.

Com os quatro pneus furados, o antigo carro de Hathor não era capaz de vencer a corrida. A caminhonete se aproximava rapidamente da traseira do veículo. Bernardo sacou a faca e se preparou para a batalha contra aqueles caçadores de recompensa. Não foi necessária uma grande força para que o carro de Claude conseguisse empurrar o de Hathor a ponto de derrubá-lo para fora da estrada e tombá-lo. Dimitri foi arremessado contra Carol.

Hathor saiu pela janela estilhaçada e conseguiu puxar Bernardo para fora do carro. A caminhonete parou a poucos metros do acidente, acompanhada de um veículo menor. Claude e outros três homens armados desceram e caminharam em direção ao grupo. Bernardo arrancou Carol e Dimitri rapidamente de dentro do carro, preparando-os para a fuga, mas as miras dos atiradores de Claude já estavam aguardando a rendição do soviete. O grupo era o alvo de outros cinco homens armados, caminhando ao lado do líder.

– Que bom encontrá-los de novo! – disse o homem. – Vejo que arrumaram novos amigos. Essa vagabunda eu conheço.

Rapidamente, Claude sacou uma pistola e acertou no peito de Carol, derrubando-a ao chão. A americana cuspiu sangue por alguns segundos até dar seu último suspiro. O francês prosseguiu.

– Mas esse é novo... – disse, aproximando-se de Hathor. – Onde conseguiram? Parece muito saudável para esse inferno.

– Deve ter muita comida estocada – disse um dos homens.

– Tem razão... – Claude continuou. – Acho que devemos manter esse vivo. Pode ser útil. Ele e o velho. O outro não me interessa.

As armas voltaram-se para Bernardo, que ainda segurava a faca, apertando em sua mão com força. A adrenalina vibrava em seu sangue e acelerava seu coração. O silêncio dava lugar aos leves uivos do vento.

– Chefe! – disse um dos homens. – Alguém está vindo.

– Abaixem as armas. Se quiserem conversar, conversemos como civilizados – ordenou a seus homens. – Concordam comigo? – voltando-se para os três reféns, com um sorriso sádico.

Um pequeno caminhão se aproximava do grupo. Claude se distanciou dos três e caminhou em direção à estrada, como se aguardasse convidados. O caminhão parou diante do francês.

– Saudações, amigos! Estão indo para a Cidadela? – disse Claude, em tom amistoso, mas deixando evidente suas armas em sua cintura.

Silêncio, ele não teve resposta, Claude insistiu.

– Sugiro que sigam seu caminh...

Um tiro vindo de dentro do caminhão perfurou o crânio do francês numa fração de segundo, interrompendo sua fala. Incrédulos com a atitude do motorista misterioso, os capangas de Claude ficaram sem reação por alguns segundos. Nem mesmo Bernardo e Dimitri entenderam do que aquilo se tratava. O corpo já sem vida do homem desmoronou no chão como um boneco. O vento deu seu último assovio solitário. Passado o momento de descrença e surpresa, iniciou-se o tiroteio.

De dentro da carroceria do caminhão, saíram vários homens de cabelo curto, loiros e de olhos azuis. Trajavam roupas militares, sem bandeira. Estavam fortemente armados e muito bem treinados. Bernardo puxou Dimitri e Hathor para trás do carro tombado para protegê-los das balas.

O conflito durou alguns minutos. Após algum tempo, o cessar fogo trouxe de volta o silêncio. Hathor colocou a cabeça por cima do carro para averiguar. Um único tiro certeiro foi capaz de derrubar o tão amigável homem. Caiu diante de Dimitri e Bernardo, que se mantinham abaixados.

Barulhos muito característicos podiam ser ouvidos. O abrir e o fechar de portas indicavam que os homens misteriosos haviam vencido e vasculhavam os veículos de Claude. Abriram a carroceria do caminhão e depositaram os achados lá. Vasculharam os corpos dos inimigos. Alguns resmungavam pequenas frases como "*neger abschaum!*" e "*asoziale rasse!*".[7] Dimitri identificou o alemão, mas era incapaz de traduzir as falas daqueles homens.

Começaram, então, a se aproximar dos dois encurralados. Bernardo vasculhou rapidamente seus arredores, procurando uma rota de escape, mas nenhuma opção parecia eficaz. Os galhos espinhosos da savana e a floresta de ferro retorcido deixariam a fuga lenta demais para conseguirem evitar sua captura. Subitamente, dois homens surgiram atrás de Bernardo e Dimitri. Uma coronhada em cada um foi suficiente para desacordá-los.

CAPÍTULO 20

O carro chacoalhava bastante no asfalto esburacado. Dimitri tentava acordar, mas o golpe em sua cabeça havia sido violento demais para uma recuperação rápida. Estava ainda desorientado e incapaz de se mover com facilidade. Tentava levantar as pálpebras a todo custo, mas elas pesavam, insistiam em lançá-lo na escuridão. Voltou a desmaiar.

Novamente acordou, ainda desorientado. Não sabia há quanto tempo estava naquele carro nem para qual direção estava indo. Procurou Bernardo, mas não o encontrou, estava sozinho com aqueles homens desconhecidos. Ergueu a cabeça, já com mais disposição. O efeito da coronhada havia passado e seus olhos não mais pesavam. Estava na estrada principal, mas não sabia se ia em direção à Metrópole ou à Cidadela Soviete. Tentou raciocinar, procurando a sombra do sol, mas não sabia se era manhã ou tarde. Um dos homens interrompeu sua investigação.

– *Wer bist du?* – disse em tom inquisitivo.

Dimitri fitou o rapaz, de pouco mais de trinta anos. Não entendia muito bem alemão, mas sabia que perguntavam quem ele era. A resposta para aquela pergunta era a única que não tinha certeza de como responder. Pela postura agressiva para com Claude e seus capangas, não sabia ao certo se era um caçador de recompensas ou apenas um racista.

– *Gib mir eine Antwort! Jetzt!*[8] – tornou a demandar algo de Dimitri.

– Não falo alemão – Dimitri respondeu, esperançoso de que o homem também não o entenderia.

Por sorte, a feição confusa do homem confirmou sua suspeita. Estavam impedidos de se comunicar devido à barreira da língua. Nenhum dos outros quatro raptores falavam outra língua que não o alemão. A sensação de alívio logo abandonou a mente de Dimitri. O ufanismo arcaico daquele grupo poderia implicar consequências muito piores do que com Claude, que apenas queria vendê-lo para a Cidadela.

* * *

A noite estava prestes a cair quando o carro parou. Estavam em comboio. Os alemães que estavam dentro do caminhão se dividiram para levar os carros da gangue de Claude. Dimitri estava em um deles e Bernardo em outro. Levantaram um acampamento não muito distante da estrada principal. O soviete reconheceu o cenário monótono, pois eles haviam passado ali por perto com Hathor. Concluiu que não estavam levando-o para a Cidadela.

Deram o mínimo de água e comida para os prisioneiros. O clima de deserto, que castigava com o calor infernal durante o dia, congelava os desinformados à noite. Alguns dormiram dentro do caminhão, enquanto outros ficaram nos carros para vigiar Bernardo e Dimitri. Era o lugar mais quente que podiam conseguir sem chamar a atenção com uma fogueira.

No meio da noite, uma movimentação estranha despertou Dimitri de seu sono leve. Alguns homens observavam o céu com binóculos. Algo passava acima de suas cabeças, um barulho distante de hélices disputava com o sibilar do vento seco. O som passou rapidamente pelo acampamento, distanciando-se.

A aeronave seguia em direção à Cidadela Soviete. O coração de Dimitri apertou. Não tinha uma boa sensação.

Passado o alvoroço, os alemães retornaram aos carros e ao caminhão. O acampamento voltou a dormir tranquilo no breu daquela noite sem lua. Entretanto, ainda fixado nas possibilidades envolvendo aquele helicóptero, Dimitri passou a noite em claro.

O sol mal raiou e o acampamento já estava desfeito e limpo, pronto para seguir viagem. Todavia, o número de homens havia aumentado consideravelmente, assim como o de carros. Aparentemente, um segundo grupo havia se juntado àquele. A formação para partirem estava pronta quando algo interrompeu toda a movimentação dos alemães.

O som abafado e grave de uma explosão de grande porte foi ouvido e ecoou pelos quatro cantos do deserto. Todos se entreolharam. O som, devido ao eco, não tinha uma direção específica, mas tudo indicava que vinha da direção dos soviéticos. A magnitude da explosão era incerta, mas foi capaz de estremecer o chão de onde estavam.

– *Autos!* – gritou um homem de binóculos, observando a estrada. – *Sie nähern sich! Fünf Kilometer!*[9, 10]

Dimitri entendeu parcialmente os dizeres do alemão – alguém se aproximava de carro na estrada. O comboio todo se movimentou rapidamente, seguindo viagem às pressas. Diferentemente do esperado, não seguiram nem em direção à Metrópole ou à Cidadela. Afastavam-se da estrada principal em alta velocidade. Não pareciam correr para se esconderem dos carros, mas para o destino final.

A alta velocidade fazia o carro quicar no chão completamente irregular e repleto de obstáculos. Contudo, o motorista parecia conhecer cada buraco como se fosse a palma de sua mão; claramente faziam aquele percurso com certa frequência. O carro em que Dimitri se encontrava era o segundo da fileira, atrás apenas da caminhonete de Claude. Logo em seguida, estava o carro com o segundo prisioneiro.

Bernardo achava tudo muito estranho. Não apenas a situação de sequestro em que estavam, mas todo o trajeto conturbado até a Cidadela Soviete. Sentia que algo estava errado. Seus planos não foram acurados em relação às dificuldades humanas da estrada principal. Ele havia estudado por anos o ritmo e as movimentações daquele trajeto, mas nada indicava tamanha dificuldade. A dinâmica havia mudado bruscamente. Algo parecia se aproximar com o fim do milênio, e não aparentava ser algo bom.

A poeira e as pequenas pedras levantadas pela roda da caminhonete rebatiam no para-brisas, impossibilitando uma visão clara de Dimitri para o exterior. Subitamente, uma mudança de solo fez com que o carro parasse de chacoalhar. Pareciam ter subido numa estrada completamente isolada e escondida no meio da savana. A poeira baixou e a visão tornou-se mais clara para o soviete. O chiado de um rádio no colo do alemão no banco dianteiro chamou a atenção do homem. Ele sacou o microfone.

– *Alpenfestung. Alpenfestung. Autozug nähert sich, ende* – disse.

Parecia estar avisando sua chegada, mas Dimitri não tinha certeza de onde chegaria. *Alpenfestung.* O rádio tornou a chiar. O homem fez alguns ajustes para melhor recepção do sinal.

– *Wie viele kommen zurück? Ende* – a voz respondeu.

– *Umm... acht Fahrzeuge. Bestätigen? Ende.*

Alguns segundos de silêncio. O som da estática tomava o ambiente. O alemão repetiu em tom mais alto.

– *Bestätigen!?*

– *Acht Fahrzeuge. Bestätigt. Ende* – finalmente a resposta.

– *In Ordnung. Ende der Durchsage.*[11]

Desligou o rádio. Por mais alguns minutos, seguiram lentamente pela estrada pavimentada. Não muito adiante, pararam. Pareciam aguardar a abertura de um portão para o local de destino. Logo que entraram, a caminhonete de Claude convergiu à esquerda, desobstruindo a visão de Dimitri. Seu coração parou. Seus temores se concretizavam ali ao ver, em frente a todos os casebres e abrigos, marcas em vermelho. Mais adiante, tremulava ao vento uma grande bandeira vermelha com uma suástica em preto estampada no centro.[12]

CAPÍTULO 21

O ponteiro indicador do combustível já se aproximava do zero. A doze mil metros de altura, a Yak-25 seguia em máxima velocidade, a quase mil quilômetros por hora. Já havia percorrido cerca de mil e duzentos quilômetros, afastando-se de Domodedovo. Não havia tido tempo de encher os tanques do jato, reduzindo sua autonomia de voo para a metade. Precisava pousar a aeronave para o reabastecimento ou ficaria preso na Europa no meio da guerra nuclear.

Dimitri havia traçado um plano logo que saiu do aeroporto soviético. Seguiria para sudoeste, em direção à República Popular da Romênia,[13] que se situava praticamente na metade da distância entre Domodedovo e a base secreta no Egito. Por ser um país satélite da URSS, de governo comunista, a sigla da união estampada na fuselagem não seria um problema. A grande questão que fazia sua mente contorcer em dúvida era o destino exato.

Bucareste possuía dois grandes aeroportos, capazes de oferecer o combustível necessário para o prosseguimento de sua fuga. Otopeni, de uso exclusivo militar, e Băneasa, essencialmente comercial. No primeiro, corria riscos de ser preso por forças soviéticas que lá estivessem. No segundo, poderia chamar mais a atenção, destacando-se entre as aeronaves comerciais.

O jato já perdia altitude. Estava às margens da capital romena e precisava decidir-se naquele instante. Ao entrar no espaço aéreo da cidade, rumou para Băneasa.

– Băneasa – disse no rádio. – Permissão para pouso de emergência.

Não obteve resposta. Tentou mais duas vezes, em canais alternativos, mas ainda não conseguiu manter contato. O destino o empurrava para as mãos das forças armadas soviéticas. Relutante, Dimitri abandonou sua primeira decisão e seguiu para Otopeni.

O aeroporto estava um caos. Pelo rádio, o soviete conseguia ouvir o desespero e a gritaria da torre de comando.

– Yak-25, identifique-se – disse uma voz ofegante.

– Yak-25 3964-CCCP. Permissão para pouso de emergência.

– 3964? Não encontro esse código aqui. Qual a origem?

Dimitri congelou. O único voo militar que havia saído de Domodedovo em sentido sul/sudoeste era o de sua fuga. Hesitou.

– Qual a origem, 3964?

– Moscou.

– Moscou? – disse em tom de incredulidade.

Dimitri entendia a reação do romeno. Nenhum voo partiu de Moscou após a bomba. Decidiu arriscar-se com a verdade.

– Região satélite. Domodedovo.

– Domodedovo... Certo... Pista 2 livre para pouso.

A Yak contornou o aeroporto de Otopeni e iniciou a manobra de pouso. Antes mesmo da completa aterrisagem, o rádio chiou mais uma vez com uma voz de comando.

– Yak-25 3964-CCCP, libere a pista. Dirija-se ao hangar 4.

– Entendido.

Taxiou até o hangar indicado, sendo recebido por cinco militares romenos e três soviéticos. Desligou os motores das turbinas e removeu o capacete. Os homens aguardavam seu desembarque em frente à aeronave. A tensão, além do calor, molhava seu rosto de suor. Seus olhos estavam vidrados como se estivesse sob a influência de psicotrópicos pesados. Sua respiração ofegante começava a embaçar o vidro do *cockpit* apertado da Yak. Olhou para a pequena comitiva que o recepcionava com o canto do olho. Tentava identificar nas feições o intuito daqueles militares.

Os homens o fitavam seriamente, praticamente ignorando o caos que tomava a pista e o restante do aeroporto. Pareciam apenas ver Dimitri, como predadores focados em sua presa. O teto do *cockpit* deslizou para trás, expondo o russo ao clima abafado do hangar. Desceu lentamente da Yak, sentindo o peso do olhar da comitiva perfurando sua pele.

– 3964? Nunca ouvi falar nesse código – disse um dos soviéticos. – Como se chama?

– Andrei – respondeu Dimitri.

– Andrei? Apenas Andrei? – riu ameaçadoramente.

– Botvinnik.

– Botvinnik? Como o enxadrista? – riu novamente.

– Sim... como o enxadrista.[14]

– Certo, certo... O que o traz aqui? Fugindo da guerra?

– Não. Estou indo auxiliar a guerra em Sófia. Parei aqui apenas para reabastecer.

– Entendido. – Indicou a Yak para um dos romenos. – Enquanto aguarda o reabastecimento, poderia me acompanhar?

Dimitri encarou o militar, que esboçava um leve sorriso, o mais amigável que sua feição sisuda permitia. Indicou uma porta ao fundo do hangar. Os homens acompanharam Dimitri como se levassem um prisioneiro perigoso para a cela. Caminhavam a passos largos pelo corredor que conectava o hangar a uma pequena sala. Os romenos ficaram de fora, os russos entraram junto a Dimitri.

– O uniforme indica que é um comandante, mas não fui informado de nenhum Comandante Botvinnik cruzando a República Popular da Romênia.

– É uma situação emergencial, como disse no rádio para a torre de controle – Dimitri respondeu de forma seca.

– Não fui informado de um Comandante Botvinnik, mas as bases alternativas de Moscou comentaram sobre um traidor do partido.

Dimitri conteve suas emoções ao máximo. Não se sentia de forma alguma um traidor, apenas culpado por uma má decisão. Controlou a fervura de seu sangue.

– E aparentemente um desertor. Fui informado que ele havia fugido do bunker de Domodedovo mais cedo. Comandante Kuleshov. Dimitri Kuleshov. Deve ter ouvido falar nele já que veio de Domodedovo.

– Sim. Ouvi algo sobre a situação.

– E qual a situação emergencial de Sófia? Tão emergencial que não se preocupou em sequer abastecer o jato ou avisar a base de Bucareste.

– Essa informação é confidencial.

– Pois bem. Não há motivos para quebrar seu voto de sigilo. Entrarei em contato com o chefe em comando das tropas da Bulgária. Então saberemos se é, de fato, quem diz ser.

O homem levantou-se e, junto aos outros dois soldados, deixou a sala, trancando Dimitri sozinho. O local parecia um escritório militar, mobiliado com metal e madeira. Uma pequena janela basculante dava para fora do hangar, permitindo a luz alaranjada do céu entrar na sala. O soviete logo fez uma varredura do local, procurando uma saída para sua segunda captura. Rapidamente, localizou um abridor de cartas. Pegou-o e preparou para um ataque. Arremessou um peso de papel na janela, estilhaçando o vidro. O barulho chamou a atenção dos guardas romenos que vigiavam seu cativeiro.

A maçaneta destravou a porta. Dimitri apunhalou o pescoço de um dos soldados, arrancando a pistola de sua mão em seguida. Com uma coronhada certeira, acertou a têmpora do segundo guarda, deixando-o desacordado. Arrastou os corpos para dentro da sala e os trancou lá. Seguiu em direção ao hangar, onde estava sua Yak, possivelmente abastecida. Caminhou rapidamente, tentando não chamar a atenção com seu frenesi.

Ainda segurando o abridor de cartas, encharcado com o sangue do romeno, alcançou o hangar. A Yak se distanciava lentamente, já quase fora da parte coberta. Correu até a aeronave e arrancou o piloto de dentro dela, tomando o seu lugar. Colocou o capacete reserva do segundo banco e fechou o *cockpit*. Taxiou até a pista.

– Torre de controle para Yak-25 – disse uma voz no rádio. – Pista um confirmada. Decolagem autorizada.

– Entendido – respondeu.

Com o tanque cheio e as turbinas a todo vapor, Dimitri levantou voo. Com poucos minutos, já alcançava os mil quilômetros por hora. Abandonou o espaço aéreo da República Popular da Romênia rapidamente, entrando no espaço aéreo internacional. Havia se livrado de parte de seus problemas. Longe da Europa, imaginava que atrairia menos olhares suspeitos e encontraria menos sovietes. No meio do deserto, seu uniforme não significaria nada.

CAPÍTULO 22

Os carros do comboio alemão pararam diante de uma casa de contêineres, adornada com signos nazistas e marcas de tiro. As portas dos veículos se abriram e os nazistas arrastaram, com certo desdém, Bernardo e Dimitri para fora. Os traços levemente latinos do homem já eram o suficiente para que os alemães o tratassem de forma mais agressiva.

A entrada daquela casa fortificada não revelava muito. O sol infernal era capaz apenas de projetar pontos luminosos pelas frestas dentro daquele breu. Logo os olhos dos prisioneiros se acostumaram com a escuridão, revelando para eles o interior do abrigo. A estrutura assemelhava-se à de um museu, entupido de memorabilia nazista. Estandartes da SS, esculturas em bronze de águias carregando a suástica, capacetes e uniformes de oficiais do partido ocupavam todos os cantos do local. Ao fundo, cercado por correntes, uma urna funerária com uma braçadeira vermelha repousada sobre ela. A inscrição "A. H. 1889-1945" fez com que calafrios percorressem a espinha de Bernardo e Dimitri.

O museu improvisado era iluminado apenas por buracos no teto. Caminhavam pelas sombras até a entrada de uma sala. Um homem aproximou-se com palitos de madeira. Ordenou que abrissem a boca. Com o palito, vasculhou a cavidade bucal dos prisioneiros, empurrando a língua e as bochechas. O sabor acre do instrumento gerou suspeitas nos dois.

Com alguns minutos de espera diante da porta, Dimitri começou a sentir-se zonzo. Parecia estar embriagado. Olhou para Bernardo, deparando com uma expressão tão estranha quanto aquilo que sentia. Havia algo no palito. A porta se abriu e eles foram empurrados para dentro.

A sala era bem iluminada, em contraste com o hall de entrada do "museu". Uma mulher de traços clássicos alemães estava sentada numa cadeira no lado oposto ao da porta. Outras duas cadeiras aguardavam os prisioneiros para o interrogatório. Sentaram-se e a porta se fechou.

– Tiopental sódico[15] – disse a mulher.

Dimitri a encarou confuso, tentando controlar sua visão embaçada, piscando os olhos com força. A mulher continuou.

– É isso que está causando o que estão sentindo. Os efeitos duram pouco tempo, principalmente em baixa quantidade.

– E o que é isso? – Dimitri questionou.

– Soro da verdade... – Bernardo respondeu. – Se é que acredita nisso.

– Até então, tem funcionado – a mulher respondeu ao ceticismo do homem. – Qual é o seu nome? – questionou Dimitri.

– Petr Volkov.

A mulher bateu com força na mesa e gritou.

– Qual é seu nome!?

O som e o grito fizeram com que o coração de Dimitri acelerasse. O zumbido em seus ouvidos o desorientou. Parecia estar em suspensão, anestesiado e incapaz de raciocinar de forma lógica. Seu pensamento se debatia como se convulsionasse. Disputava consigo mesmo a razão. Sua boca mexia, mas não sabia o que falava, nem *se* falava algo.

– Andrei Botvinnik... não... Dimitri.

– Kuleshov?

– Sim.

– Imaginei... – Voltou-se para Bernardo. – E você?

– Não importa.

– Qual é seu nome? – Tornou a bater com ainda mais força na mesa.

Bernardo se manteve forte. Olhou fixamente para a mulher, com um esforço imensurável, mantendo-se são e controlando seu próprio raciocínio.

– Não importa nem para mim, nem para você. Já tem o que queria.

– Tem razão. Não é russo... nem americano... mas pode me servir para algo ainda. – Tornou a olhar para Dimitri. – Como veio parar no Egito?

– Não lembro... – disse, confuso.

– Como chegou à Metrópole? – Bateu novamente na mesa, fazendo o som ecoar pela sala. – Como veio para o Egito?

– Não sei! Não me lembro!

– Por que decidiu vir para cá? Qual era seu destino final?! – a mulher berrou.

A visão de Dimitri já estava duplicada. A dose de Tiopental havia sido muito alta para sua idade. Caía no abismo da escuridão novamente. Desabou no chão, inconsciente. A mulher gritou algo em alemão para os guardas do lado de fora, que entraram rapidamente e socorreram Dimitri. O interrogatório foi forçado a se encerrar. Os prisioneiros foram levados para quartos separados e fortemente vigiados.

* * *

A noite chegou junto ao fim dos efeitos do Tiopental. Porém, a ressaca do psicotrópico não era a única que dificultava o sono dos dois cativos. Aquele ambiente pesado coberto por suásticas e tecidos em cor de sangue adensavam o ar. Principalmente para os dois, que facilmente poderiam ter sido vítimas do Fuhrer.

A presença misteriosa da urna funerária naquele casarão de metal parecia manter aquela ideia doentia viva nas mentes dos moradores do vilarejo. Mesmo se estivesse vazia, sem nada que de fato pertencesse a *ele*, a existência de um símbolo forte como aquele validava todo o ódio e ignorância dos que o adoravam. O peso histórico, vivido em primeira mão a apenas uma geração de distância de Dimitri, trazia memórias obscuras. A sombra de seu pai se misturava com aquele passado caótico, assim como a imagem de Petr Volkov.

Dimitri Andreyevich Kuleshov carregava, como todo russo, as memórias de um homem que combateu o nazismo com suas próprias mãos. Andrei Kuleshov havia sido morto por nazistas, e Dimitri sentia que seu destino seria o mesmo.

CAPÍTULO 23

O barulho da movimentação externa despertou Dimitri. O quarto em que estava preso tinha a mesma estrutura da casa maior. Era um contêiner menor, com alguns buracos de bala no teto e nas paredes. A cama era de folhas secas forradas, como as da vila da anciã. Uma pequena mesa de metal estava posicionada a poucos metros do leito, contendo um pequeno copo d'água e um prato com ração proteica.

O peso da idade do soviete mostrava seus efeitos no corpo maltratado do prisioneiro. Seus músculos estavam doloridos, não devido a alguma agressão, mas ao constante retesamento causado pela tensão. Cheirou a água e a comida, verificando se não estavam também contaminadas com o Tiopental. Bebeu e comeu tudo, mesmo não tendo certeza do conteúdo. Seu corpo pedia alimento e sua mente racional não era mais capaz de censurar o instinto de sobrevivência.

O barulho metálico da tranca do contêiner trouxe levemente o zumbido na cabeça do velho. A porta se abriu e a mulher entrou. Dimitri a fitava desconfiado. Afastou-se do alimento e recolheu-se à cama novamente.

– Peço perdão pela minha abordagem ontem – disse. – Me chamo Lilian.

– Creio que não preciso me apresentar novamente, já que me drogou para que eu o fizesse – Dimitri resmungou.

– Novamente, peço perdão.

– O que quer com essa mudança tão repentina?

– Quero conversar com você. De ser humano para ser humano. Não como uma torturadora com sua vítima.

– Pelos estandartes lá fora, não tenho certeza se isso é possível.

Lilian abaixou a cabeça, suspirando com certa impaciência.

– Vamos direto ao assunto. Me responda se quiser. Não o obrigarei a nada.

Ela sentou-se à mesa, em frente ao homem. Prosseguiu.

– Por que você vaga pelo deserto com ele?

– Ele ofereceu ajuda. – Desviou o olhar, como se confessasse sua ingenuidade. – Quando alguém oferece ajuda nesses dias, deve-se aceitar o quanto antes. As pessoas mudam de ideia...

– Não acha estranha uma benevolência tão súbita assim?

– Ele me provou suas intenções durante nossa caminhada até aqui.

Dimitri o defendia não só para Lilian, mas para si mesmo. Naquela situação, era o único que poderia salvá-lo dos nazistas. Queria acreditar naquilo que duvidava há dias apenas pela carência de algo que lhe desse esperanças.

– E quais são essas intenções? – Lilian questionou.

– Me levar para minha família, na Cidadela Soviete, a salvo. E escondido, principalmente.

Lilian olhou para a porta fechada do contêiner. Esboçou um leve sorriso.

– O que te leva a crer que ainda existe benevolência? – Lilian continuou. – Nada mais impede o homem de se aproximar de seus instintos mais brutos e obscuros. Não existe lei que afaste a aura de lobo do ser humano. Lobos famintos podem caçar outros lobos...

– O que quer dizer com isso?

– Bernardo não quer te ajudar. Ele quer *se* ajudar. Como bom lobo que é, assim que entrar pelos portões da Cidadela Soviete, ele irá te vender. Aquelas marcas em seu rosto não são de inocência, isso eu lhe garanto.

A mente de Dimitri foi ao encontro dos dizeres da anciã a respeito de Bernardo. Os dizeres de Lilian acionaram o gatilho da desconfiança novamente. Não conseguia mais se convencer da possibilidade de Bernardo ser benevolente.

– E o que quer que eu faça? A essa altura, não tenho outra escolha senão seguir com minha caminhada para o abatedouro. – Olhou para Lilian. – Já não tinha perspectiva de vida antes. Nada mudou, portanto.

– Você tem uma escolha. – Ela se aproximou de Dimitri, em tom conspiratório e em voz baixa. – Fique. Aqui, ninguém irá te vender como um pedaço de carne. Comigo, você pode viver de verdade. E com dignidade. Com água e comida. Fique – Lilian voltou-se para a porta – e seu destino não será o abatedouro.

Lilian voltou a olhar profundamente nos olhos de Dimitri. Ele sentia-se seduzido pela lábia cativante daquela mulher extremamente sedutora. A oferta era quase perfeita.

– E por que ele é meu lobo e você não?

– Você é mais esperto do que eu pensava. A idade não lhe trouxe suas mazelas ainda – riu.

Afastou-se de Dimitri e foi até a porta. Após abri-la, indicou o caminho para o velho. Andaram juntos por um corredor apertado até uma janela.

– Por que você me quer aqui? – perguntou Dimitri.

Lilian voltou a fitar o soviete.

– Você é um dos poucos que ainda sabem como restaurar e pilotar aquele entulho soviético. – Apontou para uma carcaça de avião do lado de fora. – Temos um em melhor estado, guardado e protegido dos maus olhos. Mas ainda não é capaz de erguer voo.

– E o que quer com um avião se não há para onde ir?

– Para a Metrópole.

– Para que ir de avião para lá? Acabo de deixar aquele buraco por temer por minha vida.

– Não me refiro àquele inferno no meio da estrada. Me refiro à verdadeira Metrópole. O Éden. – Sorriu. – Ou ao menos o Éden Nuclear.

Dimitri baixou a cabeça, como se debochasse da insanidade de Lilian.

– Alguns dos meus homens ajudaram com o planejamento para os ataques, o que me dá um conhecimento geográfico bem importante nesses dias. Um dos poucos lugares que ainda nos resta é ao sul. A Metrópole próspera, longe desse inferno radioativo.

Dimitri ergueu os olhos.

– Aquelas ilhas ainda estavam nos planos de vários líderes. Lá ergueram uma Metrópole, a salvo das bombas e escondida do resto da humanidade – Lilian continuou. – Mas, para chegarmos lá, precisamos de um avião.

– E onde fica esse seu paraíso?

Lilian riu discretamente, debochando da pergunta do velho.

– Sabe muito bem que não posso lhe dizer agora. Não até você consertar o jato.

– Se eu disser que aceito, o que acontecerá depois?

– Bem... Vamos providenciar água e comida para você, para que trabalhe no avião confortavelmente e com saúde. Quanto a seu "amigo"... Bom, não queremos turistas nesta cidade.

Apenas quem tem algo a oferecer. Até onde eu saiba, ele quer tirar nossa chance de partida e vender para os sovietes.

– Ele...

Lilian se aproximou de Dimitri, falando baixo como se contasse um segredo.

– Sabe muito bem que com esses traços e essa cor de cabelo não vai durar muito aqui. Olhe à sua volta. Acha prudente?

Dimitri suspirou. Concordava com o risco.

– E um comunista? Não sofrerá por aqui?

– Não se estiver sob minha tutela.

O soviete voltou a olhar para a carcaça de avião empoeirada pela janela. Lilian continuou.

– Caso você decida ficar, ele deve ir embora esta noite. Do contrário, você pode ir com ele... Para o abatedouro.

Dimitri refletiu em silêncio enquanto caminharam de volta para o quarto. O velho entrou e Lilian se despediu.

– Pense bem, senhor Kuleshov – disse Lilian. – Essa decisão pode mudar sua vida.

– Espere! – disse o soviete, interrompendo a saída da alemã. – Como descobriu o nome dele?

– Tenho meus métodos.

Lilian tornou a trancar a porta. A mulher caminhou solitária pelos corredores estreitos da área habitável do casarão de metal. Poucos guardas vigiavam aquele setor. Parou diante de uma porta de madeira que parecia ter sido transplantada de uma mansão bávara. Suspirou e entrou sem bater.

Ao fundo do quarto escuro, forrado com tapetes e pinturas, um velho gordo, sentado numa enorme cama, cobria-se com as trevas. As janelas fechadas deixavam o ambiente abafado com cheiro de morte. Lilian fechou a porta atrás de si.

– Ele aceitou? – questionou a voz rouca do velho.

– Ele não se pronunciou ainda a respeito da oferta – respondeu, sentando ao lado do homem.

– Mas você acredita que ele vai aceitar?

– Não tenho ideia. O homem está completamente confuso, iludido com falsas esperanças.

Uma mão surgiu do breu, agarrou o pescoço de Lilian e a pressionou contra a parede.

– Meu avião não vai esperar por muito tempo nesse mundo de poeira. *Eu* não vou esperar por muito tempo.

– Eu não posso forçá-lo a aceitar.

– Não me venha com suas desculpas.

– Da última vez não deu certo.

– Da última vez você não fez seu trabalho direito!

Lilian respirava com dificuldade com a pressão em sua traqueia.

– Acho que ele vai aceitar. Ele está desconfiando do amigo.

A mão soltou o pescoço da mulher.

– Pois torça para que isso aconteça.

O homem retornou para a escuridão, em sua posição de repouso. Lilian respirava ofegante. Seu descontentamento com aquela situação era evidente. Levantou-se e deixou o quarto rapidamente, tentando conter seu ódio para com aquele homem decrépito. Fechou a porta e suspirou. Com a ponta dos dedos, arrancou um de seus molares. Observou a coroa frágil, contendo uma quantidade pequena, mas suficiente de cianeto. Não refletia sobre sua própria morte, mas sobre o fim daquela tortura proporcionada pelo próprio pai. Tornou a colocar o dente falso no lugar e caminhou pelo corredor, afastando-se da porta de madeira entalhada.

CAPÍTULO 24

Mais tarde naquele mesmo dia, Dimitri recebeu mais uma refeição. Há tempos não almoçava tão bem. Mesmo sofrendo um pouco de fadiga muscular, sentia-se angustiado em sua clausura. Seus desejos de sair daquela caixa metálica foram realizados. Lilian abriu a porta do quarto do soviete, convidando-o para um passeio.

– E qual o destino desse passeio? Uma *Badeanstalten*[*]?

Lilian fitou o velho com um olhar de censura. Não parecia contente com o termo utilizado por Dimitri.

– Não. Vamos logo – disse de forma ríspida.

O soviete não questionou mais, já que desejava investigar mais sobre aquele local. Os dois seguiram por um corredor que levava até o hall de entrada. O pequeno museu nazista parecia ainda mais macabro visto de perto. Os objetos antigos carregavam toda a história e ideologia condenada pela maior parcela da humanidade e, aparentemente, a vila não era daquela parcela. Alguns guardas, fardados como soldados da Segunda Guerra, cumprimentavam Lilian como se ela fosse uma grande líder.

– Como sabia quem eu era? – Dimitri questionou.

---

* "Casa de banho" em alemão. Era uma câmara de gás disfarçada de casa de banho para extermínio dos prisioneiros dos nazistas (judeus, ciganos, homossexuais, negros etc.). [N.A.]

Lilian sacou de seu bolso um panfleto antigo com o rosto do velho estampado. Logo abaixo, em russo, a palavra "procurado". Mostrou para Dimitri e em seguida guardou de volta no bolso.

– Por mais que a idade tenha modificado seu rosto, ainda é possível reconhecer seus olhos.

As portas do casarão se abriram revelando o povoado empoeirado dos nazistas. A vida parecia acontecer pacatamente ali. Porém, homogeneidade artificial daquele povo gerava estranheza no soviete. Pareciam um exército de clones, fazendo o trabalho como animais com viseiras. Não havia atritos ou violência, mas uma sensação de inquietude e repressão inimaginável. A desconfiança parecia ser constante entre os moradores. Pareciam viver com medo de algo. Alguma ameaça iminente, surgindo no meio da comunidade.

Lilian se afastou dos guardas da casa. Então, inclinou-se em direção ao soviete.

– Desde que levantamos acampamento aqui, nada aconteceu de violento – disse a mulher.

– E por que as pessoas daqui parecem ter sofrido um ataque recentemente?

– Porque são todas doentes.

A fala de Lilian espantou o velho. Não esperava tal postura daquela que parecia ser o auge da "raça ariana".

– Doentes?

– Aqui vive apenas a mais bestial parte da humanidade, mascarada com a limpeza homogênea dos rostos. Aqui, todos se alimentam do medo e, ao mesmo tempo, são devorados por ele. Medo do diferente, que fez com que a Cidadela Capital prosperasse muito mais que a nossa.

– É um discurso bastante contraditório para quem vive numa casa coberta de suásticas.

– Não tenho escolha. Não sobreviveria longe daqui. Se eu saísse para lá, me caçariam por medo. Medo de que eu contasse o segredo de Alpenfestung, da sua existência e de suas supostas maravilhas, atraindo gananciosos e escumalhas da humanidade. Mal sabem eles que estamos numa vila de escumalha.

– Então por que pretende levar essa sociedade cancerosa para a sua "verdadeira Metrópole"?

– Eles não estão em meus planos. O jato tem lugar para dois passageiros. Consegui expandir para três, mas nada além disso.

– Três? Por que três?

– Nenhum de nós sabe pilotar. Você seria o piloto.

– E quem é o terceiro passageiro?

Lilian calou-se. Olhou a sua volta, procurando guardas que pudessem a ouvir.

– Ainda não decidi se levo um terceiro passageiro.

– E esse povo concorda com sua fuga?

– Não sabem de nada. Estão preocupados demais procurando comunistas e gays entre eles mesmos. São incapazes de raciocinar além de seu pensamento odioso.

– Está consertando um jato e eles não sabem que pretende fugir?

– Acham que é um dispositivo de disseminação. Uma semente do partido. Assim como aconteceu em 1964, se uma catástrofe ameaçar as memórias nazistas, as salvaríamos com o jato, disseminando a ideia em outro canto do mundo.

– Trouxeram toda essa memorabilia num jato para cá?

– Não. Após os testes nucleares da URSS, decidimos investir numa base fora da Europa. Coincidentemente, os soviéticos e alguns americanos tiveram a mesma ideia de destino. Transportamos muita coisa até 1964.

Dimitri passou a notar o bom planejamento do vilarejo. Tudo era muito uniforme, tanto as pessoas quanto os abrigos. As bandeiras salpicadas estavam muito bem cuidadas para a situação pós-apocalíptica do mundo. O fanatismo escravizava aquelas mentes de uma forma muito eficiente.

Caminharam por mais alguns minutos, atraindo certos olhares. Lilian, então, decidiu ir para o mini-hangar que protegia o jato em questão. No caminho, apontou os olhares de ódio para Dimitri.

– Posso proteger um só, pois esse um vai salvar a alma do Führer. Não consigo proteger um outro que não oferece os mesmos benefícios. Bernardo seria morto. Ele é um resultado de um *Blutschande*,* um ótimo alvo para esses animais com ódio acumulado.

Ao longe, Lilian apontou o hangar camuflado.

– Lá está nossa passagem para fora desse inferno.

Coberto por uma lona da cor da terra, estava o hangar que protegia o jato. Parecia estar em bom estado, apesar da poeira. Dimitri refletia sobre a possibilidade de ficar ali e consertar o avião. A conversa com Lilian havia mudado suas perspectivas sobre aquela mulher – ela era tão prisioneira ali quanto ele. Sentia, agora, uma estranha sensação de empatia e sinceridade.

---

* Termo ressignificado pelos nazistas. Indica sangue sujo ou misturado. Aqueles que misturaram a raça pura ariana com outra "inferior". [N.A.]

O sol já ameaçava abaixar. O calor infernal diminuía gradativamente, começando a dar lugar ao frio noturno. Caminharam de volta para o casarão por entre os contêineres menores. Seguiam em silêncio, apesar do turbilhão de pensamentos atormentando ambas as mentes. Era essencialmente uma relação de codependência. Por fim, Lilian quebrou o silêncio ao chegar na entrada do casarão.

– Tem até o crepúsculo para decidir se vai ficar. Não posso proteger Bernardo nem vou obrigar você a ficar, mas saiba que existem riscos se fizer a escolha errada. Não sou capaz de prever a reação desse povo.

– Entendo. E o que fará com Bernardo?

– Acredito que consigo fazer com que apenas expulsem ele. É o máximo que posso fazer.

– Sim...

– Sei que é difícil abandonar alguém que te ajudou a sair daquela cidade infernal e te deu esperanças de um reencontro com sua família. Mas talvez não seja prudente essa sua busca por aqueles que querem sua morte. Confesso que não sei se as intenções de Bernardo são boas ou ruins, mas posso garantir que as minhas são o que são. Escolha com consciência de que uma única palavra pode mudar sua vida ou enterrá-la para sempre.

– Sim. Essa é minha resposta. Sim, ficarei para consertar o jato.

CAPÍTULO 25

A aeronave seguia a seus mil quilômetros por hora sobre o Mar Mediterrâneo; já estava quase no espaço aéreo egípcio. O destino de Dimitri era ainda incerto. Sabia que a oeste de Luxor encontraria uma cidade que esconderia o bunker principal da URSS. Entretanto, sua localização exata era extremamente secreta, até mesmo para um comandante. Um seleto grupo de pessoas, responsável pelo transporte, sabia as coordenadas precisas.

Luxor ficava às margens do Rio Nilo, na região sul do Egito. À medida que o destino se aproximava, mais a mente de Dimitri se desesperava. Não tinha certeza do motivo de sua ida para o Egito. Não sabia se era para se reencontrar com sua família ou apenas para fugir da guerra. Seu lado racional indicava a segunda opção, mas não queria aceitar esse lado frio e egoísta. Já podia avistar as areias da área desértica egípcia, e ainda debatia consigo mesmo a respeito de sua índole. A voz de sua esposa reverberava em sua mente, como se estivesse falando em seu ouvido: "Não sofrerei de saudade, pois você estará sempre comigo".

Alguns avisos sonoros começaram a disparar no *cockpit* do jato. Subitamente, a aeronave começou a perder altitude e velocidade. Os ponteiros se desorientavam e o manche não respondia aos comandos de subida de Dimitri. Estava a poucos quilômetros do destino final, mas a pane o distanciava do aeroporto de Luxor. Mesmo com sua grande experiência, unida à facilidade de pilotagem da Yak, nada parecia resolver o problema. Ao olhar para trás, viu um rastro de fumaça negra sendo riscado por uma de suas turbinas. Fitou, então, brevemente o botão de ejeção.

Como se controlasse apenas um planador, sem força de impulso para subir, guiou o jato o mais próximo de uma área verde aparentemente habitada. Não podia arriscar cair no meio do deserto, sem água ou comida. Os ponteiros, então, desorientaram-se. Alguma anomalia magnética os fazia balançar freneticamente. O soviete estava às cegas. Tornou a fitar o botão de ejeção, ainda relutante.

Mais alertas sonoros iniciaram no jato. A segunda turbina começou a riscar o céu em negro. Dimitri já avistava o Nilo quando decidiu abandonar seu transporte definitivamente. O dedo do soviete flutuou sobre o botão. Nunca havia passado por uma situação de ejeção emergencial. Não temia os efeitos do lançamento de sua poltrona para fora do jato, mas as implicações que aquilo trazia. À mercê do vento, cairia no meio do deserto, reduzindo as chances de sobrevivência e de descoberta do *bunker*. Tornou a olhar para os ponteiros, na esperança de encontrá-los em perfeito funcionamento novamente, mas se decepcionou ao ver todos na posição de desligado. Encurralado pelo destino, suspirou e pressionou o botão com toda sua força.

O som dos alertas cessou, mas devido a uma pane geral, e não à ejeção. Dimitri ainda estava preso no cockpit a cerca de mil metros do chão, em trajetória descendente. A cabine começou a esquentar. A turbina à direita já estava em chamas. Não estava mais em uma aeronave, mas, sim, em uma bomba-relógio.

Após um rápido raciocínio, Dimitri empurrou o manche para a frente, embicando a Yak para o chão. Descia para o deserto, numa área próxima a uma pequena cidade em meio às dunas. Pretendia pousar o avião o quanto antes, para que pudesse escapar da explosão iminente. Mergulhava para aquele mar de areia amarela, já quase sem esperanças em sobreviver.

O impacto foi intenso. Sem o trem de pouso, o jato deslizava pela areia com sua fuselagem. Finalmente o pouso se encerrou. Dimitri puxava a tampa do cockpit, mas ela não se movia. Retirou o capacete para respirar melhor e enxergar com mais detalhes o que se passava. O fogo parecia aumentar, cada vez mais perto da cabine; ele já sentia o cheiro da fumaça intoxicante. O desespero era efetivamente controlado pela mente treinada do militar, que analisava as variáveis rapidamente. Desacoplou o manche e começou a golpear o vidro que o prendia.

Alguns alarmes tornaram a soar. Um clique forte e claro interrompeu os golpes de Dimitri contra a aeronave. Como uma explosão, o soviete foi arremessado para cima em sua cadeira. A altura da ejeção não era suficiente para o correto funcionamento do paraquedas. Sua descida foi tão violenta quanto sua subida, levemente amortecida pela areia fofa. Suspirou aliviado.

Com certa dificuldade, desvencilhou-se do cinto de segurança que o prendia na cadeira e arrastou-se para longe, observando as chamas da turbina crescerem. Uma gota morna tocou-lhe a bochecha, seguida de outra na palma de sua mão. De forma extremamente atípica, uma chuva forte começou a cair. Fugindo da possível radiação, Dimitri correu para baixo do paraquedas, protegendo-se da água. Com uma média de duas chuvas por ano, o soviete conseguiu presenciar uma naquele deserto africano.

A chuva passou rapidamente, dando espaço para o sol infernal. Ao Norte, era possível ver a escuridão avermelhada do céu. Algo acontecia no Cairo. Sacou sua bússola de bolso e seguiu para a cidade que havia visto do alto. Abandonou a aeronave, ainda saindo fumaça, mas já sem chamas. Alguns barulhos de helicópteros e jatos ecoavam pelo céu, contudo estavam distantes demais para serem vistos.

Dimitri vagava pelo deserto com dificuldade. A areia fofa foi de grande ajuda para sua aterrissagem, mas em nada ajudava em sua caminhada. Pesava seus passos e fazia brotar gotas de suor de cansaço em sua testa. O vento não tão seco batia em seu rosto. Suas pálpebras quase fechadas tentavam proteger seus olhos da luz do sol refletida na areia clara. Caminhou por horas em direção ao que imaginou ser um oásis. Começou a suspeitar de seus olhos, após quilômetros percorridos sem sinal daquele verde-vivo que havia chamado sua atenção no jato.

Amaldiçoou o idealizador daquele *bunker*. Por instantes, questionou aquela localização completamente bizarra e sem nenhum sentido. Não havia motivo algum para construir um bunker ali. A neutralidade egípcia na disputa entre comunismo e capitalismo não era justificativa suficiente para estabelecer uma base numa região extremamente árida e quase estéril. Pensamentos atormentadores povoavam sua mente, questionando a existência daquele lugar tão secreto.

A imagem trêmula de uma cidade surgiu no horizonte. As esperanças de sobrevivência tomaram o corpo do soviete ao ver a cor viçosa da vegetação, restrita aos arredores daquele vilarejo.

Ele apertou o passo. A terra sob seus pés já era mais firme e demandava menos esforço para caminhar. As ruas estavam praticamente vazias; a cidade parecia morta. Poucos caminhavam sob o sol e conversavam entre si. Havia algo de errado acontecendo, além da guerra. O chão estava coberto de panfletos e jornais. Dimitri tomou um dos papéis em suas mãos, o qual continha um rosto, claramente eslavo, com trajes militares. Abaixo da imagem, uma inscrição: "искать". Aquele homem era familiar, mas não tinha certeza de quem era.

Mais à frente deparou com os mesmos panfletos, dessa vez, com algo escrito em árabe: "بـولطم". Deduziu ser uma tradução de "procurado" para a língua local. Vasculhou o chão em busca de informações, mas encontrou algo que o fez estremecer: um dos panfletos espalhados em sua frente destacava sua face. Sua expectativa de que seu rosto e sua farda não significariam nada naquele lugar se foi. Não estava mais seguro ali. Precisava procurar um esconderijo o quanto antes. O destino havia decidido por si só – não poderia mais procurar sua família. Estava preso naquela cidade por um tempo indeterminado.

CAPÍTULO 26

O pequeno contêiner em que estava trancado se abriu. A luz fraca do exterior iluminou os olhos furiosos de Bernardo no fundo de sua prisão. Estava trancafiado ali por quase 24 horas, alimentado com somente o essencial para sobreviver. A fome o deixava ainda mais irritadiço. Continuou sentado no chão, ao lado do amontoado de folhas secas que usava para dormir sobre.

Dois guardas nazistas entraram no contêiner. Berravam palavras de ordem em alemão, não obtendo resposta do homem. O guarda repetiu as palavras brutas, apontando para a saída. Bernardo continuou sentado.

– *Nazi-abschaum*[*]... – Bernardo resmungou com um sotaque quase imperceptível.

Os guardas avançaram em sua direção como cães raivosos. A mão pesada dos nazistas acertou repetidas vezes o rosto do prisioneiro, que ria com superioridade. Parecia estar contente com a situação. As marcas em seu rosto indicavam uma certa experiência com situações extremas como aquela. Em meio aos golpes, tornou a falar.

– *Ihre Schläge machen Sie nicht weniger Idiot*[**] – disse, cuspindo sangue.

Os homens bufavam de ódio. Estavam prestes a prosseguir com o espancamento quando

---

* "Lixo nazista", em alemão. [N.A.]

** "Seus socos não fazem de você menos idiota", em alemão. [N.A.]

a porta bateu atrás deles. Lilian observava com uma feição séria. Os guardas se afastaram do homem caído e fitaram a mulher. Sem precisar verbalizar seus comandos, Lilian indicou Bernardo com a cabeça para os nazistas. Eles o pegaram bruscamente e arrastaram para fora do contêiner.

No hall de entrada, estavam Dimitri e alguns nazistas aguardando a chegada de Bernardo. Os guardas que o arrastavam pararam em frente ao soviete.

– Bem... – disse Lilian. – Despeça-se de seu "amigo".

Bernardo fitou Dimitri com incredulidade. Não entendia o que se passava, nem sabia o que aconteceria a seguir. Sabia que seus traços latinos não seriam vantagem naquela comunidade, mas tinha esperança de que conseguiria escapar antes de ser assassinado. Olhou no fundo dos olhos do soviete, notando uma certa calmaria. Temia que um acordo havia sido feito entre os nazistas e o velho.

– Sem despedidas? – Lilian interrompeu a troca de olhares. – Certo...

Os homens seguiram para a saída, arrastando Bernardo pelos braços. O homem desapareceu com o fechar da porta metálica do casarão. Lilian aproximou-se de Dimitri.

– Fez a escolha correta.

A mulher deixou o salão, caminhando em direção ao corredor estreito que levava aos quartos. Apesar da negociação proveitosa com o soviete, não parecia plenamente satisfeita. Seu rosto pesava com uma feição cada vez mais séria e raivosa à medida que se aproximava da porta de madeira entalhada. Parou diante dela e suspirou. Sua mão flutuava sobre uma faca presa na cintura. A tentação da liberdade estava maior do que nunca. Abriu a porta bruscamente.

– Espero que tenha boas notícias. Não sei se vou durar tempo suficiente até você deixar de ser uma incompetente.

– Ele aceitou – disse Lilian de forma seca.

– Bom... – O velho se ajeitou na cama. – Demorou um dia inteiro para conseguir algo tão simples?

– Você me trata como se eu fosse lixo, mas, se não fosse por mim, você já estaria morto.

– Minha vila não permitiria – riu.

– "Minha vila"? Eu matei por você, eu lutei por você, te defendi e te ergui. Eu que deveria tratar você como o pedaço de merda que é. Velho, obsoleto doente e inútil. Maldito sangue que me prende a você.

– Não ouse falar de mim assim.

O homem avançou em direção à Lilian, mas ela desviou rapidamente.

– Eu aprendi com o melhor.

– Não me faça te expulsar da minha vila.

– Não pense que você tem todo esse poder. Você é o maior desperdício de recursos desta vila! Seus lacaios fazem rondas para conseguir sustentar um velho gordo que se acha o herdeiro direto do Reich, mas não passa de um militar de baixa patente que era jovem e insignificante demais para enfrentar Nuremberg.[16]

O homem avançou novamente e, dessa vez, agarrou o pescoço de Lilian. A mulher sacou a faca presa em sua cintura e pressionou contra o pescoço de seu agressor.

– Você não faria isso – disse o velho, incrédulo com a atitude da filha. – Não tem coragem. Será linchada se o fizer.

– Acho que o inverso é mais plausível. E você sabe disso.

Os dois se encararam. Lilian pressionou com mais força a lâmina contra o pescoço frágil do velho e ele soltou seu pescoço.

– Não pense que sou sua submissa – Lilian continuou. – Os anos se passaram para nós dois. Não tem mais idade para se impor.

– E o que vão pensar dos seus planos de fugir para a Metrópole e abandonar este inferno? Acha que vão te apoiar tanto quanto diz?

– Todos sabem que o único covarde que planejou tudo isso desde o início foi você. Você não é o que pensam, apenas criou uma imagem de um líder forte para te adorarem e te protegerem. E, com isso, nublar a verdade podre. A suástica é só mais um artifício conveniente de um imbecil no passado para você se manter no comando no presente.

– Não difame o Führer, sua comunista![17]

– Não, não sou comunista... sabe muito bem disso. O fato de você discordar da minha postura não me torna comunista. Mas sua negação da realidade o torna nada além de um velho obsoleto e ignorante, erguido por seguidores de suas falácias.

O homem permaneceu calado.

– Eu não quero fugir do inferno, quero apenas me afastar de você e de seus demônios de estimação.

Lilian saiu do quarto, cessando aquela conversa tempestuosa. Seus passos pesados de raiva ecoavam pelo local, mas sua feição demonstrava vitória. Dimitri representava não só a fuga para a Metrópole – para o paraíso –, como o fim dos laços com o grupo nazista e tudo o que representava. Sentia-se como se finalmente houvesse conseguido se erguer do lamaçal e caminhasse para um banho morno.

Chegando no hall, deparou com um dos guardas entrando no casarão. Estava com marcas de luta no rosto e em suas roupas. Andava encurvado. Lilian logo abordou o homem.

– O que aconteceu?

– Aquele sangue-sujo… – disse o homem em alemão. – Conseguiu se desvencilhar de nós. Atirou em Adler e o matou. Eu consegui escapar. Ele roubou um de nossos carros, mas já mandei mais homens para caçá-lo – suspirou. – Devíamos ter dado uma solução final para esse problema…

– Não foi o acordo.

– Sim, senhora. – Baixou a cabeça.

– Contate os homens pelo rádio. Mande-os voltar para a vila. Não podemos desperdiçar recursos com um sangue-sujo.

– Sim, senhora.

* * *

Dimitri fitou Lilian. A mulher era uma exímia atriz. Conseguia fazer com que todos a sua volta acreditassem em suas palavras. O acontecido levantou suspeitas sobre as reais intenções de Lilian para com o soviete. Assim como parecia estar enganando muito bem aqueles nazistas, poderia estar também o enganando e o usando exclusivamente para os fins absurdos daquela vila.

A situação se dissipou, mas o pensamento de Dimitri não. Seguiu para um outro quarto, mais reservado e melhor que sua outra cela. A cama era de verdade, sem folhas ou panos velhos. Era bem iluminado com o reflexo da luz solar em pontos estratégicos pintados de branco. Diante de sua cama, um enorme estandarte nazista com manchas escuras nas bordas. Pareciam manchas de sangue, mas a idade daquele tecido não permitia uma certeza.

Deitou-se, depois de anos, num leito confortável e aconchegante. Tentou esquecer os diversos símbolos de morte que o cercavam. Roupas limpas estavam numa cadeira ao lado da cama. A opulência mascarava o inferno exterior, fazendo até mesmo o soviete esquecer por alguns segundos o resultado da guerra.

A porta não estava trancada, mas era constantemente vigiada por um guarda. Mais tarde, no jantar, recebeu comida e água. Lavou-se com uma toalha umedecida e colocou as roupas novas que havia recebido. Procurou por símbolos de segregação, para garantir que não estava num campo de trabalho forçado. Não havia passado por aquela experiência, mas viu o horror nos olhos do pai quando contou o que encontrara na guerra. Mesmo sem nenhuma indicação de que era um prisioneiro, manteve-se consciente de sua situação crítica. Assim como as esperanças dadas por Bernardo poderiam ser falsas, as de Lilian também poderiam o levar a uma situação pior.

CAPÍTULO 27

O dia amanheceu cedo. Logo ao acordar, Dimitri deparou com outro prato de comida e água. A mordomia de um café da manhã gerou estranheza, mas foi bem recebida pelo estômago do velho. Comeu a ração com água e colocou sua roupa de trabalho. Parou diante da porta do quarto, refletindo se havia feito a escolha correta ao dispensar Bernardo e ficar por tempo indeterminado numa vila nazista. Abriu a porta, deparando com Lilian e seu vigia conversando. Ela voltou-se para ele com um olhar neutro.

– Teve uma boa-noite de sono? – perguntou ao soviete.

– Sim. Estranhamente sim.

– Certo. Então podemos começar.

Os dois caminharam pelos corredores do casarão escoltados pelo guarda. Passaram pelo hall, onde a presença da urna funerária ainda lhe causava uma sensação desconfortável. Percorreram o mesmo caminho do dia anterior até o hangar camuflado próximo ao casarão. O vento seco golpeava os dois, que seguiam sozinhos para o local.

Coberto por uma lona amarelada, estava um jato militar soviético. Lilian puxou o tecido, revelando uma Yakovlev envelhecida e com poucas marcas de ferrugem. Estava, apesar de coberta, com uma grossa camada de poeira cobrindo a fuselagem. As armas que deveriam estar instaladas nas asas não estavam ali. Na barriga da aeronave, riscos no metal indicavam uma história conturbada.

– Creio que seja uma aeronave familiar para você – disse Lilian. – É soviética, introduzida dez anos antes da guerra. Yak-25.

– Sim... – disse Dimitri, mergulhado em memórias de seu passado conturbado. – Aprendi a voar numa dessas.

– Ótimo. Espero que sua memória ainda seja boa, pois não pretendo cair dentro dessa lata enferrujada.

Lilian caminhou em direção à saída do hangar.

– Outros tentaram consertar – disse –, mas apenas fizeram alterações estruturais para que fosse possível o embarque de três passageiros e... "bagagens". – Ela se referia à memorabilia nazista. – Mas ninguém conseguiu ligá-la ainda.

A mulher deixou o velho sozinho na oficina improvisada no meio do deserto. Ao longe, um guarda o observava com atenção, sem sequer desviar o olhar. A sensação de prisão aumentava com o passar do tempo. Afastou-se da aeronave e a observou por alguns instantes de longe. As lembranças da partida de sua terra natal e a chegada naquela terra hostil e estranha invadiram sua mente. A presença imponente daquela Yak ocupava um enorme espaço físico e emocional. A lembrança de uma época que nunca mais iria voltar, de um momento em que a humanidade ainda tinha chances de se recuperar.

Fitou a cauda do jato. Não havia nenhum desenho pintado. Seu coração acelerou com a estranheza da situação. Aproximou-se e subiu numa escada, a fim de alcançar aquela porção da fuselagem. Passou a mão para remover a poeira, confirmando a ausência de uma estrela, que era frequentemente pintada na cauda dos aviões da força aérea soviética.

Empurrou a escada para trás e caminhou até a lateral do *cockpit*, onde algumas partes do número de identificação estavam à mostra, apesar da poeira intensa. Repousou a mão sobre a fuselagem e suspirou. Num movimento único, removeu uma parte significante da poeira, expondo o código pintado. Dimitri se afastou e fitou a Yak como se tivesse reencontrado um amigo de longa data. O número 3964-CCCP estampado no metal cinza meio enferrujado o afogou em sensações e lembranças tão intensas que verteram água de seus olhos há muito secos. Aquela Yak trazia em si a ideia de esperança, de um novo recomeço.

Após alguns minutos de reflexão e memórias, Dimitri iniciou seu trabalho. Sabia dos possíveis problemas que aquele jato poderia ter. A imagem do interior daquelas turbinas estava ainda muito viva na mente do soviete. Com várias ferramentas e peças à sua disposição, Dimitri passou o dia concentrado no conserto da Yak.

Entretanto, os dias se passavam e o trabalho de Dimitri não levava a nenhum resultado. Passava doze horas integralmente dedicadas ao jato, mas algo ainda parecia estar errado. Tentava encontrar uma solução, mas seus conhecimentos de mecânica eram limitados, inclusive pelo tempo. A frustração tomava conta de si, dificultando ainda mais a tarefa.

A pressão do olhar dos nazistas sobre seu trabalho também não era facilitadora. Ele consumia os recursos que aquela vila conseguiu com dificuldade e não mostrava um resultado plausível. Seu custo já não parecia muito vantajoso para eles.

Os dias viraram semanas, e as semanas já se somavam um mês de trabalho intenso e contínuo. Suas manhãs já se iniciavam com uma sensação de derrota. Lilian o abordou pela primeira vez, em sigilo.

– Sei que se trata de um trabalho custoso, mas preciso que apresente algo palpável. Não posso justificar sua presença aqui sem que você demonstre estar avançando. Mesmo não tendo evolução, preciso que reporte algum progresso, mesmo que irrelevante.

Dimitri assentiu e prosseguiu com o trabalho. Estava debruçado sobre uma das turbinas, que entrou em combustão no ar quando se aproximava de Luxor. Já havia verificado todo o sistema elétrico e mecânico e não havia encontrado nada que impedisse o seu funcionamento. Suspirou. Ao longe, ouviu um grito de ordem. Ergueu-se de sua posição e olhou para o lado de fora. O guarda que o vigiava constantemente não estava mais lá. Algo estava acontecendo na vila. Caminhou até a entrada do hangar com cautela, não queria demonstrar hostilidade para aquele povo de ideal violento e armado.

Uma mulher correu para uma casa de contêiner. A vila parecia estar numa movimentação emergencial. Ele, então, correu para a caixa de ferramentas e pegou um martelo e uma chave de fenda, preparando-se para um ataque iminente. O silêncio incômodo, que aumentava sua adrenalina com a expectativa de algo, se findou. Tiros de metralhadora ecoaram pelas ruas da vila.

CAPÍTULO 28

Mais tiros e gritos de comando foram ouvidos por Dimitri. Passos se aproximavam rapidamente do hangar. Conseguiu cobrir o jato e se esconder atrás de um entulho de peças. Os homens não eram alemães, apesar dos traços finos e pele alva. Os uniformes eram puídos, mas ainda possuíam características típicas de militares de baixa patente. Seguravam metralhadoras apontadas para baixo, como se procurassem algo ou alguém, mas sem a intenção de abate. Um deles falou. Ao ouvir as palavras russas saindo da boca do soldado, Dimitri congelou: ele era o alvo da procura.

Controlava a respiração com dificuldade. Os homens caminhavam lentamente pelo hangar, vasculhando cada canto minuciosamente. Dimitri apertava o cabo do martelo com força, preparando para um ataque surpresa caso fosse ameaçado. Novamente, gritos de ordem ecoaram. Dessa vez em russo. Os homens correram para fora do hangar. O soviete observou o local por mais algum tempo, garantindo que não iam voltar. Foi até a entrada do hangar e observou de longe a movimentação da vila. Pessoas corriam armadas para todos os lados, como em uma guerra civil. Mesmo tendo livre acesso a armas de fogo, a população não tinha a destreza nem a experiência de um militar para conseguir combater a invasão.

Avistou um rosto conhecido. Lilian correu até o hangar. Tinha uma metralhadora presa numa bandoleira e uma pistola em mãos. Entrou rapidamente e puxou o soviético para dentro.

– Sua "família" está nos atacando – disse ofegante. – Ainda não sabemos o motivo. Isso nunca aconteceu antes.

– Eu – disse Dimitri, com certa preocupação. – Eu sou o motivo.

– Impossível. Você foi trazido para cá em completo sigilo. Ninguém sabia de sua presença aqui, a não ser a alta cúpula da vila.

Dimitri foi obrigado a concordar com a mulher. Sua experiência o levava a crer que ele sempre seria o alvo, mas não havia evidências ainda que comprovassem suas suspeitas.

– Preciso que se defenda – a mulher continuou. – Confio em suas habilidades de militar para se proteger melhor do que esse povo. Principalmente porque se trata de um inimigo que você conhece profundamente.

Lilian entregou uma outra pistola que tinha presa em sua coxa para Dimitri.

– Se esconda aqui até a poeira abaixar. Depois, me encontre atrás da casa principal. Iremos para um abrigo escondido até a saída dos invasores.

– E se não forem embora? – Dimitri questionou.

– Então teremos que consertar e decolar o avião escondidos. Não podemos arriscar perdê-lo.

Dimitri assentiu, mesmo acreditando que a ideia da mulher era completamente irreal. Lilian saiu do hangar e correu para o casarão. Seu treinamento era evidente, matava os inimigos com tamanha eficiência.

A porta principal estava aberta. Ela entrou com cautela. Com pouco tempo, seus olhos se adaptaram ao breu do hall de entrada. Grande parte da memorabilia havia sido danificada.

A urna funerária, ao fundo, estava derrubada e quebrada, expondo ossos carbonizados. Seguiu para dentro da casa, passando pelo corredor estreito até a ala dos dormitórios. Caminhava com cautela.

Vozes vindas de dentro de salas reverberavam pelos corredores. Falavam algo em russo. Pareciam ser mais de cinco pessoas, que reviravam o local em busca de algo. A situação gerou estranhamento. Nada ali, além de Dimitri, poderia possivelmente atrair a atenção e o desejo dos soviéticos. Havia algo de errado.

Prosseguiu para o quarto com a porta de madeira entalhada. Abriu em silêncio e entrou. O velho estava ainda deitado, porém segurava uma submetralhadora MP40[18] apontada para a porta. Ao identificar a filha, suspirou com alívio, mas mantendo a arma apontada para a entrada.

– O que está acontecendo? – ele perguntou.

– Soviéticos estão atacando a vila – disse em tom sério.

A mulher partiu para uma cômoda no canto do quarto, abriu a gaveta e começou a procurar algo.

– Sua incompetência chegou a esse ponto? Não consegue nem manter mais um velho em segredo?

Lilian ignorou o nazista. Revirava a gaveta de chaves em busca de uma em específico. Ele chamou seu nome, mas ela continuou com sua procura. Tornou a chamá-la, dessa vez com mais brutalidade. Ela virou-se para a cama com uma chave na mão.

– Uma moto? – disse com desprezo. – Acha que vamos conseguir fugir numa moto?

– Não. Um de nós vai.

A fala da mulher encheu o coração do velho de ódio. Espumava pela boca, como se segurasse um urro. Ela se aproximou e puxou a submetralhadora das mãos do nazista de forma brusca.

– Espero que te torturem por mais uma década de vida – disse Lilian em tom ameaçador.

O nazista em meio ao seu ódio soltou um leve sorriso, fitando os olhos da filha. Mascarava a enorme amargura com aquela expressão de contento sádico. Ela se afastou, confusa com a reação.

– E espero que viva mais que eu – resmungou.

– O quê? – Lilian indagou.

– Здесь!* – o velho berrou com todo o ar de seus pulmões.

A mulher arregalou os olhos. Seu pouco conhecimento de russo era suficiente para traduzir o grito. Num rápido reflexo, acertou uma bala no rosto do nazista. O som do tiro havia sido tão prejudicial quanto o grito do velho decrépito. Muitos passos pesados vinham na direção de Lilian. Guardou a pistola na cintura e tomou a submetralhadora do pai em mãos. Apontava para a porta, preparada para o ataque.

No hangar, Dimitri aguardava uma calmaria que parecia nunca chegar. A antecipação o deixava ainda mais impaciente. Tinha vontade de ir ao combate, mas sabia que seu corpo não era o mesmo de quando escapou de situações piores que aquela. Um helicóptero cruzou o céu, em direção à falsa Metrópole. Parecia uma guerra mundial novamente.

O soviete tornou a fitar a situação da vila, ainda caótica. Três soldados soviéticos avistaram Dimitri. Uma chuva de tiros caiu sobre o hangar. O velho foi capaz de se abaixar e se proteger atrás de uma peça de metal grande. Os homens correram para lá com as armas em posição de disparo. Dois

---

* "Aqui", em russo. [N.A.]

entraram, enquanto um ficou do lado de fora, vigiando. Com eficiência, foram capazes de render Dimitri. O velho soviete suspirou sua derrota, já aceitando seu destino macabro.

Dois tiros trouxeram um zunido no ouvido do homem. Os soldados caíram no chão, já mortos. Quatro outros tiros vindos do lado de fora, acompanhados do som de um motor, trouxeram esperanças. Dimitri se ergueu e olhou por um dos buracos de bala do hangar, esperando encontrar Lilian. Dentro de uma picape completamente enferrujada, Bernardo o esperava com o motor ligado.

CAPÍTULO 29

A lataria da picape velha trepidava com a terra irregular, emitindo um som metálico ritmado. O silêncio dentro do carro dava lugar para ruídos da mente de Dimitri. Aquela cascata de eventos imprevisíveis e anômalos parecia artificial. As coincidências dos acontecimentos na vila nazista de Lilian, culminando com a aparição de Bernardo, faziam o soviete questionar a realidade.

Mergulhado no vazio sonoro, Dimitri recapitulou os últimos meses de sua vida: o aparecimento de Bernardo sem nenhuma explicação naquela cidade infernal, justamente no momento em que estava mais frágil e vulnerável; seu conhecimento profundo dos hábitos e comportamentos do russo, incluindo sua história e sua vida pessoal; as marcas no rosto mal vivido e violento de Bernardo, denunciando uma trajetória conturbada e sombria. Por fim, os resgates inexplicáveis, que haviam começado com o sequestro de Claude e Nikolai, o deixavam ainda mais confuso e suspeito. Tanto o conselho da anciã quanto o de Lilian a respeito de suas companhias o deixavam pensativo.

Mas aquele acontecimento mais recente, durante o ataque da vila nazista, que o chamava tanta atenção. Sem nenhuma explicação, Bernardo apareceu novamente no momento em que mais precisava. Em seu momento mais vulnerável, no limite de sua sobrevivência. Como um anjo, materializou-se segundos antes de ser capturado, impedindo o pior. Pela movimentação e organização daquela vila, eram quase nulas as chances de uma invasão de tal porte, já que o povoado parecia viver em completo sigilo, afastado de tudo e todos, escondido em meio à savana, dunas e formações rochosas, fora de rotas de comércio e longe de pontos de interesse. Somente uma pessoa que já tivesse passado por lá saberia sua localização exata. O rosto machucado do nazista responsável pela expulsão de Bernardo lhe veio à mente.

Tudo parecia se encaixar perfeitamente naquela narrativa criada por Dimitri. A anciã, ainda presente em sua memória, repetia sua despedida: "Eles não são seus amigos, não confie cegamente. Lembre-se de que eles buscam a sobrevivência acima de tudo". A perfeição das atitudes de Bernardo apenas advogava contra ele. O retorno do suposto amigo junto à chegada de soviéticos na vila indicavam que ele era o responsável pelo ataque. Dimitri imaginava a negociação e o dinheiro arrecadado para a denúncia. Imaginava que Bernardo iria receber duplamente. Primeiro por indicar o paradeiro de Dimitri Kuleshov, segundo por entregá-lo à Cidadela, após recuperá-lo da operação falha daqueles militares.

O silêncio entre os dois parecia confirmar a continuidade do acordo que haviam feito no início de sua jornada. Parecia perpetuar a dúvida, mas incentivar o prosseguimento.

A poeira levantada atrás do carro escondia os resquícios de sua esperança. Lilian havia implantado na mente de Dimitri aquele sentimento no momento em que contou seu plano. Finalmente, havia recebido uma oferta que justificasse o conselho da anciã. Conseguiria abandonar o passado e seguir para o futuro. Uma chance para viver seus últimos anos na paz, longe daqueles monstros. Não sabia ao certo onde ficava a Metrópole verdadeira, mas a certeza e o vigor nos olhos da alemã lhe traziam uma sensação positiva, há muito esquecida por ele. Sentia que aquela promessa não era vazia e que a possibilidade de romper seus grilhões pesados e sumir dali era alta. Sabia que talvez não encontrasse uma paz plena, como Lilian buscava. Sabia que era uma ideia boa demais para se concretizar, afinal acreditava que não era possível existir uma utopia naquela distopia.

À medida que se aproximava da Cidadela, mais sentia uma sensação estranha. Algo que o empurrasse para longe e ao mesmo tempo o arrastasse com força. Algo que parecia querer devorá-lo por inteiro, corpo e mente. Um leviatã naquele mar de areia, puxando-o com seus tentáculos para sua perdição. Sua família já não era uma justificativa para sua ida, mas, sim, uma justificativa para sua debandada daquela missão suicida. Seguia sem protesto, pois ainda se sentia culpado e acreditava que o inferno era o que merecia por ter condenado a humanidade. Sentia a desistência tomar seu corpo e o amolecer, como se estivesse se entregando à escuridão do mar e afundando no abismo. As baforadas do leviatã esfriavam sua alma.

O carro chacoalhava, mas o transe meditativo de Dimitri o mantinha flutuando. Sentia cada glândula sudorípara expelindo o suor, mas era como se expelisse ácido. Sua pele queimava como se milhões de agulhas o perfurassem ao mesmo tempo. Ao longe, avistava a silhueta de um centro populacional decrépito, tremido pelas ondas de calor. Um oásis infernal, que não oferecia sombra e água fresca, mas dor e sofrimento. Seu coração acelerava. Parecia estar tendo um ataque cardíaco. Estava completamente retesado. Havia aceitado seu destino, mas seu corpo parecia ainda relutar e protestar contra sua decisão.

– Não vamos para lá ainda – disse Bernardo, rompendo o transe do soviete. – Vamos passar a noite num vilarejo aqui perto. Vou averiguar se está tudo certo lá dentro e se ainda é seguro entrar.

Dimitri fitava a estrada. Assentiu com a cabeça.

– Não podemos arriscar – Bernardo prosseguiu. – Nadamos até aqui. Não podemos morrer na praia.

O único comentário jocoso de Bernardo em toda jornada esfriou a espinha de Dimitri. Assentiu novamente, mas seu rosto empalidecido dizia o contrário. Seu corpo parecia querer nadar com toda sua força restante para longe daquele monstro marinho diante de seus olhos. A postura aberrante do homem servia apenas para confirmar suas paranoias e teorias conspiratórias.

Bernardo reduziu a velocidade e convergiu à esquerda, seguindo perpendicularmente à estrada principal. Rumava para a tal vila que dizia conhecer. Dimitri colocou a mão na maçaneta do carro e suspirou. Sentia-se como se tivesse dentro da Yak em chamas, a mil metros do deserto, refletindo sobre o botão de ejeção. Seu corpo parecia vibrar. Apertou a alavanca com força, tomando coragem para puxá-la e saltar do veículo. Subitamente, interrompeu seus planos. Lembrou-se de sua idade e dos perigos daquela região. Assim como na Yak, estava preso. Seu botão de ejeção não resolveria seus problemas iminentes. Estava preso numa carcaça de metal a poucos quilômetros da morte.

CAPÍTULO 30

Os casebres começavam a se multiplicar no caminho da picape. Muitos estavam vazios, completamente fechados. Alguns pequenos grupos carregavam carroças improvisadas com seus parcos pertences empoeirados. Seguiam em direção oposta à Cidadela Soviete, como se algo ali os espantasse para longe. Alguns corpos eram arrastados para fora das ruas de terra.

Assim como Dimitri, Bernardo também observava aquela situação com estranheza. Ele conhecia muito bem aquele vilarejo relativamente próspero e bem organizado. Algo mudava o ritmo cotidiano daquele povo. Mais adiante, próximo ao interior do assentamento, algumas pessoas reparavam casas destruídas, aparentemente, por um incêndio. Porém, a quantidade de escombros e o olhar desesperançoso das pessoas indicavam algo muito além de um acidente isolado.

Bernardo passou próximo ao centro, observando o estado decrépito do local. Parecia uma vila em processo de morte, dando seus últimos suspiros de vida, prestes a findar sua agonia. Prosseguiu para uma região mais afastada, onde as casas ainda pareciam estar em bom estado. Os abrigos eram feitos de pedra e adobe, que eram praticamente eternos naquele inferno sem chuva. Outros eram feitos de madeira de refugo, peças metálicas de veículos velhos, plástico e cacos de vidro. Quanto mais Bernardo se afastava do centro, mais casas de adobe surgiam. Parecia um bairro separado, de fronteiras muito bem definidas.

Alguns homens armados caminhavam pelas ruas. Fitavam a picape passando por entre os casebres. Bernardo não parecia se ater em esconder o rosto do soviete, seguindo sem preocupação. Finalmente o carro parou diante de um dos casebres de pedra e adobe. O xisto irregular mesclava as paredes com a paisagem inerte. O homem desceu do carro, enquanto Dimitri estava ainda paralisado na poltrona do passageiro. Ainda tentava trazer sua mente para terra firme, mas aquela sensação atormentadora não dava paz.

Bernardo foi até o casebre com uma pistola em mãos. Caminhou rapidamente até a janela improvisada e averiguou o interior. Contornou a construção, procurando sinais de vida ali. Com uma chave, abriu a porta da frente e desapareceu no breu da casa. O soviete manteve-se no carro, observando a ação tática do homem. Minutos depois, Bernardo emergiu das trevas, já com a pistola guardada em sua calça e caminhou em direção à picape.

Voltando a si, Dimitri puxou a alavanca da porta para abri-la, sem sucesso. Tentou outras duas vezes, mas a trava não se movia. Bernardo então abriu a porta pelo lado de fora.

– Não abre por dentro, só por fora – disse o homem. – Irei na concessionária verificar... acho que ainda está na garantia – riu.

Dimitri soltou um sorriso amarelo em resposta à piada do homem. O bom humor de Bernardo gerava ainda mais estranheza no soviete. Toda aquela situação parecia surreal. Desceu da picape e os dois seguiram para o interior da casa. Após a visão do soviete se acostumar com a penumbra, foi capaz de ver o interior bem organizado daquele abrigo: uma mesa no canto esquerdo do cômodo dava a sensação de habitação, à direita, uma cama de feno e um baú metálico trancado com um cadeado e, ao fundo, uma porta levava a um banheiro. Bernardo caminhou em direção à mesa, depositando um saco de ração e uma garrafa de água turva. O alimento parecia muito volumoso, indicando uma longa estadia ali.

– Consegui pegar um pouco da comida e da água dos nazistas no meio daquela invasão.

– Como chegou lá no momento exato do ataque? – Dimitri cortou a conversa amistosa.

– Eu sabia que havia algo de errado naquele lugar. Quando fui expulso, consegui roubar a picape e fugi para longe. Eu estava vindo para cá quando deparei com uma comitiva de soviéticos. Consegui descobrir que pretendiam atacar os nazistas e os segui.

– Coincidência, apenas?

– Confesso que me apeguei a você – suspirou. – Nunca tive um pai e você é o que mais se aproxima de um.

Dimitri ficou desconsertado. Não havia tido filhos, mas, após o relato do homem, teve uma sensação paternal pela primeira vez na vida. Havia algo nos olhos de Bernardo que refletiam a alma do soviete. Parecia enxergar parte de si no homem, mas não era capaz de identificar qual parte. Sua idade e seus demônios o confundiam. Bernardo continuou.

– Retornei àquela vila nazista não para te ajudar, mas para recuperar algo que eu havia perdido... novamente.

O velho tentava penetrar naqueles olhos em busca da verdade, mas encontrava apenas um abismo misterioso. Tentava definir que parte de si havia enxergado em seu companheiro de viagem. Amoleceu, cedendo à fadiga do ataque e da fuga.

– Entendo...

Uma batida brusca na porta encerrou a conversa dos dois. Bernardo sacou a pistola e foi até a pequena janela da frente. Tornou a guardar a arma e foi até o saco de ração. Pegou parte do alimento com uma segunda sacola e atendeu a porta discretamente. Não abriu por completo, revelando a Dimitri apenas a mão do visitante, que entregava uma pistola em troca da comida. Bernardo voltou a trancar a casa e caminhou até o soviete.

– Não temos um poder bélico tão potente quanto os nazistas e os soviéticos, mas temos que tentar nos defender de possíveis... acontecimentos – disse Bernardo.

Dimitri assentiu com a cabeça. O homem continuou.

– Sei que não entra em combate há muito tempo, mas a memória muscular de um militar não se apaga com facilidade. Acredito que saberá se virar bem com isso caso seja necessário.

Bernardo estendeu a mão com a arma para o soviete. Rapidamente, ele aceitou o objeto, guardando em sua cintura.

– Descanse hoje. Amanhã decidiremos nossos planos – disse o homem, afastando-se de Dimitri. – Por agora, a única coisa que podemos fazer é nos preparar para o fim da jornada. Coma, beba e durma. Farei o mesmo. – Caminhou em direção à porta, encaixando travas transversais na entrada. – Fique tranquilo. Pode não estar cercado por inúmeros contêineres de nazistas, mas estará seguro aqui.

As palavras de Bernardo trouxeram um estranho alívio a Dimitri. Entretanto, como bem havia descrito o companheiro, sua memória de militar ainda era viva em seu corpo. Dormiu um sono leve, agarrado em seu revólver. Seu descanso completo seria apenas na morte.

CAPÍTULO 31

A luz da manhã entrava pela pequena janela, iluminando a mesa com comida. Dimitri despertou com os preparativos de Bernardo. O homem havia dormido no chão, cedendo a cama improvisada para o velho. A organização de Bernardo chamou a atenção do soviete. Notou que parecia se preparar para uma viagem solitária. O olhar indagativo de Dimitri cessou o silêncio.

– Acho mais prudente eu ir averiguar a situação sozinho antes de levá-lo – disse Bernardo. – A situação daqui mudou drasticamente. Algo aconteceu... bem... algo vem acontecendo nos últimos meses que está mudando toda a dinâmica dessa região.

Dimitri concordou com a proposta de Bernardo logo que foi explicada.

– Também vou verificar se está tudo certo com sua família – continuou. – Não sabemos se eles ainda estão livres... ou vivos.

A estratégia do homem foi de grande agrado para Dimitri. Além de diminuir as suspeitas em relação a ele, dava mais tempo para o soviete pensar e tomar uma decisão. Bernardo continuou.

– O vilarejo é muito seguro e pacato... ou pelo menos era. – Aproximou-se do velho. – Mantenha-se em segredo e a salvo. Não atenda ninguém. Tranque aquela porta quando eu sair e só a abra quando eu retornar.

Assim como acordou, Bernardo saiu em silêncio, buscando não chamar a atenção dos vizinhos.

Dimitri fechou a porta e a trancou. A picape se movimentou lentamente, não levantando muita poeira.

Abandonado sozinho naquele casebre, o soviete se limitava a alguns metros para caminhar e uma cama de feno para dormir. Mesmo com a suposta segurança da casa, mantinha-se sempre em estado de alerta, principalmente por estar sozinho.

A solidão trouxe um silêncio ensurdecedor. A casa era mais afastada do centro da vila, portanto não havia barulho para ocupar a atmosfera vazia. Estava tão próximo da Cidadela que podia sentir sua presença, mas, ironicamente, estava exatamente na mesma situação que se encontrava na falsa Metrópole: com comida racionada, trancado num casebre e cercado por um perigo iminente, ou seja, de volta à situação crítica.

Passou o dia inteiro na expectativa do retorno do homem, mas ele parecia tardar. Não havia dado uma previsão de chegada, mas, pela proximidade e seguindo sozinho, o trajeto deveria ser percorrido com menos de seis horas. Dimitri vagava em círculos no pequeno espaço, como um criceto numa roda de exercício dentro da gaiola. De tempos em tempos, verificava o lado de fora pela pequena janela. O dia naquele deserto ameaçava findar e as esperanças de que Bernardo voltaria antes do anoitecer diminuíram. A noite, então, devorou o casebre no meio do deserto.

* * *

No café da manhã, o soviete já começava os planos de racionamento. A comida era farta, mas daria apenas para quatro dias. Como não sabia do paradeiro de seu guia, preferiu recomeçar seu plano de alimentação anterior àquela saga. Guardou os mantimentos para que não houvesse tentação de comê-los antes dos horários predeterminados. A água era ainda mais racionada, já que havia apenas uns quatro litros.

Batidas à porta fizeram o coração de Dimitri disparar. Mesmo tendo a esperança de que poderia ser Bernardo, as chances de ser um outro indivíduo, com intenções macabras, eram muito altas. Caminhou silenciosamente em direção à janela. Tomava todo o cuidado possível com seus passos, desviando de folhas secas e gravetos. Andava encurvado, sentindo o peso da idade fibrilar seus músculos da perna. Novamente escutou batidas à porta. Caminhou com mais velocidade, aproveitando-se do som. Na janela, conseguiu ver uma figura esguia, loira e com traços finos. A feição daquela mulher trouxe um alívio, mas desconfiança. Com cautela, removeu as travas da porta e a abriu, deparando com o olhar compenetrado de Lilian.

Após hesitar por alguns segundos, convidou a mulher para entrar, saindo do caminho e indicando a passagem com a mão. Lilian entrou no casebre e ajudou a fechar a porta rapidamente. Parecia ter visto uma situação de grande perigo nos arredores daquele abrigo. Não parecia estar cansada, mas tinha ainda marcas de luta em seu rosto e em suas mãos. Dimitri fitou a mulher, que tomou a iniciativa.

– O que foi aquilo? – disse Lilian. – Nunca haviam nos atacado... os soviéticos. Aquela área está fora do alcance da Cidadela.

– Acredito que estavam procurando por mim.

– E por que não me encontrou no local combinado?

– O prognóstico daquela situação não era bom.

– Não era, mas fomos capazes de reverter. Os soviéticos debandaram por algum motivo, mesmo em maior número.

– Ouvi diversos tiros vindos do casarão. Preferi escapar com Bernardo.

– Bernardo... – disse a mulher com um riso irônico. – Não acha suspeito demais o primeiro ataque soviético na minha vila surgir logo depois da expulsão de seu "amigo"? Não acha ainda mais suspeito sua aparição milagrosa durante o ataque para te salvar?

– Sei de suas suspeitas. Também eram as minhas.

– Eram? O que te fez mudar de opinião?

– Sinto que...

– Sente? Acha que sua vida vale tão pouco a ponto de acreditar em sentimentos e não em fatos?

– Conversei com Bernardo sobre o ataque. Mesmo que tenha sido obra dele, não acho que aquela invasão tinha o intuito de me sequestrar e vender. Seria um plano muito arriscado.

– Vou te fazer uma pergunta e quero que seja honesto. Não peço uma resposta para mim. Responda para você mesmo. Bernardo já fez ou propôs algum plano extremamente arriscado e com uma chance quase mínima de vitória? Acha que ele seria capaz de optar por uma estratégia drástica para chegar ao fim que tem em mente?

As palavras de Lilian arrastavam o soviete para as diversas vezes que Bernardo tomou uma atitude explosiva e arriscada. Em todos os momentos que os dois passaram por situações de risco, a postura do homem era extremamente obscura e imprevisível, sempre pendendo para o lado do absurdo. A mulher tinha razão.

– Onde ele está? – disse Lilian, interrompendo a reflexão do soviete.

– Foi para a Cidadela. Disse que iria averiguar se minha família ainda estava viva e se era viável minha ida agora.

– Sabe o que ele vai dizer quando retornar? – disse Lilian.

– Sei que, no fundo de sua consciência, há algo que o alerta. Sabe que ele dirá que todos estão bem e o aguardando. Sabe também que nada do que ele disser será verdade e que ele só pretende vendê-lo em troca de dinheiro e privilégios.

– E por que tem tanta certeza disso?

– Vivi nessa sociedade de monstros o suficiente para saber o que todos normalmente pretendem com suas "boas ações". Mas não posso te obrigar a nada, mesmo você sendo minha melhor chance de liberdade.

Lilian se afastou de Dimitri, caminhando em direção à porta. O soviete refletia sobre sua decisão.

– Eu irei com Bernardo, verei minha família e depois decidirei se vou para a Metrópole com você. Preciso apenas vê-los, nada mais.

– Se decidir por vê-los, estará aceitando sua sentença.

A porta foi esmurrada, estremecendo a madeira. Lilian interrompeu sua caminhada em direção à saída. Os dois estavam congelados, tentando não fazer nenhum barulho. A mulher voltou-se para o soviete e pediu silêncio com um gesto. Ele sacou a pistola e assentiu com a cabeça. Lilian também sacou uma pistola e caminhou lentamente para a janela. Ao identificar a figura, abaixou a arma, mas a manteve em mãos. Dimitri caminhou com menos preocupação até a porta e a abriu, revelando Bernardo do outro lado. A feição do homem não parecia contente.

CAPÍTULO 32

Os dois se encaravam como se fossem animais selvagens disputando por um pedaço de carne. A situação parecia se esticar por horas. Lilian finalmente recuou e fitou Dimitri, como se aconselhasse um interrogatório por parte do soviete. Bernardo mantinha sua posição imponente, como se protegesse um território. Sua mochila estava mais vazia e mais surrada. Uma fina camada de areia indicava que havia percorrido o caminho pelo deserto a pé. Em suas roupas puídas, algumas manchas escuras, que pareciam sangue. O velho deixava a esperança desvanecer em seu coração ao ver o estado daquele homem.

– O que houve? – disse Dimitri, referindo-se ao estado em que Bernardo se encontrava.

– Alguns imprevistos no caminho. A picape estragou e não consegui consertá-la. Algum problema com o óleo.

A imagem daquele homem que transmitia cansaço e desgaste se justificava. As manchas escuras levavam o soviete a crer que poderiam ser do óleo do veículo.

– Conseguiu verificar o que queria? – Dimitri prosseguiu com o questionário.

– Sim. A Cidadela está um caos, mas é possível entrar sem ser notado. Parecem estar em guerra. Tudo está muito volátil.

– E minha família? – disse hesitante.

– Estão quase todos vivos. Sua irmã e dois de seus irmãos estão bem. Sua esposa também. Pelo que me contaram, Mikhail morreu há alguns anos.

– Estão seguros?

– Sim. E estão incógnitos.

Lilian riu ironicamente, atraindo os olhares para si. Fitou Dimitri, como se tivesse provado um argumento.

– Claro que estariam bem – disse a mulher. – Sem a ideia de que estão vivos, ele não conseguiria levá-lo para os soviéticos.

Bernardo, com um rosnado animalesco, avançou em direção à Lilian. Dimitri saltou em sua frente, apontando a pistola para o rosto do homem em fúria. Surpreso com a reação defensora do velho, diminuiu e afastou-se. O soviete abaixou a arma, mas manteve-se entre os dois.

– Como posso ter certeza de que está falando a verdade? O que me garante que não quer me vender?

Bernardo baixou a cabeça. Demonstrava-se decepcionado com a falta de confiança do velho. Recuou ainda mais e riu. Repousou a mochila sobre a mesa e a abriu. Os outros dois observavam, mantendo distância. Bernardo retirou de dentro da bagagem um pequeno objeto, de cerca de sete centímetros de tamanho. Aproximou-se novamente de Dimitri e estendeu a mão, oferecendo o objeto.

Na palma da mão calejada do homem, um broche muito bem trabalhado se destacava em meio à imundice. O adorno trazia uma pintura de uma rosa vermelha com folhas verdes em um fundo preto, arabescos contornavam as bordas da pintura, que era coberta por uma camada fina de verniz. O broche clássico refletia a pouca luz que entrava pela janela. O metal do alfinete estava levemente oxidado. Lilian fitou o objeto, ainda confusa com a origem dele.

– Sua irmã enviou isso para você, caso não conseguisse se encontrar com ela – disse Bernardo, ainda com a mão estendida oferecendo o broche a Dimitri.

O soviete pegou o objeto da mão de Bernardo e o analisou. Procurou um pouco acima da solda do alfinete uma marca. Escondidas na ferrugem, as iniciais de sua mãe: ЕПК, junto a outras três iniciais. O broche acompanhava as várias gerações de mulheres de sua família – havia pertencido à sua bisavó paterna, depois à avó paterna e, em seguida, à sua mãe. Todas as matriarcas da família Kuleshov carregavam aquele broche. Dimitri observou o lado da pintura com mais atenção, pois não podia se equivocar. Analisou detalhadamente cada pincelada, vasculhando simultaneamente sua memória em busca dos momentos em que sua mãe estava com o broche. Lilian interrompeu.

– Confia mesmo nessa prova? Não pode ter dúvidas em relação a isso.

– É o broche de minha família – Dimitri suspirou. – É de muitas gerações atrás.

– Foi entregue diretamente em minhas mãos por sua irmã, Aleksandra – disse Bernardo.

A reação de Dimitri foi bastante clara. Fitava o broche como se olhasse através de uma janela para o passado que tanto lhe fazia falta. Uma memória que havia sido apagada pela poeira nuclear. Lilian suspirou e baixou a cabeça, aceitando a derrota. Não havia escolha senão confiar em Bernardo e acreditar que Dimitri retornaria da Cidadela Soviete e partiria com ela para a Metrópole. O velho ainda estava preso no magnetismo do passado, descendo numa espiral de memórias rumando para os momentos mais doces de sua infância.

– Devemos partir amanhã, logo ao amanhecer – disse Bernardo. – Não temos um carro e não podemos demorar muito. A situação não parece estar melhorando com o tempo. Estamos num vulcão imprevisível, com altas chances de explodir.

Arrancado de seu paraíso mental para a realidade, Dimitri assentiu com a cabeça, concordando com os planos de Bernardo. Lilian mantinha-se em silêncio, ainda tentando processar a derrota e planejar uma estratégia alternativa para sua fuga daquele inferno desértico. Já não contava com o retorno de Dimitri, mesmo tudo indicando que Bernardo dizia a verdade.

– E quanto a ela? – Bernardo questionou a presença de Lilian. – Acha que devemos manter uma nazista do nosso lado enquanto dormimos?

– Ela não é nazista, apenas os usava para conseguir sobreviver – Dimitri retrucou, defendendo a mulher. – Não acho que ela vá oferecer perigo algum.

Para o agrado de Lilian, Dimitri não citou os planos de fugir para a Metrópole após ver sua família. A mulher reavivou suas esperanças com a postura ainda desconfiada do soviete. Os dois se olharam por segundos, como se combinassem o sigilo da conversa que precedeu a entrada de Bernardo.

A noite caiu rapidamente. O vento parecia mais turbulento que nos dias anteriores, sacudia a porta de madeira e ameaçava derrubar o telhado do casebre. Aquele microabrigo parecia ainda menor com a presença dos três. Lilian escolheu dormir próximo à porta, garantindo que não iriam fugir para a Cidadela Soviete sem que ela soubesse. Bernardo deitou-se ao lado da cama. O velho revirava-se no colchão de feno e folhas secas, atormentado pela ansiedade. O dia seguinte o levaria a sua família ou a sua forca, e Dimitri temia os dois.

CAPÍTULO 33

Os três se organizavam para o trecho final da jornada de Dimitri. Assim como os outros dois, Lilian se organizava para partir com eles, gerando estranheza por parte de Bernardo. Haviam concordado em permitir que ela passasse a noite no casebre, mas não contava com a presença da mulher durante o restante da viagem até a Cidadela Soviete. O velho mantinha-se concentrado em seus pensamentos, ignorando os demais.

A porta do casebre se abriu para o inferno. O calor já era intenso logo pela manhã. Sem vento, a atmosfera abafada parecia a de um forno em alta temperatura. Antes de iniciar a caminhada, Bernardo decidiu mencionar a presença de Lilian.

– A presença da alemã não será muito boa. Chamará a atenção – disse Bernardo.

– E a presença de um latino no meio de eslavos será algo imperceptível? – Lilian retrucou, lutando por sua permanência no grupo.

– Pelo visto a convivência com o povo de sua vila conseguiu infiltrar alguns ódios – Bernardo provocou.

– Ela está certa – Dimitri interrompeu, cortando o argumento do homem. – Com ela, poderemos nos mesclar mais que apenas nós dois.

Bernardo bufou e iniciou a caminhada, deixando claro seu descontentamento com a situação. Decidiram não seguir na estrada principal, caminhando paralelamente a ela a uma distância considerável. Mesmo em maior número, não pretendiam correr riscos, principalmente com a nova dinâmica daquela região. As pessoas pareciam mais violentas e odiosas, os medos irracionais se transformavam em brutalidade e sangue. A humanidade, restrita a uma pequena porção desértica da África, parecia sucumbir aos seus instintos bestiais. Até mesmo na vila supostamente pacata em que estavam escondidos o cheiro de morte havia tomado os ares.

O caminho se tornara mais arenoso, repleto de dunas. Os pés dos viajantes afundavam na areia fofa. Dimitri seguiu com a ajuda de um cajado de madeira que havia encontrado nas redondezas do casebre, mas ele também afundava com facilidade, e isso não era de grande ajuda. O vento esporádico apenas levantava poeira, incapaz de refrescar o grupo.

Ao longe, a imagem da Cidadela Soviete já surgia no horizonte, tremulava com as ondas de calor, como uma miragem naquele deserto infernal. A silhueta da Cidadela trouxe mais ânimo a todos. Não era apenas o destino à vista, mas uma sombra para se protegerem do sol. A distância, no entanto, era grande demais para conseguirem alcançá-la antes do cair da noite. Estavam exaustos e sem abrigo. Decidiram, então, erguer a barraca improvisada ali mesmo, no meio das dunas. Durante a montagem da cabana, Dimitri decidiu fazer uma última pergunta comprobatória.

– Encontrou com Larisa? – disse o nome da esposa com apreço. – Ou apenas ouviu sobre ela através de minha irmã? Como sabe que está bem?

– Encontrei com Aleksandra e Larisa. Ambas estão bem – respondeu Bernardo.

– Larisa disse algo a meu respeito?

– Disse que estava morrendo de saudade e que estava ansiosa para vê-lo.

As palavras de Bernardo atingiram Dimitri como um punhal no peito. Seu corpo estremeceu por completo e empalideceu instantaneamente. Lilian notou a reação estranha do soviete. O velho parecia ter sido assombrado por um fantasma pavoroso. Um fantasma do passado, ou do futuro. Os olhos arregalados dele fitavam o nada, como se tivesse entrado num transe. De fato, um fantasma do passado lhe assombrava, acompanhado do fantasma do futuro. As palavras na voz doce de sua esposa ecoavam em sua mente, como se ela estivesse sussurrando em seus ouvidos naquele momento: "Não sofrerei de saudade, pois você estará sempre comigo". Aquelas palavras nunca eram em vão. A filosofia de vida da esposa não a levava a sentir saudade. Por diversas vezes, haviam conversado sobre o assunto. Os dizeres de Bernardo não haviam saído da boca de sua esposa. Toda a fé naquele homem havia desmoronado diante dos olhos de Dimitri.

O soviete prosseguiu com a montagem da barraca, tentando disfarçar sua recente descoberta. Sua reação havia sido notada por ambos os companheiros de viagem, mas com interpretações diferentes. Lilian manteve-se a postos, sabia que algo de errado havia acontecido para que o soviete tivesse aquela reação tão intensa. Não se tratava de boas memórias ou saudade, já que havia escolhido dias atrás abandonar a família e partir para a Metrópole com ela.

A noite trouxe o frio do deserto e a calmaria da lua, mas o mesmo não aconteceu com a mente de Dimitri, que se debatia com a ideia. Não tinha mais escolha. Estava no meio do deserto, a poucos quilômetros da Cidadela Soviete. Era tarde demais para sua desistência. Não teria forças para lutar. Seus olhos inquietos e sem paz encontraram com os de Lilian. A mulher parecia igualmente apreensiva. A empatia da alemã trouxe esperanças a Dimitri.

A troca de olhares foi intensa. Conversavam por gestos para não acordar Bernardo, que parecia dormir um sono pesado. Gesticulavam apenas uma ideia principal: escapar dali sem chamar a atenção de outros predadores como Bernardo. Um tiro seria muito barulhento, então decidiram sufocá-lo. Lilian levantou-se e caminhou em direção ao homem. Sob o olhar preocupado de Dimitri, a mulher debruçou-se sobre o rosto de Bernardo, tapando seu nariz e boca.

Como um animal furioso, o homem despertou e iniciou uma batalha para se desvencilhar da alemã. Mesmo tendo uma força incrível, a mulher não era capaz de derrotar Bernardo. Com uma técnica de luta eficiente, ele conseguiu arremessar Lilian para longe de si, saltou para fora da cabana e avançou para cima da mulher. Com o punho cerrado, desceu um golpe em direção ao rosto dela, mas ela conseguiu desviar. Lilian não tinha espaço para atacar, apenas fugia das investidas rápidas de Bernardo. Dimitri observava a luta sem ação. Não sabia como ajudar. Era apenas um velho contra um homem dotado de grande força.

Finalmente Bernardo conseguiu aprisionar Lilian com as mãos. Empurrou-a para o chão, subiu em cima de seu corpo e pressionou seu pescoço, estrangulando-a. Os olhos da mulher se arregalaram, enquanto tentava arrancar as mãos fortes de seu pescoço. Esperneava na areia fria. Uma batida abafada cessou o desespero dos olhos de Lilian. Bernardo caiu de lado desacordado. Atrás dele, Dimitri segurava um pedaço do cajado e fitava a mulher. Sons vindos da estrada mantiveram a adrenalina correndo em seus corpos. Alguém se aproximava.

CAPÍTULO 34

Deitados atrás de uma enorme duna, Lilian e Dimitri observavam sob a luz do luar a movimentação no acampamento. Haviam removido a maioria de seus vestígios, deixando apenas o corpo desacordado de Bernardo com seus pertences por lá.

Quatro figuras se aproximaram da área. Pareciam armados com fuzis. Por alguns minutos, averiguaram os arredores da cabana e o corpo de Bernardo. Procuravam por algo, assim como os soviéticos que invadiram a vila de Lilian. Reviraram a mochila e as roupas do homem caído, mas aparentemente não acharam o que queriam.

Um deles se aproximou de Bernardo e chutou o corpo do homem de leve, como se verificasse se estava responsivo. Encostou o cano do fuzil no meio de sua testa, preparado para finalizar o que Lilian e Dimitri haviam começado. Um tiro ecoou pelo deserto, fazendo com que o possível executor de Bernardo desviasse o olhar para a direção do som. O som de um transceptor de mão enviou algum comando. O homem indicou o corpo desacordado para os outros três, que o carregaram em direção à estrada principal, de onde haviam vindo.

Lilian e Dimitri mantiveram-se deitados observando o acampamento de longe, mesmo após a ida dos homens. O fim da movimentação trouxe um certo alívio para o soviete, que se sentia um pouco mais próximo da liberdade. Não precisou adicionar mais uma morte para sua lista de culpa. Lilian, por outro lado, sentia que aquele trabalho incompleto poderia voltar a assombrá-los. Suas experiências passadas a levavam diretamente àquela conclusão.

Após vários minutos, os dois decidiram retornar à área. Coletaram tudo o que dava e rumaram para o casebre que haviam deixado para trás. O caminho parecia mais suave sem a presença opressora do sol. A viagem de volta rendia muito mais que a de ida.

– Não conheço muito de sua trajetória nem de seus demônios – disse Lilian –, mas acredito que tenha feito a escolha correta.

– Sim. Há pouco tempo, passei por uma vila de egípcios. Lá ouvi o que eu precisava fazer, mas ainda não aceitava. Me disseram para romper os laços com o passado e rumar para o futuro.

– Egípcios? – Lilian indagou surpresa.

– Nativos, com certeza. Parecem seguir uma religião antiga, nascida aqui. Não sei ao certo. Tinham água pura e comida. Nos ofereceram abrigo e conselhos. Infelizmente aceitei só o primeiro.

Lilian manteve-se calada. Não havia ouvido falar de nenhuma vila de nativos nas proximidades da estrada principal. Estranhou a informação, principalmente pelo fato de que os nazistas haviam saqueado e assassinado os poucos povos negros dos arredores. Dimitri prosseguiu.

– Não desmereço sua capacidade persuasiva, mas acredito que minha decisão foi feita baseada exclusivamente naquele conselho. Ele já estava em minha mente, mas foi verbalizado por outra pessoa no momento certo. Talvez teria prosseguido até a Cidadela, mesmo desconfiando de Bernardo. Poderia ser minha ruína nas mãos dos soviéticos, mas mesmo se eu não fosse vendido... seria minha ruína nas mãos do passado.

Dimitri refletia no caminho. As palavras de Bernardo também foram responsáveis por sua fuga. Elas o lembraram de que Larisa não dependia de sua presença para sentir-se acompanhada por ele. Assim como ele não precisaria estar junto de sua esposa para findar sua saudade. Sua decisão havia sido tomada e não voltaria atrás.

* * *

Os dois chegaram no casebre sob o castigo do sol. Ele havia sido arrombado, mas nenhum dos móveis foram levados. Decidiram passar o dia por lá para descansar. Fecharam a porta como puderam e se esconderam do sol, que piorava gradativamente. O calor no interior do abrigo era um pouco menor que do lado de fora, mas a quantidade de radiação solar era quase zero sob o telhado de material de refugo.

A movimentação no exterior do casebre era pouca. A diferença do dia em que Dimitri chegou com Bernardo e do momento que retornou com Lilian era notável. As pessoas pareciam ter desaparecido. Pela janela, era possível ver alguns casebres reduzidos a escombros e cinzas. Manchas escuras no chão indicavam a chacina dos dias passados.

Horas após a chegada dos dois, prepararam a comida que ainda tinham e a água restante da viagem. A ração não era suficiente para uma longa estadia na casa, mas satisfazia ambos por pelo menos mais três dias. Já a água estava em situação mais crítica. O pouco que Bernardo havia conseguido pegar na vila nazista não era o suficiente para mais que cinco dias. Com o consumo aumentado com a presença de Lilian, o galão reduzia seu conteúdo rapidamente. Tinham cerca de dois dias de água. Não poderiam perder mais que um dia ali.

O pouco descanso que tiveram foi interrompido por sons de explosões e tiros. Alguns gritos à distância denunciavam o desespero de um ataque súbito. Dimitri saltou da cama rapidamente, juntando seus pertences e se preparando para a fuga. A adrenalina já não tinha mais tanto efeito em seu corpo idoso. A viagem com Bernardo gastara a pouca energia que restava no soviete. Estava cansado e muito mais lento que antes.

Olhou ao seu redor; o casebre estava completamente vazio. Lilian não estava mais lá.

CAPÍTULO 35

Dimitri sacou sua pistola e preparou-se para uma eventual batalha, apesar de não acreditar mais em sua eficiência num combate direto. Correu em direção à pequena janela do casebre. Era capaz de ver apenas fumaça preta subindo ao céu. A vila parecia estar se consumindo. Com mais atenção, Dimitri conseguiu discernir em meio ao caos o som de tanques de guerra. Não ouvia algo parecido há muitos anos. Com a mochila nas costas, juntava coragem para enfrentar novamente um cenário de guerra.

Algo, então, explodiu a poucos metros da casa, fazendo uma nuvem de poeira cobrir o abrigo do soviete. Era a oportunidade perfeita para uma fuga. Mesmo estando protegido pela terra em suspensão e pelos sons caóticos, abriu a porta com todo o cuidado possível, buscando produzir o mínimo de som, não queria correr riscos. Caminhou cautelosamente na direção oposta à Cidadela Soviete. Não sabia mais qual era seu destino sem Lilian, mas tinha certeza de que deveria estar o mais distante de núcleos polarizados, principalmente o núcleo soviético.

O barulho parecia diminuir, mas Dimitri ainda estava protegido pela poeira. O vento leve a carregava para longe, mantendo o soviete incógnito. Mesmo com a vantagem de estar oculto, a poeira não era o melhor lugar para se estar. Além da potencial radiação da terra suspensa pelos explosivos, ele caminhava no escuro. Assim como ninguém o via, ele era incapaz de enxergar uma ameaça a uma distância de mais de dez metros. Entretanto, prosseguiu, já que não tinha outra opção.

Atrás de si, ouviu um som de um motor. Cessou seu caminhar a fim de identificar o veículo. Parecia uma motocicleta. Seu coração acelerou quando notou estar se aproximando. Olhou a sua volta, em busca de um abrigo ou esconderijo, mas já estava afastado demais da vila. Fez o que lhe restava fazer – correu. Sua idade, junto à areia, não permitiam uma velocidade suficiente para uma fuga. A moto o alcançou rapidamente.

– Por que saiu do abrigo? – disse Lilian, montada na motocicleta.

Dimitri deixou escapar um suspiro de alívio por entre os dentes.

– Você não estava lá – disse o soviete. – Imaginei que tivesse ido sem mim.

Logo que aquelas palavras saíram da boca de Dimitri, percebeu que era uma ideia completamente sem fundamento. Seu olhar abaixou, como se sentisse vergonha da senilidade que o alcançava. Agora, não só seu corpo era seu adversário, como também sua mente. A mulher percebeu o incômodo do velho.

– Foi um engano justo – tentou amenizar a preocupação de Dimitri. – Afinal, sempre esteve cercado de traidores. Não poderia esperar algo diferente de mim. Agora vamos... Essa via está sob ataque soviético, não podemos arriscar ficar mais um segundo aqui.

Dimitri subiu na garupa da motocicleta e seguiram para longe daquele lugar. O soviete sentia que lutava contra o tempo, assim como Lilian. A fala da mulher parecia tentar injetar esperança não só nele, mas também nela. Ambos dependiam daquele cérebro em decadência para conseguir escapar daquele inferno. Tudo se ancorava na capacidade de Dimitri se esquivar dos lapsos senis e conseguir manter-se são. São o suficiente para consertar e pilotar o jato de fuga.

O veículo não era muito veloz, mas era eficiente. Com poucas horas de viagem, Dimitri já sentia um leve bem-estar, afastava-se do monstro. Em contrapartida, Lilian sentia o oposto, caminhava em direção a sua tormenta. Os dois tinham seus demônios, muito bem localizados geograficamente e igualmente inquietantes. Dois extremos, duas opressões, dois passados.

– Onde conseguiu a moto? – Dimitri perguntou, interrompendo o silêncio da viagem.

– Eu saí de *Alpenfestung* com ela – a mulher respondeu. – Consegui alguém de confiança para guardá-la naquele vilarejo. Por isso saí do abrigo mais cedo.

– Como conseguiram uma frota tão grande? De motos a aviões.

– Nós... Eles – corrigiu rapidamente – saqueiam algumas vilas e negociam com outras.

– Imagino que a ideia de saque não era sua.

A alemã suspirou, como se admitisse um erro.

– A princípio, não.

Lilian, com sua fala curta, admitia o ressentimento em relação à sua postura. Queria se distanciar ao máximo daquele povo ruim, mas as necessidades daquela terra sem lei demandavam uma postura inumana. Sua mente era constantemente atormentada pelos erros do passado, pelas atrocidades que compactuou pela suástica. Mesmo tendo objetivos muito distintos daqueles que a acompanhavam, sentia-se parte do problema. Contribuía para a persistência daquele pensamento retrógrado, mesmo tendo intenções diferentes.

Após mais algumas horas de reflexão de ambos os viajantes, a vegetação morta e macabra que escondia a vila nazista surgia no horizonte. Não chegavam pela entrada principal, de acesso exclusivo à estrada, mas por uma entrada lateral, muito discreta. Dimitri havia passado por ali na picape com Bernardo, quando fugiam do ataque. Reconhecia os arredores soturnos que abrigavam mentes sombrias.

Passaram pelas árvores secas e chegaram na vila. O ambiente estava em ruínas. Poucas casas haviam sobrevivido e o clima era de pós-guerra. A moto cruzou as ruas vazias, repletas de escombros e manchas de sangue. Alguns moradores tentavam reerguer o povoado, limpando as ruas e separando os mortos encarreirados no chão de terra. Porém, nenhuma vala ou trincheira estava à vista, indicando um enterro ou uma cremação. Logo Dimitri compreendeu o destino daqueles restos mortais. Sem saqueadores, ficariam sem comida num futuro próximo. Estavam, portanto, preparando alimento para um momento emergencial. A bandeira com a suástica, no centro do vilarejo, estava a meio mastro, parcialmente rasgada e com perfurações. Flamulava seus retalhos ao vento suave e morno.

A chegada dos dois atraiu os olhares dos que restaram. Não pareciam contentes ao ver Dimitri passando novamente por aquelas ruas. O casarão principal estava aberto. Parecia ter sido intensamente atacado. Lilian parou a moto diante da porta principal. Desceram do veículo e caminharam para o interior do abrigo.

As marcas de tiro pareciam ter multiplicado. Sangue no chão e nas paredes tingiam o ambiente com mais vermelho. Tudo parecia danificado. A memorabilia nazista estava em frangalhos, espalhada pelo chão. Vários estandartes de batalha pareciam ter sido queimados ou rasgados. Uniformes e broches haviam desaparecido. Os olhos do soviete foram atraídos para o fundo do salão, buscando o objeto mais imponente e perturbador. Lá estava a urna funerária, centralizada, com uma presença quase etérea. A iluminação favorecia a sensação sobrenatural e obscura.

A urna estava trincada, aparentando ter sido danificada na invasão, porém reconstruída quase que perfeitamente. Aquela idolatria tornou a esfriar o coração de Dimitri. Ao lado, numa posição mais modesta, estava uma segunda urna. Lilian parou próximo a ela. Seu semblante sério fitava aquele objeto detestável. Era evidente para Dimitri o asco da mulher diante da urna. Parecia olhar para uma latrina imunda.

– Era o terceiro passageiro da Yak? – Dimitri questionou, deduzindo a resposta.

– Era – suspirou em alívio. – Era.

CAPÍTULO 36

O hangar nazista parecia ter sofrido pouco com o ataque. O jato estava coberto com a mesma lona velha e empoeirada, com alguns respingos de sangue a mais. As peças que havia separado estavam espalhadas pelo chão, também cobertas de poeira e sangue. Caixas de metal estavam reviradas, com seus conteúdos completamente desorganizados e sujos. Os soviéticos aparentemente não estavam ali procurando Dimitri, mas algum objeto. O discurso de Bernardo tornou a fazer sentido em sua mente. Aquilo não parecia mais ser um ataque provocado por ele.

Dimitri organizou seu ambiente de trabalho mais uma vez, separando as peças essenciais das inúteis ou extras. Não fez, entretanto, uma organização minuciosa, já que o tempo não era abundante nem estava a seu favor. Reiniciou o trabalhoso processo de conserto da Yak, ainda com a incerteza de seu sucesso. Passou o dia inteiro debruçado sobre a turbina da aeronave, tentando diagnosticar o problema.

O crepúsculo anunciou a chegada do breu do deserto. Lilian havia orientado o soviete a não permanecer do lado de fora do casarão durante a noite. Não se responsabilizava pela postura daquele povo odioso no momento de crise. Apertou o passo para o abrigo, sob os poucos olhares restantes do massacre. Dormiu numa cama incrivelmente aconchegante e confortável, protegido por uma grande porta de madeira entalhada. O quarto ainda tinha um leve cheiro de sangue, mas seu nariz já havia se acostumado com aquele odor havia muito tempo.

O som de alertas da Yak agitava a mente de Dimitri. A sensação de gravidade diminuía à medida que a aeronave acelerava em direção ao chão. O cheiro pungente de fumaça tomava seu olfato. Ao longe, via uma pequena vila se aproximando. Um choque de adrenalina percorreu todo seu corpo. Percebeu que estava sonhando. Olhou para o painel de alertas. Forçava sua memória, buscando alguma pista que indicasse o defeito do jato. Os ponteiros balançavam como se entrasse num imã gigante. Seu olhar foi puxado para uma luz no canto direito do *cockpit*. Lembrou-se daquela presença luminosa durante longas horas da viagem, muito antes da pane completa. Seu rosto se iluminou com a possibilidade, apesar de o avião seguir em direção ao chão. O mar de areia devorou a Yak com uma bola de chamas.

Dimitri saltou da cama com o impacto imaginário. Já era dia. Podia ver sombras se movimentando no exterior do quarto. Uma parou diante da porta. A orientação de Lilian em relação aos nazistas grifou aquela sensação de perigo. A sombra se manteve ali por alguns minutos, como se ponderasse algo. O soviete sacou a pistola que mantinha debaixo do travesseiro. A presença se foi. Suspirou aliviado e se arrumou para o trabalho. Ao abrir a porta, deparou com uma bandeja com alimento e água. Para seu alívio, era a mesma ração que vinha comendo regularmente desde que chegara naquela vila com Bernardo.

Comeu e partiu para o hangar. Sua mente estava focada na luz de alerta que havia visto em seu sonho, tentando não perder aquela ideia na escuridão de sua memória novamente. Caminhava a passos largos, ansioso para confirmar sua teoria. Lilian o observou de longe, e a clara ansiedade do homem trouxe esperanças à alemã. O soviete parecia ter feito a descoberta do século.

O velho desparafusou parte da fuselagem da turbina e mergulhou em suas entranhas. Com certa dificuldade, conseguiu retirar a peça que procurava. Repousou o turbocompressor diante de si e suspirou. O pequeno pedaço metálico, essencial para a fuga, estava inutilizado, diversas rachaduras denunciavam o motivo do não funcionamento da aeronave. Uma peça de pouco mais de 30 centímetros de diâmetro atava seu destino àquela terra árida e violenta.

– Tem notícias boas? – Lilian interrompeu os pensamentos de Dimitri.

– Talvez...

– Talvez?

– Acredito que eu tenha encontrado o problema da Yak. – Voltou-se para a mulher, parada na entrada do hangar. – É provável que seja o único motivo de seu não funcionamento.

– E qual é o ponto negativo?

– É impossível consertá-la. Nem mesmo se tivéssemos uma solta, o turbocompressor não aguentaria a pressão necessária para voar.

Lilian desinflou, mas a esperança, golpeada pelas palavras de Dimitri, ainda tentava se manter viva.

– Precisamos de uma peça nova... – disse Dimitri – ou pelo menos uma inteira.

– Temos o outro jato. Está destroçado, mas talvez possua esse turbocompressor.

Dimitri assentiu com a cabeça, mas não muito esperançoso. Os dois seguiram para os restos metálicos de um outro jato soviético, nos fundos do casarão principal. A ferrugem e a terra já haviam devorado quase metade da aeronave. Uma das turbinas estava caída na areia, parcialmente coberta. A outra estava suspensa por alguns pedaços da fuselagem, ainda suportando o enorme peso daquela estrutura. Dimitri iniciou o desmanche na turbina caída, enquanto Lilian foi para a turbina suspensa.

Ao arrancar a fuselagem que cobria as peças, o soviete deparou com um ninho de ferragem contorcida, nenhuma peça era identificável ali. O acidente que abateu aquela aeronave havia sido grave demais para o motor. Lilian teve uma surpresa diferente: dentro da fuselagem encontrou apenas fios e pequenas placas metálicas. Haviam saqueado o avião.

– Quais são as chances de encontrarmos essa peça na estrada principal? – disse Lilian.

– Muito baixas. Um turbocompressor é uma peça de grande utilidade. Provavelmente é por esse motivo que não encontramos nenhum.

– Existe um lugar em que podemos encontrar essa peça. – Lilian fitou o velho.

Dimitri já sabia o destino sugerido por Lilian, antes mesmo da conclusão de sua fala. Riu. A ironia de sua situação gerava incredulidade. Longos meses de viagem, em busca de sua família e, posteriormente, em busca de uma alforria daquele inferno, o levavam à estaca zero. O único lugar onde seria possível encontrar uma peça de alto valor como aquela, sem riscos de vida, seria a falsa Metrópole. O lugar de onde havia escapado era o lugar que guardava sua passagem para a liberdade.

– Precisamos de dinheiro. Dólares – disse Dimitri. – Quando saí de lá, não aceitavam mais rublos.

– Minha ideia não é conseguir dinheiro. É conseguir a peça.

– A dinâmica daqui está em mudança constante, principalmente agora. Não acha que será imprudente tentar roubar uma peça tão cara assim?

– Não estaremos sozinhos. Levarei alguns dos daqui para nos ajudar. – Lilian suspirou. – Sei que teme novos combates. Sua idade já não permite intensidade física. Mas não podemos arriscar ficar mais tempo por aqui, justamente por causa dessa mudança. Viu como os ataques estão se tornando cada vez mais comuns. A cada segundo a mais por aqui, maior é a chance de sermos atacados e mortos. Algo está acontecendo no mundo. Não sei dizer ao certo, mas acredito que também notou isso. Não temos tempo para planejamentos a longo prazo. Chegou o momento de sermos impulsivos – disse Lilian em tom sério.

O desespero escapava pelos olhos compenetrados de Lilian, que tentava se segurar em qualquer coisa que lhe desse esperança de fugir. Mesmo tomando uma postura mais racional, Dimitri concordava com a decisão da mulher. Não só a mudança da sociedade o assombrava, mas a mudança de sua própria mente. Não garantia sua sanidade mental até a virada do milênio, que se aproximava à galope. O fim de 1999 escurecia o prognóstico para a humanidade naquela região, e nenhum dos dois pretendia presenciar tal colapso.

CAPÍTULO 37

Dimitri prosseguiu com o conserto da Yak, deixando espaço para a instalação do turbocompressor que conseguiriam. Procurava outras peças faltantes ou que demandavam reparos. Adicionou à lista um plugue de ignição, que também parecia em péssimas condições, mas não via motivos para sua dedicação ao reparo. Sentia-se mais desmotivado do que quando estava escondido em sua cabana, a alguns quilômetros dali, isolado do mundo infernal.

A movimentação extremamente reduzida da vila perpetuava o sentimento de desolação no peito do soviete. Aquele povo escorria por entre os dedos de Lilian, como a areia fina daquele deserto egípcio. Escapavam para outros povoados que tinham capacidade de sustentá-los. A falta de água e comida agravava ainda mais o desamparo daqueles nazistas. Era possível ver nos olhos dos que ainda estavam lá uma ausência de propósito, já não viam sentido na idolatria odiosa. Dimitri se preocupava com isso. O bom senso chegava às mentes dos brutos, mas o soviete ainda dependia daquela estupidez para conseguir escapar. A mudança de postura chegava tardiamente nos corações dos nazistas, mas precocemente para os planos de Dimitri.

Lilian convocou uma reunião com os homens do vilarejo, a fim de preparar uma comitiva para a falsa Metrópole. Numa das salas do casarão, encontrou-se com os nazistas restantes. O rosto apático dos que ainda tentavam sobreviver ali demonstrava o ar de desistência. Muitos nem sequer reverenciaram a urna funerária, pareciam não dar mais valor àquele que antes imperava em suas mentes.

Após a chegada de todos, a mulher já era capaz de prever o resultado do encontro. Acreditava que conseguiria no máximo três homens para a jornada.

– Dimitri conseguiu solucionar a questão do jato – disse a mulher, forçando um tom de otimismo em sua voz. – Conseguiremos finalmente perpetuar as palavras e a memória do Führer.

– Por que nos chamou aqui? – disse um dos homens.

– O problema foi identificado, mas precisamos apenas de algumas peças. Por isso, devemos ir até a falsa Metrópole e...

– Devemos? – outro interrompeu. – Quem está incluindo nesse grupo? Não sei se falo por todos nessa sala, mas nossa prioridade não é mais a suástica.

O silêncio incômodo dos demais afirmava o apoio à sua fala. Lilian olhou à sua volta, em busca de um rosto em dúvida, mas todos pareciam de acordo com aquele posicionamento. O homem continuou.

– Estamos morrendo aqui. E tudo isso para quê? Para exaltar um pedaço de terra acima de tudo? Um povo? Um deus acima de todos? Nossa terra não existe mais, sucumbiu por nossa própria culpa. Povo? Que povo? Não vejo mais ninguém nessas ruas empoeiradas. Nossa ideia de superioridade era falsa, criada por um líder falso e inconsequente. Um nacionalismo que nos levou somente à dor e à perdição.[19, 20]

Apesar das palavras fortes, que gerariam desconforto no passado, o homem parecia se apoiar nos que o cercavam. Os olhos gritavam em uníssono, demandando uma liberdade daquela doutrina insustentável e degradante. A dor havia trazido a verdade para os olhos daqueles nazistas. Ex-nazistas. Despertavam em conjunto.

– Deus... – continuou o homem. – Se Deus estivesse nos apoiando, não estaríamos no inferno. Quem nos garante que nosso deus é o certo? Quem garante que *há* um deus certo?

Lilian estava congelada com a reação imediata daquele grupo. A falsa ideia de superioridade e hegemonia desmoronava diante de seus olhos. Já não falava mais com ignorantes, mas com pessoas com senso crítico. Aquela reação que tanto esperava havia chegado tardiamente. O véu de mentira tardou para ser rasgado. Lilian não tinha mais como ludibriar seus ditos subalternos. Haviam se tornado seus iguais. A mulher baixou a cabeça, como se acatasse às demandas do homem. Entendia aquela postura muito bem.

– São livres para ir ou ficar – disse Lilian. – Se desejam permanecer na vila, sugiro que procurem água e comida, pois não durará para sempre. Se desejam fugir dessa estrutura decadente, fujam, mas não garanto que vão encontrar algo melhor do que isto.

A postura da alemã surpreendeu aos demais. Não esperavam a compreensão da líder.

– Sei que tudo em que acreditavam era mentira, mas isso não impede que mudem. Lá fora, há muito ódio. Peço apenas que não acrescentem mais ódio à essa terra. Apaguem a suástica da mente e do coração. Mas mesmo que não a vejam, ela ainda estará lá. Se policiem, se controlem. Usem a inteligência. O apocalipse chegou para nós por causa da ignorância e do ódio. Se pretendem viver em algo diferente deste inferno, sugiro que abandonem essa linha de pensamento. Não digo para serem inocentes diante de ameaças, mas para não serem ameaças diante de inocentes.

A maioria dos que estavam na reunião decidiu abandonar a vila nazista. Partiam com histórias e promessas que corriam nas ruas. Esperavam encontrar um lugar mais pacato, para se estabelecer e passar o resto dos dias em paz. Não havia, entretanto, a certeza de sucesso. Ninguém tinha retornado para confirmar os dizeres esperançosos. Assim como Lilian ansiava pela Metrópole, aqueles homens tinham certeza de que estariam em melhor situação longe daquele polo de ódio, e desejavam a distância mais que a própria vida. Os que permaneceram ali, ficaram devido ao discurso de Lilian. Viram que a desilusão dela com o partido era tão grande quanto a dos demais. Mesmo assim, não pretendiam mais obedecer a uma líder que remetia a tempos escuros da humanidade, apesar de suas palavras trazerem a mensagem oposta.

Após a reunião sem êxito, Lilian carregou o peso da má notícia até Dimitri, no hangar camuflado. O velho, ao fitar a mulher, parecia saber do que se tratava a visita. O ar de derrota abafava a esperança de ambos.

– Acordaram – disse Lilian. – No momento mais inoportuno possível, eles acordaram.

Dimitri baixou a cabeça.

– Tem alguma alternativa em mente? – disse o velho.

– Temos apenas duas. Você ir comigo em busca da peça, ou ficar e me esperar.

– Como havia dito antes, apenas nós dois não conseguiríamos conseguir a peça sem dinheiro.

– Sei disso. Mas é a melhor opção no momento. Se ficar aqui, pode acabar morto. Esse povo não segue mais o nazismo, mas ainda não confio na benevolência espontânea deles.

Ambos suspiraram. Nada indicava um final satisfatório para o plano de Lilian. Contudo, não havia escolha a não ser partir em busca da peça. O som de motor vindo da entrada escondida da vila interrompeu as conjecturas nas mentes dos dois. Dimitri sacou a pistola que mantinha na cintura desde que havia saído do casebre de adobe. Lilian fez o mesmo. O velho caminhou com cuidado para uma área escondida do hangar, enquanto a mulher guardava a entrada com a arma em mãos.

O barulho era de um carro, que parou diante do hangar. Com poucos homens, a vila era vigiada apenas pela entrada principal. O intruso havia passado, sem muitas dificuldades, despercebido pela entrada alternativa. Dimitri tentava ver quem era, mas não podia arriscar revelar seu esconderijo. Era capaz de ver apenas Lilian, que apontou o revólver para alguém. Ela caminhou para trás, aproximando-se da aeronave, onde poderia se proteger com maior facilidade. Finalmente, o invasor entrou no campo de visão de Dimitri. O homem com marcas de batalha no rosto erguia as mãos em rendição à Lilian. O soviete saiu do esconderijo apontando sua pistola para o intruso. Do outro lado da mira de Dimitri, Bernardo virou o rosto e fitou o velho.

CAPÍTULO 38

Amarrado numa cadeira na sala de interrogatório, Bernardo era analisado por Dimitri e Lilian. Os três se encaravam em silêncio. O homem parecia tentar transmitir uma inocência, completamente ausente em seu semblante rústico e pesado. Aqueles olhos haviam visto barbaridades demais para se manterem pacíficos. Findando o silêncio, o homem se pronunciou pela primeira vez desde o ataque nas dunas.

– Não sei o que o levou a acreditar que eu era uma ameaça. Ou quem... – disse Bernardo. – Não pretendia causar mal nenhum.

– Quais foram as exatas palavras de minha mulher? – Dimitri interrompeu.

O homem fitou o velho e suspirou. Parecia aceitar uma sentença. Abaixou a cabeça, como se escondesse a vergonha em seu rosto.

– Não consegui encontrar Larisa, mas ouvi sobre seu paradeiro. Aparentemente estava tomada por uma melancolia, e deduzi ser por saudade do marido.

– E espera que acreditemos nisso? – Lilian interrompeu.

– Não. Espero que Dimitri acredite naquele que o ajudou por todos esses meses.

– E Aleksandra? – o soviete prosseguiu com o interrogatório.

– De fato me encontrei com ela, mas parecia estar em seus últimos dias.

Dimitri suspirou com a notícia. Sua mente voltou a entrar em conflito com as palavras do homem. Não tinha certeza do que era verdade. Tudo parecia uma grande conspiração, incluindo os planos de Lilian. Abandonou a sala, seguido pela alemã, nervosa com a situação. Temia o fim definitivo de seus planos com o retorno de Dimitri para a Cidadela Soviete.

– Espero que não tenha acreditado em nenhuma palavra que aquele homem disse.

– Não tenho certeza de mais nada. Tudo o que me falam parece estar coberto por uma névoa de farsa. As palavras nebulosas, suas e de Bernardo, parecem veneno infectando minha mente.

– Pretende voltar para a Cidadela? – disse Lilian, temorosa.

– Não. Vamos seguir com seu plano. Agora seguiremos com o que foi decidido por último até o fim.

Com um suspiro aliviado, Lilian assentiu. A decisão do velho acalmou os nervos da alemã. Já não via Bernardo como uma ameaça psicológica, apenas física.

– Devemos decidir o que fazer com ele – disse Lilian. – Com o contingente nazista reduzido, já não é perigosa a estadia dele aqui. Mas temos pouca comida e água. Não vamos durar por muito tempo... Precisamos da peça.

Logo que cessou sua fala, o rosto da mulher se iluminou com a solução simples. Bernardo seria uma ótima adição à jornada em busca do turbocompressor. Os olhos dela foram capazes de transmitir a ideia para Dimitri, que parecia mais esperançoso. Retornaram à sala.

– Não posso garantir a veracidade de sua fala, mas posso oferecer uma alternativa a qualquer que tenha sido seu plano em relação a Dimitri – disse Lilian.

Bernardo ergueu os olhos, fitando a mulher.

– Temos um plano de fuga. Não é simples e demanda força bruta. Tenho um jato soviético pronto para voo, a não ser por uma peça faltante.

– E para onde pretende voar?

– Para a verdadeira Metrópole. A que está longe de todo esse inferno radioativo. Com vegetação e água limpa.

– Se ela for parecida com a Metrópole que conheço, prefiro ficar por aqui.

– Os nomes são iguais exatamente para confundir. Não é coincidência que esta cidade infernal também seja chamada de Metrópole. Isso desvia os viajantes para cá, longe da segurança real. Além do nome, elas não se assemelham em nada.

– E onde fica esse paraíso? Me soa mais como uma utopia inalcançável.

Lilian suspirou. Não pretendia revelar a localização da Metrópole. A partir do momento que ela compartilhasse aquela informação, se tornaria uma pessoa descartável. Porém, os olhares inquisitórios de Bernardo e de Dimitri pressionavam por uma resposta. Vendo-se encurralada, decidiu dar um voto de confiança aos dois.

– Falklands[21] – disse.

– Falklands? Pretende ir com uma Yak até a América do Sul? – Bernardo indagou com desdém.

– Tenho uma rota planejada até mesmo para uma aeronave de autonomia menor que a Yak. A distância não é importante.

– E o que te leva a crer que lá está o paraíso? – Dimitri interferiu.

– Antes da guerra, meu pai estava envolvido com seus planos nazistas. Dentre eles, estavam propostas de bases secretas no Egito e nas Falklands. Ele acabou decidindo projetar a base do Egito tanto por motivos logísticos quanto por políticos. Ele encontrou diversos documentos secretos que indicavam projetos americanos, franceses e ingleses para aquelas ilhas. Pareciam estar planejando algo muito antes de a Tzar Bomba ser lançada em Washington. Era chamado de Projeto Metrópole. Ele copiou os planos de construção e os prazos, que coincidiam com o início do caos. Por isso temos essa vila inteira... Tudo foi muito bem planejado, porém a escolha da localização foi errada. Escolhemos ficar no meio do deserto, onde o resto da população parecia querer se concentrar também.

Dimitri ouvia atentamente, com os olhos fixos na mulher. O turbilhão de pensamentos que dominou sua mente trazia outra teoria, uma que o liberava da culpa do fim do mundo. Tudo parecia indicar que a guerra havia sido planejada. O soviete deixava-se levar por aqueles espasmos conspiratórios de seu cérebro. Lilian prosseguiu.

– Depois de perceber que fez uma péssima escolha, meu pai começou a planejar nossa fuga. Ludibriou os nazistas e conseguiu estabelecer um plano para sobreviver longe daqui. Por isso, tenho diversos mapas e rotas já prontas para partir. Tenho combustível escondido e alguns mantimentos para a viagem. Contávamos com três passageiros, por isso a Yak foi modificada para comportar esse número. Eu, um piloto e meu pai. Mas agora temos uma vaga sobrando. Será sua se decidir nos ajudar.

– Desde que Dimitri esteja decidido a não reencontrar a família, estou disposto a ajudar.

A fala levemente hostil e provocadora de Bernardo gerou incômodo e um certo arrependimento em Lilian. Ela era capaz de sentir uma malícia na atitude do homem, que parecia ainda insistir na ideia de levar o soviete para a Cidadela. Após a confirmação de Dimitri, Lilian soltou Bernardo e seguiram para a sala de reunião.

Disposto na enorme mesa metálica, o planisfério estava completamente riscado, com dados e detalhes de cada ponto de interesse na rota. A organização era impecável. Os dois homens analisaram o percurso e concordaram com sua viabilidade. Tudo realmente parecia perfeito. Lilian tornou a guardar o mapa e debruçou-se sobre a mesa vazia.

– Os planos de fuga estão perfeitos há anos. Agora é partir para os planos de busca. Precisamos do turbocompressor, abandonar nossa utopia e mergulhar na sujeira da falsa metrópole.

Os três sentaram-se e iniciaram o planejamento da jornada. Mesmo tendo encontrado Dimitri lá, Bernardo não possuía conhecimento nenhum do modus operandi daquele povoado. Sabia pouca coisa sobre as movimentações de peças e suprimentos mecânicos. Além do turbocompressor, precisariam de um novo plugue de ignição e de óleo em caso de emergência. Seria necessário, também, uma rota detalhada e extremamente calculada para evitar ao máximo chamarem atenção. Dimitri ainda era uma pessoa de interesse. Sentiam o cheiro da liberdade, longe daquele inferno. Mesmo distante, as Falklands pareciam navegar em suas direções.

CAPÍTULO 39

Prepararam um dos carros que ainda restavam na vila de Lilian, que anunciou a partida para os que ficavam com a promessa de retorno com comida e água. Levaram alguns mantimentos para conseguirem se manter alimentados por pelo menos cinco dias. Saíram pela entrada principal da vila, sob olhares fuzilantes dos habitantes. Pareciam saber dos planos egoístas do grupo.

Seguiram por alguns quilômetros em direção à estrada principal, aproveitando a infraestrutura do caminho de terra batida que ligava a vila nazista ao mundo caótico. Antes de alcançarem o asfalto esburacado, convergiram à direita, mantendo uma rota paralela a uma distância segura da estrada. O carro estava com rodas específicas para realizar o percurso na areia solta, apesar de ter dificuldades em superfícies extremamente fofas. Mantinham-se em silêncio, confinados em seus pensamentos. O ar de desconfiança permitia apenas conversas essenciais. Enquanto Bernardo conduzia o carro, Dimitri e Lilian se atentavam a qualquer movimentação suspeita, dentro e fora do veículo.

Poucas horas se passaram e a paisagem já demonstrava vestígios de civilização. Os olhos de Dimitri foram atraídos por uma pequena formação rochosa, sem nenhum traço de vida. Ao lado, uma árvore seca, com marcas escuras da radiação solar, que estava presa no chão duro de terra seca e areia grossa. Aquela imagem familiar provocou um suspiro no soviete. Sua jornada de meses intensos o trazia de volta à estaca zero. A primeira estrutura que havia visto fora da cidade acenava no horizonte com memórias presas àqueles galhos secos. Afastavam-se da árvore, mas Dimitri ainda estava preso a ela, refletindo sua trajetória conflituosa.

O chacoalhar do carro subindo no asfalto trouxe o soviete de volta ao presente. Estavam já sobre a estrada principal. O espanto com a situação que os aguardava se misturava ao medo. O cenário era apocalíptico. Escombros e chamas para todos os lados, corpos se amontoavam às margens da estrada, marcas de guerra manchavam a paisagem de vermelho.

– Não podemos entrar pela estrada principal. Pode ser perigoso demais – disse Bernardo, rompendo o silêncio.

O carro tornou a se afastar da estrada. Lilian concordava com a asserção do homem. Não passava com frequência ali, mas era evidente que aquele cenário havia sido recentemente alterado. A escalada da violência parecia ter sido abrupta e intensa. O estado de alguns cadáveres e a cor do sangue indicavam um período de menos de uma semana. Optaram, então, por entrar na cidade por uma via alternativa extremamente discreta, que apenas Bernardo conhecia.

– Entrei por aqui quando vim pela primeira vez – disse o homem, buscando demonstrar sua honestidade. – Poucos conhecem essa entrada.

Por entre pedras e arbustos, passaram com certa dificuldade. O caminho tinha espaço para apenas um carro pequeno. Seguiam em aclive por mais alguns metros, como se escalassem uma montanha. Mais adiante, num platô bastante espaçoso, um bloqueio obrigou a parada do veículo. Mantiveram-se dentro do carro enquanto eram engolidos pela poeira levantada no percurso. Entreolharam-se, buscando uma alternativa para o obstáculo. Não pretendiam deixar a segurança do interior do veículo. Som de tiros ao longe provocou a rápida reação dos três, que se jogaram no chão do carro. Bernardo sacou uma pistola e ficou a postos. O som se afastou, bem como os gritos. O homem fitou a alemã com preocupação. Lilian concluía que sua missão se tratava de um suicídio.

Alguns minutos se passaram e a calmaria havia se reestabelecido e a poeira já não os protegia mais. Bernardo abriu lentamente a porta, fazendo o mínimo de barulho, desceu com cautela e averiguou os arredores. Convocou os demais com um aceno. Após constatarem que estavam sozinhos naquele beco sem saída, esconderam o carro com galhos e pedaços de madeira. A lataria enferrujada permitia uma camuflagem perfeita. O amontoado de lixo fazia o carro parecer parte do bloqueio original.

A rua era sinuosa e íngreme. Desciam pelo caminho a passos largos. O plano principal seria vasculhar a cidade em busca de depósitos mecânicos, mas sem o carro, correriam um grande risco. Tudo parecia mais violento que o comum. Alguns corriam armados por entre as construções, como numa guerra civil. Bernardo indicou uma ruela vazia para os demais.

– Não podemos vagar por aqui. Tudo está muito diferente de quando saímos – disse o homem. – Não podemos arriscar.

Dimitri lembrou-se das aeronaves que passavam sobre suas cabeças durante a jornada. Aquela cidade não era mais neutra como antes e sofria ataques de ambos os lados. As pinturas azuis e vermelhas nas portas pareciam indicar o alinhamento político de cada um. A violência havia crescido, não pela discordância, mas pelo clima de ódio gratuito. A falta de paz incitava conflito dos extremos.

– Tenho um mapa com os principais pontos de venda da cidade – falou Dimitri. – Estava escondido em minha casa. Se não a destruíram, é possível que ainda esteja lá. Com o mapa, poderemos localizar rapidamente os destinos possíveis e as melhores rotas.

– Sabe como chegar até sua casa daqui de forma discreta? – Lilian perguntou.

– Eu sei – Bernardo respondeu rapidamente.

O homem indicou a direção para os dois e partiram rapidamente. Cobriram Dimitri com um pedaço de tecido, como se o protegesse da poeira com um manto. O velho parecia mais frágil que o normal. A fadiga era denunciada no caminhar mais lento. Lilian o ajudava a prosseguir, servindo de apoio em caso de necessidade.

Passando o mais distante possível do centro, onde Bernardo julgava ser o núcleo da guerra, presenciaram o estado deplorável do local. Dezenas de casas reduzidas às ruínas, todas marcadas com tinta vermelha. Deduziram, então, estar numa zona de domínio americano. À medida que se afastavam do centro, menos encontravam destruição, corroborando a teoria de Bernardo. A casa de Dimitri foi avistada, cercada de outros casebres ainda de pé. Parecia ter resistido a um ataque intenso, com marcas de bala salpicadas pela parede. Na porta da frente, a marca de tinta vermelha era coberta por uma azul, que escorria até o chão. Um vulto no interior se aproximou da janela.

CAPÍTULO 40

Atrás de escombros de outra casa, a poucos metros do antigo abrigo do soviete, os três se escondiam e vigiavam a movimentação do local. Lilian ainda estava hesitante em relação à abordagem ofensiva de Bernardo. Logo que avistaram o vulto na janela, avançaram para mais perto da casa, quase arrastados a contragosto pelo homem. Entretanto, a postura quase militar e o raciocínio tático de Bernardo convenciam a alemã a prosseguir. Sentia que ele ainda ocultava informações, mas sua utilidade era prioritária naquele momento.

Por algumas horas, mantiveram-se dedicados a observação e análise do casebre, a movimentação não era muito intensa. Pela simbologia da porta, deduzira que se tratava de uma conquista territorial americana. Poucos passavam na rua e apenas duas pessoas entraram no abrigo com uma senha oral.

A noite finalmente chegou, cobrindo de trevas a cidade mal iluminada. As labaredas de pequenas fogueiras, salpicadas pela região, clareavam o suficiente para enxergarem ameaças e para serem vistos por elas.

Bernardo preparava uma invasão conjunta quando a porta do casebre se abriu. Dois homens saíram e desapareceram na noite. Aparentemente havia apenas um indivíduo guardando o local.

– Sou mais ágil sozinho – disse Bernardo. – Consigo me infiltrar e pegar o mapa. Onde ele está escondido, exatamente?

– A cama tem um fundo falso – disse Dimitri. – Logo ao lado direito da cabeceira. Empurre para cima e depois para trás o pedaço de compensado. Deixei lá alguns rublos e o mapa.

– Certo. – Voltou-se para Lilian. – Não saia daqui. Mas mantenha-o seguro em primeiro lugar. Se vir alguma ameaça, vá para o carro.

Rapidamente, Bernardo saltou os escombros e desapareceu no breu da noite. Caminhou agachado até os fundos da casa. Sacou sua pistola e dirigiu-se para a porta dos fundos. Sua mão pairou sobre a maçaneta. Uma voz murmurou algo de dentro da casa, fazendo com que ele recuasse. Foi até a janela e viu dois homens sentados à mesa, conversando. Esforçou-se, então, para ouvir a conversa.

– Está certo disso? – disse um.

– Sim. Daqui a uma semana. O marco zero não será a Cidadela, mas a algumas milhas de lá. O efeito será o mesmo.

– E o *fallout*?

– Nordeste. Não afeta a Capital.

– E é seguro estarmos aqui na Metrópole?

– Não tenho certeza. Talvez seja melhor irmos para El Qasr e esperar a poeira abaixar.

– El Qasr? Tenho certeza que 20 milhas não farão diferença.

– O que sugere? Abu Minqar? Não temos tempo nem permissão para deixar a Metrópole. Se nos indicaram controlar a região, é porque sabem que estamos fora de risco.

– Se a explosão vai queimar a 60 milhas daqui, tenho quase certeza que seremos atingidos.

– Estamos aqui acatando ordens, não tendo "quase certeza" das coisas. Se deixar seu posto será um traidor. Sabe muito bem que o castigo é tão intenso quanto o dos comunas.

A cama estava no campo de visão de Bernardo, que, mesmo ouvindo atentamente, traçava planos para chegar até lá. A conversa dos homens era perturbadora, dificultando o raciocínio e o foco na missão. Batidas à porta interromperam a conversa e os pensamentos caóticos de Bernardo. Os homens sacaram pistolas e caminharam em direção a entrada da casa.

– Sim? – disse um deles.

– Iniciada a tomada Leste. *November Oscar Whiskey*.

A porta se abriu, revelando um terceiro homem. Murmuraram por alguns segundos, encerraram o assunto e partiram, deixando apenas um como guarda no casebre. Bernardo correu até o esconderijo nos escombros.

– Preciso de uma distração – disse para Lilian.

A mulher cobriu Dimitri com uma lona velha e partiu com Bernardo. O velho mantinha-se encolhido debaixo do esconderijo, procurando controlar até mesmo a respiração. O vento esporádico o obrigava a agarrar a lona com força. O horário das tempestades de areia se aproximava.

Batidas intensas à porta da frente puseram o vigia de pé com a mira de sua pistola na direção do som. Aproximou-se lentamente.

– Sim? – disse.

Mais batidas à porta responderam o homem, mas dessa vez mais intensas e mais barulhentas.

– Sim!? – disse em tom mais alto.

As batidas tornaram a preencher o silêncio do casebre, camuflando a entrada de Bernardo pelos fundos. Em poucos segundos, o homem caía no chão, desacordado com o estrangulamento.

– Tudo certo – falou de dentro do casebre, dispensando Lilian para retornar a seu posto com Dimitri.

Dirigiu-se à cama velha e se abaixou. Procurou pelo mapa, mas não o encontrou no local indicado por Dimitri. Ergueu-se e olhou a sua volta. Na parede, preso com pregos, o mapa ocupava um metro quadrado. Riu de seu amadorismo e o arrancou dali. Batidas à porta o congelaram. Sacou sua pistola e caminhou para a porta dos fundos lentamente, sem desviar o olhar da porta da frente. Escutou novamente batidas. Passou pela mesa e pegou a munição solta. Abandonou o casebre e fechou a porta. Correu até os escombros e encontrou com os outros dois.

– Precisamos sair daqui agora – disse Lilian.

Bernardo e Dimitri assentiram com a cabeça. Assim que iniciaram a fuga, ouviram barulho de tiros, que vinham não só do casebre de Dimitri, mas de diversos outros abrigos. Conseguiam ver apenas as luzes do fogo dos disparos. Apertaram o passo, mas logo perceberam que não eram o alvo. Um conflito se iniciava naquela área. Estavam cercados por uma batalha territorial entre sovietes e americanos.

CAPÍTULO 14

O fogo cruzado não cessava. Os três corriam agachados para evitar serem atingidos. Retornaram discretamente para a viela deserta, longe do conflito intenso. Algumas pessoas corriam pelas ruas, tentando escapar dos tiros. Eles se movimentavam em silêncio, mas com desespero. A tempestade de areia se iniciou, como se tentasse apartar o combate, mas nada parecia apagar a ira dos dois opostos. O vento deixou o ambiente turvo como num denso nevoeiro. As lufadas de areia grossa eram tão violentas quanto as balas.

Protegidos pelas construções que margeavam a viela, os três se encolheram num canto, escondendo-se do vento. Lilian sacou um isqueiro dourado, esculpido com uma águia carregando a suástica. Mesmo protegida do vento, a chama tremulava. Dimitri abriu o mapa e analisou com cuidado. Notou que havia notas e novas marcações em vermelho, sobrepondo as suas em cirílico.

– O mapa está alterado – disse o soviete. – Alguém o encontrou e fez suas próprias anotações.

– Estava preso na parede – Bernardo respondeu. – Acredito que esteja atualizado.

O velho voltou-se para o papel, vasculhando-o por completo. Com poucos segundos, encontrou o desenho de uma engrenagem no mapa. Era semelhante ao seu, mas sabia que não era de sua autoria. O desenho original havia sido riscado.

– Aqui – exclamou Dimitri. – Não tenho certeza se vamos encontrar o que precisamos, mas o símbolo é o mesmo que eu usava.

– Não é muito longe daqui – disse Bernardo. – Estamos mais ou menos aqui. – Apontou para a marcação do antigo casebre do velho. – Cinco quadras ao sul.

Recolheram o mapa e se prepararam para iniciar a caminhada. Dimitri, mais frágil, posicionou-se entre Lilian e Bernardo. Tentavam se proteger tanto de olhares estranhos quanto do vento e da areia. Cobriam o rosto com um tecido grosso, impedindo que aspirassem as partículas em suspensão.

O trajeto parecia muito mais longo que o esperado. O som dos tiros diminuía, trazendo uma leve sensação de segurança aos caminhantes. A movimentação na rua era reduzida, porém caótica. Mesmo sem ataques, as pessoas corriam como se estivessem em meio a uma chuva de balas.

– Ainda não estamos seguros – disse Bernardo. – Vamos mais rápido. Não podemos arriscar cair no meio de uma disputa territorial novamente.

Um enorme muro de pedra parecia proteger um incalculável tesouro. Lilian fitou a estrutura, notando a discrepância arquitetônica com os demais prédios a sua volta. Dimitri desconhecia aquele lugar, assim como Bernardo. Eles se aproximaram do portão gradeado, muito bem fechado com correntes grossas. O metal era novo, fazendo com que os elos prateados refletissem a luz dos tambores em chamas. A ventania havia reduzido sua intensidade e a areia já não bloqueava a visão.

A rua parecia deserta, com som de gritos e tiros ao longe. Bernardo olhou à sua volta, notando a marca azul em todas as construções da redondeza. Estavam numa zona de domínio americano. Prosseguiram até a grade para verificar o que os muros escondiam. Barulhos de motos surgiram atrás dos três, que se esconderam num amontoado de terra e pedras. Os veículos passaram em alta velocidade, rumo ao casebre de Dimitri. Depois, a calmaria retornou, permitindo a saída do esconderijo.

De dentro do bolso de sua jaqueta, Bernardo sacou um alicate e começou a cortar a grade de arame do portão. Em poucos minutos, entraram no local cercado. Dois tambores grandes iluminavam parte daquele depósito com suas labaredas. Uma enorme pilha metálica formava uma pirâmide enferrujada no meio do deserto. Caminhavam com cautela, temendo uma maldição em forma de balas dos faraós capitalistas. Em torno da grande pilha, dezenas de amontoados menores, com peças mais delicadas. O tamanho do depósito tornava a busca pelo turbocompressor ainda mais difícil.

– Teremos que nos separar – disse Lilian. – Se procurarmos juntos, demoraremos dias para encontrar a peça.

– Vamos nos dividir em dois – Bernardo sugeriu. – Você e Dimitri seguem pela direita e eu pela esquerda.

O soviete descreveu o turbocompressor e o plugue de ignição de que precisava. Por horas, vagaram por entre os destroços metálicos, procurando um grão de areia naquele mar de ferro-velho. A lua finalmente apareceu, facilitando a busca. A real extensão do depósito se revelava com a luz. A estimativa de Lilian para encontrar a peça subiu de dias para meses. Os dois caminharam por mais alguns metros. Um barulho colocou Dimitri em estado de alerta, e a alemã sacou a pistola.

Numa pilha mais adiante, um vulto passou rapidamente por entre o lixo. Lilian ergueu a arma.

– Bernardo? – sussurrou temerosamente.

– Não, não é ele – disse Dimitri, sacando também sua pistola.

– Não somos os únicos aqui – disse Bernardo, atrás dos dois. – Não sei se são saqueadores ou os donos. De qualquer forma, não podemos perder mais tempo.

Sentiam-se observados. Novamente reunidos, os três prosseguiram a busca com ainda mais cautela. Barulhos esporádicos de peças caindo ecoavam pelo ambiente, compondo a trilha sonora de tiros e gritos da cidade ao fundo. Os olhos de Dimitri brilharam ao avistar um jato contorcido numa pilha.

– Ali! – sussurrou. – Talvez aquele jato ainda tenha um turbocompressor.

Antes que pudessem ir até o local indicado pelo soviete, Bernardo segurou os dois. Indicou silêncio com um gesto e apontou para o chão. Uma sombra projetada pelo fogo indicava uma presença armada atrás de um dos amontoados de lixo. Com uma força excepcional, Bernardo atirou uma peça do chão na direção oposta à que pretendiam seguir. O barulho metálico do impacto chamou a atenção da figura, que desapareceu. Após alguns segundos, caminharam em direção ao avião. Uma lufada de tiros levantou a poeira do chão. Correram rapidamente até as ferragens e se esconderam. Bernardo fitou Dimitri e notou que sangue escorria de seu ombro esquerdo. Em instantes, rasgou um pedaço de tecido e fez uma atadura no ferimento.

– Consegue mexer o braço? – perguntou para o velho.

– Sim – gemeu. – Com certa dificuldade.

O tiro havia pegado de raspão, mas qualquer ferimento num homem daquela idade poderia ser crítico. A hemorragia não era abundante, já que sua hidratação não era regular. O sangue estava viscoso demais para correr para fora do corpo do soviete. Lilian vasculhou a área, procurando a origem do ataque, mas não conseguia ver ninguém. Dimitri tratou de procurar as peças rapidamente. Pegou o alicate de Bernardo e iniciou o desmanche. Mais uma onda de tiros ricocheteou na fuselagem.

– Se não estiver conseguindo, é melhor pedir ajuda – disse Bernardo. – Não temos tempo.

Dimitri arrancava as peças com o alicate e uma chave de fenda que havia levado. Conseguiu pegar o plugue de ignição. Arrastou-se até a turbina e começou a desmontá-la.

– Quatro pessoas estão se aproximando às dez horas – sussurrou Lilian. – Cerca de 100 metros daqui.

– Não atire ainda – disse Bernardo. – Acham que não temos armas. Estão parcialmente equivocados. Temos pouca munição, então economize quando iniciarmos o ataque. Ou acerte ou não atire.

Concentrado em sua tarefa, Dimitri tentava lutar contra sua baixa pressão sanguínea. Mesmo tendo perdido pouco sangue, sentia uma forte tontura. Sua visão escurecia, mesmo com a vasoconstrição gerada pela adrenalina em seu corpo. Arrancando as peças brutamente, deixou o alicate cair de sua mão. A ferramenta aterrissou numa chapa metálica, produzindo um som estridente como de um gongo chinês. O barulho veio junto a seu desmaio – o soviete amoleceu como uma marionete sem suas cordas.

Sentia-se afundando novamente no mar de areia do deserto egípcio. Dessa vez, a anciã o observava do alto, com um olhar reprovador. O som ecoava em sua cabeça de forma intermitente, como um sino em frenesi. Devorado pela areia, sentia seu corpo submergir gradativamente. Pernas, tronco, braços, pescoço, até seu rosto. De forma abrupta foi puxado para cima, como se tivesse sido pescado daquele fim agonizante. Abriu os olhos desesperados, puxando o ar com força pela boca. Bernardo o arrastava pela gola de sua camisa enquanto uma chuva de tiros caía sobre a fuselagem do jato.

– Achei – disse Dimitri com dificuldade.

O soviete indicou a peça com os olhos. Lilian finalmente deu dois tiros certeiros, fazendo com que as figuras procurassem proteção. O homem arrastou o velho e a peça para longe, enquanto a alemã atirava. Os olhos de Dimitri pesaram novamente, mas ele se forçou a permanecer acordado. Pôs-se de pé e caminhou junto aos outros. Seguiram para a entrada, que estava escancarada. O cadeado não estava avariado, indicando que aqueles que os atacaram estavam defendendo um território conquistado. Antes de sair do depósito, Dimitri apontou para um galão preto de dois litros.

– Lilian! Óleo! Pegue!

A mulher foi até o galão e mais tiros levantaram poeira. Lilian desapareceu. Bernardo iniciou a caminhada até o portão, mas foi detido por Dimitri.

– Não vamos sem ela. Temos um trato e ele será cumprido.

O homem acatou as ordens e iniciou um contra-ataque. Atirou para o nada, esperando espantar seus agressores. Surgindo de trás de uma pilha de ferragens, Lilian correu em direção ao grupo carregando o galão de óleo.

Na rua, o caos se iniciava. Bombas estremeceram o chão. Mais uma disputa se iniciava. Contornaram o foco dos ataques e partiram para a saída no alto da montanha. Dimitri caminhava com a ajuda de Lilian, enquanto Bernardo levava o turbocompressor e o galão de óleo. Subiram a ladeira até o platô onde haviam deixado o carro. Vozes interromperam a caminhada.

– Está escondido! Debaixo do lixo! – disse uma das vozes.

– Pegue uma pedra. Vamos de carro! – comemorou o outro.

Bernardo largou tudo no chão e pediu para Lilian e Dimitri aguardarem. O homem sumiu no meio das pedras. Ouviam apenas os barulhos dos ladrões descobrindo o carro. Em poucos instantes, três tiros ecoaram pelo cânion escuro. Bernardo retornou, sem dizer nada. Pegou de volta a peça e o galão e seguiram para o carro, que já estava completamente visível.

CAPÍTULO 24

O carro se afastava da cidade rapidamente. Lilian ainda tinha em sua mente os três cadáveres deixados para trás. A precisão da mira de Bernardo a impressionava. Aquele homem ainda escondia algo em seu passado e Lilian temia que seu segredo incluísse o presente, que existiam planos omitidos pela sua lábia. Mesmo não confiando completamente em Bernardo, sabia que sua presença naquele grupo se mostrava essencial e indispensável. Ela sozinha não conseguiria proteger Dimitri e concluir a missão. Aceitava aquela presença misteriosa por pura necessidade. Não lidava muito bem com o duvidoso, mas era sua única chance.

No banco de trás, com o turbocompressor no colo, Dimitri fitava novamente a árvore seca no meio do deserto. Suspirou. Mesmo não sendo religioso, rezou para que nunca mais precisasse vê-la novamente. O caos daquela cidade havia trazido memórias dos tempos de guerra, tanto a que provocou quanto a que seu pai participou. A Grande Guerra Patriótica o fez ter ódio do mundo ocidental por ter desmantelado sua família. Acendeu uma chama em sua mente, uma ânsia revanchista contra tudo e todos. A União Soviética o abraçou com satisfação. O discurso de ódio do partido se completava com a fúria da vingança no coração de Dimitri.

As palavras de Stalin a respeito da toxicidade do ser humano tinham outro significado. Antes, acreditava que a origem dos problemas da humanidade era a ganância de seus rivais. Para sua tristeza, viveu o suficiente para que suas crenças fossem desbancadas. Tanto os capitalistas quanto os comunistas sangravam o mundo. Os extremos eram lados opostos da mesma moeda de violência e brutalidade. Em sua jornada, percebeu que Hitler não havia desaparecido de fato. Mesmo morto, ainda infectava mentes com suas palavras sinuosas e incitadoras. Não só na vila nazista, como na Cidadela Capital e na Cidadela Soviete, o espírito do ódio vivia mascarado com subterfúgios. O *nós contra eles* continuava dizimando a humanidade mesmo após o grande exemplo do nazismo. Afinal, era mais confortável para todos eliminar o diferente para conservar o que era "moral", mesmo se afundando em imoralidades.

O carro balançava no terreno irregular. Eles se aproximavam do destino, já com o sol tingindo o céu de dourado. Lilian se inclinou para a frente, como se tentasse enxergar algo ao longe. Apertava os olhos.

– Pare o carro! – exclamou a mulher.

Bernardo pisou no freio bruscamente, fazendo o carro deslizar na areia até parar por completo. A poeira engoliu o veículo.

– O que houve? – perguntou Dimitri, despertando de seu transe reflexivo.

Nenhum dos dois respondeu à pergunta do velho, fitavam o horizonte. Bernardo apontou para a frente, parecendo ter compreendido a afobação de Lilian.

– Não vejo nada – respondeu Dimitri.

– Exatamente – Lilian voltou-se para o soviete.

Os olhos de Dimitri se arregalaram. A bandeira com a suástica havia desaparecido do mastro. Com mais dificuldade, conseguiu ver pequenas colunas de fumaça se dissipando com o vento.

– O que vamos fazer? – perguntou Lilian.

– Não tenho certeza – respondeu Bernardo. – Acredito que temos combustível suficiente para contornar a vila e entrar pela passagem lateral. Assim chegaremos no hangar sem ter que cruzar toda a cidade.

Sem outra alternativa, o grupo seguiu de volta para uma trajetória paralela à estrada principal. No momento de tensão, Dimitri sentiu um gosto metálico forte na boca. Olhou para o ombro com preocupação. O sangue já havia secado, mas a dor era intensa. Engoliu seco, temendo não conseguir chegar vivo à Metrópole. Decidiu ignorar aquele pensamento improdutivo. Não queria adicionar aquele receio à pilha de preocupações que tinha em sua mente, principalmente naquele momento.

O desvio de alguns quilômetros foi percorrido em pouco tempo. Logo avistaram o emaranhado de galhos que escondia a passagem. Decidiram deixar o carro ali, longe do possível perigo. Ainda não sabiam se a ausência da bandeira era uma invasão ou uma aliança.

Os três seguiram o restante do caminho a pé, em total silêncio. Após passarem pelos arbustos, avistaram o hangar, que estava aparentemente intacto. Correram para os fundos. Passos se aproximavam. Os ouvidos atentos de Bernardo focaram-se na conversa dos dois homens misteriosos, que falavam em russo.

– E qual a situação da Yak? – disse um dos homens.

– Não funciona. Precisa de peças novas. Já instalei algumas, mas ainda faltam partes da turbina – respondeu o outro.

– Quando ficará pronta?

– Se eu encontrar as partes que faltam aqui, um dia. Se não, temos que procurá-las na Cidadela.

– Isso demoraria pouco mais de uma semana.

– Não entendo. Tudo isso para destruir o avião? Não faz sentido algum.

– Isso é um pedaço de ferro-velho. Não vai durar por muito tempo.

– Poderia ser usado para outro fim...

– Qual? Precisamos de ataque e nossa munição está acabando. Nada mais lógico que usar a própria Yak como munição.

O plano kamikaze daqueles sovietes abalou Bernardo e Dimitri. Lilian ainda estava no escuro, já que não falava quase nada de russo, ela, inclusive, espantou-se por Bernardo saber tantos idiomas.

– O comandante precisa de vocês – disse uma terceira voz, ao longe. – Nas valas. Agora.

O grupo de sovietes deixou o local. Lilian então se voltou para os dois.

– O que diziam?

– Vão usar o jato para uma missão kamikaze – respondeu Bernardo.

– Mas para isso precisam consertar o avião, correto?

– Sim, mas não temos tempo.

Dimitri fitou o homem de forma indagativa, assim como Lilian.

– No casebre de Dimitri, ouvi os americanos falando sobre uma bomba – Bernardo prosseguiu. – Vão atacar daqui menos de uma semana.

– E o alcance da explosão? – perguntou Dimitri.

– Eles não têm certeza. Mas queriam sair da metrópole com medo de serem atingidos. Se ficarmos aqui, estaremos dentro da área atingida. Viraremos pó.

CAPÍTULO 43

Com o hangar vazio, Dimitri e Bernardo conseguiram se infiltrar sem serem vistos, enquanto Lilian vigiava a aeronave. A Yak-25 estava descoberta, mas sem indícios de poeira acumulada na fuselagem. Parecia ter sido limpa recentemente. O soviete averiguou a situação e notou que muitas das peças em situação precária haviam sido substituídas por outras novas ou em melhor estado. Dirigiu-se à Bernardo.

– Podemos deixar o plugue de ignição e o turbocompressor aqui. Parecem saber como reparar o jato melhor que eu.

– Não – retrucou Bernardo. – É arriscado demais. Podemos ser descobertos e perder a chance de escapar.

– Teremos que instalar essas peças de qualquer forma. Não temos escolha.

– Estão voltando! – sussurrou Lilian.

Correram para os fundos do hangar, protegidos pela vegetação seca e pelas pedras. Os homens retomaram o trabalho de conserto da Yak em silêncio. Ouvia-se apenas o barulho das ferramentas. Os três, então, decidiram retornar para o carro. Precisavam discutir um plano eficiente para solucionar o impasse soviético.

– Se deixarmos as peças no hangar, podem perceber nossa presença – Lilian concordou com Bernardo. – Podem iniciar uma busca na vila e não temos para onde ir.

Dimitri abaixou a cabeça. Preferia que seus compatriotas consertassem o avião. Não confiava mais em seus conhecimentos mecânicos e temia que pudesse cometer erros irremediáveis. Afinal, cruzariam o globo naquela aeronave de mais de 35 anos. Para sua surpresa, Bernardo se manifestou a seu favor.

– Dimitri pode estar certo. Mas por enquanto seguiremos meu plano. Deixaremos eles sem as peças. Isso irá obrigá-los a sair para procurar. Com menos homens, temos mais chances de roubar o avião.

– Para isso precisamos saber quando vão mandar um grupo para trazer a peça – disse Lilian. – Precisamos de acesso ao casarão. O comando dessa invasão deve estar lá.

Conhecendo perfeitamente as passagens e acessos da casa, Lilian se prontificou a vigiar a movimentação do comando soviético daquela vila. Levantaram acampamento em meio à vegetação seca, que era capaz de esconder até mesmo o carro contendo as peças e o óleo necessários. Ficaram em estado de alerta até a noite, quando se tornou mais seguro descansar. Lilian partiu na penumbra para o casarão de metal. Seus passos leves e sua roupa escura a deixavam praticamente invisível.

Bernardo não sentia necessidade de dormir. Seu corpo, após anos naquele caos, havia se acostumado ao constante estado de alerta. Vivia como um animal numa terra de caçadores. Devia estar sempre preparado para uma eventual fuga ou ataque. A pistola já parecia fazer parte de sua mão – quase nunca largava a arma, principalmente naqueles tempos de mudança. Ele observava o deserto enquanto Dimitri tentava dormir.

O ombro do velho parecia ainda mais dolorido. Após o corpo esfriar e o momento de adrenalina cessar, a dor aumentava gradativamente. Tentava se distanciar daquela sensação agonizante, mas tudo o que conseguia pensar era no tiro que o havia atingido. O gosto metálico voltou a preencher sua boca. Engoliu a saliva grossa com dificuldade e fitou Bernardo, que estava concentrado nos arredores áridos do acampamento. Finalmente o cansaço venceu a dor e o soviete apagou. A paz e o silêncio de sua mente sonolenta logo dariam lugar aos pesadelos caóticos e perturbadores.

A noite pareceu não durar muito, apesar de estarem se aproximando do outono. Logo o sol despertou Dimitri de sua tortura noturna. Comeu e bebeu com dificuldade. Parecia estar entalado com algo. O nó na garganta parecia ser causado pela antecipação e ansiedade daquele momento de estresse, principalmente sabendo que corriam contra o tempo. Estalos de galhos se quebrando denunciavam o retorno da alemã, que, pela cara, não parecia trazer boas notícias.

– Não ouvi nada em relação a uma missão de busca da peça. Não parecem priorizar o ataque.

– Acredita que a situação pode mudar? – questionou Bernardo.

– É possível. Notei uma movimentação diferente do alto comando. Pareciam soldados mais ansiosos em relação ao ataque.

– Ainda temos tempo – disse Bernardo. – Mais cinco dias até a explosão.

Por mais dois dias, Lilian espionou o casarão. Na manhã do segundo dia, sua feição havia mudado, parecia mais esperançosa. Finalmente uma decisão favorável ao plano havia sido tomada pelos soviéticos. Uma pequena caravana sairia durante aquela noite para trazer comida, água e a peça faltante.

Logo após a saída da caravana, Bernardo depositou as peças no hangar, próximas à Yak. Deixou-as de forma que pareciam estar ali antes da chegada dos sovietes.

Com a redução da população de invasores, mudaram o acampamento para mais próximo do hangar. Parte da segurança da vila havia partido com a caravana para garantir o transporte dos mantimentos até lá. Mais um dia havia se passado e nenhum dos mecânicos havia ido ao hangar. As peças acumulavam poeira do deserto, sem serem instaladas.

– Não temos mais como esperar – disse Bernardo. – Dimitri, precisa instalar as peças agora. Ninguém vai retornar ao hangar até a chegada da caravana.

A contragosto, o soviete assentiu com a cabeça. Partiram para o hangar. Novamente, Lilian ficou de guarda na entrada enquanto Bernardo auxiliava o velho. A situação em que os soviéticos haviam deixado a aeronave era muito favorável. Restava apenas a instalação do turbocompressor para concluir a montagem da Yak.

Ao terminar, Dimitri fitou o companheiro. Precisavam checar o funcionamento, porém o barulho atrairia soldados. Bernardo pegou uma chave inglesa e arremessou com toda sua força contra uma chapa metálica. O som de gongo trouxe as memórias do ferro-velho na mente de Dimitri, que sentiu uma dor aguda na altura de sua têmpora.

– Estão vindo! – disse Lilian.

Escondidos de volta nos fundos do hangar, Bernardo observava os soldados vasculharem o local. Pararam diante da Yak.

– Ela estava assim? Fechada? – disse um deles.

– Não sei. Vou chamar o mecânico. Fique aqui.

Em poucos minutos o homem retornou com o responsável pelo conserto da aeronave, que fitou a Yak com estranheza. Aproximou-se da turbina. Voltou-se para o soldado.

– Chame o comandante agora – disse. – Temos um intruso na vila.

Bernardo sinalizou para que Lilian voltasse ao acampamento e preparasse uma fuga emergencial. Dimitri permaneceu ali, do lado de dentro do hangar, ouvindo atentamente a conversa. O comandante da vila recém-dominada pela Cidadela Soviete observou o jato e, para o espanto de todos, deu os ombros e caminhou em direção ao casarão.

– Comandante!? – disse o mecânico. – Quais são as ordens?

– Ora! – retrucou o homem. – Verifique se há algum explosivo e faça o teste na aeronave. Seja quem for esse invasor, apenas nos ajudou.

– Sim, senhor comandante. E em relação ao invasor?

– Se ele consertou o jato é porque precisa dele. Mantenha-o sob vigia constante – disse já se distanciando. – Se nosso amigo misterioso aparecer, prendam-no.

CAPÍTULO 44

De volta ao acampamento, os dois homens se encontraram com a alemã. Apesar da feição de derrota de Dimitri, Bernardo parecia otimista em relação aos planos. Toda a comida e a água já estavam dentro do carro, assim como algumas roupas e tecidos para a proteção contra o vento e o sol. Lilian deixou o carro e se aproximou dos dois, sem entender o que se passava devido à disparidade de expressões.

– Qual será o plano agora? – ela indagou.

– Eles pretendem testar o avião ainda hoje. – Bernardo respondeu. – Saberemos se Dimitri teve êxito ou não até o anoitecer.

– E o que faz Dimitri aparentar derrota?

– Vão reforçar a segurança do hangar – disse o velho.

A desculpa não convenceu a mulher, mas foi suficiente para dispersar sua atenção momentaneamente. Estava ansiosa demais para investigar o estado mental de seu primeiro piloto.

Dimitri sentou-se numa pedra enquanto Bernardo traçava um plano com Lilian. O gosto metálico ainda persistia em sua boca. Olhou para o ombro, mesmo sabendo que aquele sintoma estranho não era devido ao tiro de raspão. Sentia-se gasto, como uma roupa velha se desintegrando. O fino tecido de sua vida parecia ceder à tensão do deserto em guerra. Os anos de experiência não trouxeram apenas bons conhecimentos, mas enrijeceram sua mente, antes jovem e flexível. A teimosia burra de um velho o levava, de pouco em pouco, a sua perdição.

Bernardo já havia notado o comportamento errático do pensamento de Dimitri, e o soviete sabia disso. Notava que o homem tentava arrastá-lo para a terra, como uma cordoalha atando um navio ao porto, porém suas tentativas eram em vão. O tempo reivindicava sua vitalidade, arrastando a mente de Dimitri junto. De cabeça baixa, ele abraçava suas paranoias. Levou a mão à boca e seus dedos manchados de vermelho foram a evidência final de que sentia o gosto de sangue desde que retornara de sua missão no ferro-velho. Limpou a mão na calça e suspirou. O ar morno passava por suas vias aéreas com dificuldade. As vozes ao seu redor desvaneciam lentamente. Não escutava mais nada além do som rítmico de seu coração.

– Dimitri? – disse Lilian, rompendo o silêncio psicológico do velho.

Ele ergueu a cabeça e fitou a mulher. Ela prosseguiu.

– Concorda com o plano?

– Perdão, não entendi o plano.

– Vamos decolar hoje à noite – disse Bernardo. – Lilian abastecerá os tanques extras, que aumentarão a autonomia da Yak para quase 4 mil quilômetros.

– Sim, claro – respondeu. – Quanto antes, melhor. – Desviou o olhar.

Bernardo olhou para Lilian. Parecia preocupado com a situação do piloto. Prepararam a bagagem para o voo e esconderam novamente o carro. Não pretendiam dormir ali novamente, mas garantiam que, caso houvesse algum problema, poderiam retornar ao local do acampamento ou escapar para longe da possível bomba americana. Dimitri permanecia em silêncio, mergulhado em suas especulações e temores.

A noite chegava e os três já vigiavam de longe a situação do jato. Pouco antes de o sol se pôr, a Yak saiu do hangar. A alguns metros dali, os nazistas mantinham, sob constante cuidado, uma pista de decolagem de terra batida. Com a quase completa escassez de chuva, a superfície estava muito bem nivelada e sem indícios de assoreamento. Algumas pequenas dunas, empurradas pelo vento, invadiam parte da pista, mas não impediam a decolagem. O motor, nada silencioso, expeliu uma fumaça escura até se limpar por completo da sujidade acumulada por anos. A aeronave alçou voo e contornou o vilarejo. Após algumas voltas de teste, aterrissou com sucesso. Os reparos de Dimitri haviam funcionado perfeitamente.

Os três aguardavam o retorno para o hangar, mas tardava a chegada do jato. Algo estava acontecendo. Decidiram, então, aproximar-se da pista de decolagem para averiguar. Um grupo de soviéticos discutia ferrenhamente. Nenhum parecia ter alta patente, eram apenas soldados guerreando com palavras gritadas.

– Está em perfeitas condições! Pode realizar a missão agora! Podemos acabar com tudo imediatamente – disse um.

– Não temos permissão da Cidadela ainda. A comitiva trará as ordens diretas – retrucou outro.

– O que nos impede de acabar com os capitalistas!? Seremos heróis!

– Uma ordem direta! Ou melhor, a falta dela! Isso nos impede de atacá-los agora. Não sabemos os planos da Cidadela e podemos estragá-los com uma ação não premeditada.

– Eles sabiam que iríamos usar a Yak como bomba.

– Não. – A voz grave do comandante surgiu atrás dos soldados. – Eu tive a ideia e estou ainda aguardando uma resposta do Generalíssimo. Quando a comitiva retornar, saberemos o que fazer.

A discussão acalorada escalava para uma briga rapidamente. Alguns soldados impediam que o jato retornasse para o hangar enquanto outros acatavam as ordens do comandante e tentavam se aproximar da aeronave. Em poucos minutos, armas eram sacadas e a tensão se elevou abruptamente. Os amotinados cercaram a Yak, segurando suas metralhadoras. Bernardo voltou-se para os dois, preocupado.

– Precisamos agir rápido. Não podemos deixar que destruam o avião por conta de um motim.

– A Yak tem combustível suficiente para explodir caso haja um combate com tiros – disse Dimitri.

– Mesmo se não acertarem o tanque, não poderemos voar para o hemisfério sul numa peneira – Lilian falou. – O que sugere que façamos?

– Precisamos de uma distração – Bernardo respondeu, já refletindo sobre outro plano.

– Distração? Como? Somos três. Um de nós está ferido, outro não conhece nada da geografia da vila e outro não é capaz de segurar nove soldados com uma mão cheia de munição. Precisamos, ainda, abastecer os tanques extras – Lilian questionou.

– Não precisamos de um combate direto, apenas de uma ideia de combate – Bernardo respondeu, com os olhos cheios de certeza. – Já estão prontos para um combate, precisamos apenas simular um.

Dimitri assentiu, assim como Lilian. O olhar confiante de Bernardo não havia sido suficiente para que a mulher acatasse, mas, sim, a falta de opções. Novamente, estava presa entre a derrota e as atitudes explosivas de Bernardo.

– Fiquem aqui – disse ele. – Assim que puderem, abasteçam o jato e preparem a decolagem. Não deixem que algo aconteça antes da distração.

Sem mais explicações, Bernardo disparou a correr em direção ao casarão de metal. Lilian sacou sua pistola e fitou o soviete. Dimitri parecia mais fraco que de costume, mesmo agachado, foi obrigado a se apoiar no chão para não se desequilibrar. Estava pálido como um fantasma. Uma forte tosse o derrubou. Por sorte, o som da briga abafou o barulho do velho. A mulher o socorreu. Ele repousou a mão sobre o ferimento, que tornou a incomodá-lo com a contração da tosse. Ao olhar para o chão, Lilian viu uma mancha de sangue molhando a areia clara do deserto.

CAPÍTULO 45

– Há quanto tempo está tossindo assim? – Lilian indagou de forma bruta.

Dimitri se ergueu novamente, ainda com a mão sobre o ferimento do tiro em seu ombro. Fitou a mulher como se soubesse do grave erro em omitir aquilo. Já sentia que seu corpo cedia há muito tempo, antes mesmo de chegar àquela vila nazista, mas se recusava a aceitar o destino natural do ser. Perecia aos poucos naquele inferno e não havia nada que pudesse fazer, sem nenhum amparo médico. Estava surpreso por ter alcançado os 70 anos num ambiente tão adverso quanto aquele.

– Responda – Lilian insistiu.

– Não tenho muito tempo. Isso faz diferença para você?

– Sim, temos um trato. Eu venho cumprindo a minha parte. Sua parte ainda está por vir e tem a audácia de esconder que pode não cumpri-la?

– Tenho certeza de uma coisa. A bomba chegará antes de minha morte. Então fique tranquila. Se algo acontecer com seus planos não será por eu não avisar que sou um velho à beira do abismo, apenas mais um homem morto numa explosão.

Gritos e palavras de ordem ecoaram pela planície do aeroporto de terra. Outros soldados armados haviam chegado para defender o comandante. A discussão entre Dimitri e Lilian se tornou secundária. O combate era iminente e a distração criada por Bernardo tardava. Os homens tomaram posição de combate, mirando uns aos outros. O comandante berrava ordens que não eram acatadas pelos amotinados. Lilian apontou a arma para o núcleo da briga. Preparava-se para atirar.

– O que está fazendo!? – Dimitri exclamou. – Vai atrair a atenção de todos para cá!

A mulher manteve o olhar fixo na mira, respirando controladamente. Tentaria realizar a tarefa de um *sniper* com uma pistola de baixo calibre.

– Não posso arriscar perder esse avião – disse, ainda concentrada. – É nossa única chance de sairmos desse inferno.

O dedo da alemã repousou sobre o gatilho e iniciou a pressão. Ao fundo, na direção do centro da vila, uma enorme explosão iluminou o céu crepuscular do deserto. O barulho fez com que Lilian errasse o tiro, apenas levantando poeira a alguns metros dos soldados soviéticos. O som havia mascarado o disparo da pistola. Todos abaixaram a cabeça, protegendo-se da explosão. Não sabiam a origem do ataque. Novamente, outra explosão, em menor escala que a primeira, foi ouvida. Dessa vez, no casarão metálico.

Com agilidade, os soldados voltaram a agir como uma unidade e correram em direção ao som. Era o momento que Bernardo havia avisado para Lilian. A mulher puxou Dimitri pelo braço logo que a pista se esvaziou. Corriam com certa dificuldade para o avião. O *cockpit* estava destampado e tudo parecia pronto para a decolagem.

– Fique aqui e prepare o jato – disse Lilian. – Vou buscar o combustível no hangar. Caso perceba a presença de alguém, se esconda dentro da cabine.

A alemã correu para o hangar enquanto Dimitri arrancava os calços das rodas da Yak. Com bastante esforço, conseguiu subir no *cockpit*. Desativou as travas do trem de pouso e se preparou para ligar o motor. A adrenalina o levou de volta a 1964, no aeroporto de Otopeni, na República Popular da Romênia. Enquanto esperava por Lilian, transportou-se ao passado. Suas mãos enrugadas, com manchas senis, mesclavam-se com as mãos joviais de seus trinta e poucos anos. O manche e o painel se distorciam diante de seus olhos, ora pareciam novos, ora antigos e desgastados. Estava alucinando novamente, mas dessa vez não havia Bernardo para o puxar de volta para a realidade.

Substituindo o companheiro de viagem, a violenta tosse o trouxe de volta ao momento de fuga em 1999. O sangue que manchava a manga de sua camisa o afastava de 1964 com sua aura de doença e decrepitude. Ao longe, aproximando-se rapidamente do avião, Lilian corria com galões enormes, presos a um carro de transporte. Dimitri se levantou do *cockpit*, mas logo caiu sentado em sua poltrona novamente.

– Fique aí – disse Lilian. – Mantenha-se consciente. Preciso de um piloto agora mais do que nunca.

A mulher, sob orientações do soviete, abasteceu agilmente os tanques extras e o tanque reserva. O peso dos armamentos foi substituído pelo peso do combustível. Mais uma explosão no centro da vila. Alguns tiros esparsos preocupavam Lilian. Logo os soviéticos perceberiam que se tratava de uma distração, e ainda não haviam nem ligado as turbinas do jato. Ela tentava acelerar o processo de abastecimento, mas não podia exigir mais rapidez da gravidade.

Findando os galões, subiu no *cockpit* e sentou-se no local vago, logo atrás do banco do copiloto. Dimitri ligou as turbinas, mas manteve a tampa aberta para quando Bernardo chegasse. O barulho intenso do jato em funcionamento era ensurdecedor. Nenhuma bomba encobriria aquele ruído.

Tentando agir de forma rápida, o velho taxiou a aeronave até o ponto de início da pista de decolagem, e parou o avião. Ambos vasculhavam os arredores, procurando tanto por Bernardo quanto por ameaças.

Surgindo atrás de uma das estruturas feitas de contêineres, uma figura correu em direção à Yak. A noite dificultava a identificação do indivíduo que se aproximava. Não podiam atirar, pois temiam ser Bernardo. Porém, também tinham receio de que fosse um soldado soviético. As dúvidas se findaram quando uma bala ricocheteou na fuselagem do jato. Rapidamente, Lilian apontou a pistola para o homem e atirou três vezes, acertando a última no peito do soldado. Tentava economizar munição, já que não sabia se precisaria daquelas balas no futuro.

– Não podemos esperar mais – disse Lilian. – Temos que ir agora!

– E Bernardo?

– Bernardo pode estar morto agora. Se esperarmos mais, podemos ter o mesmo destino que ele. Vamos!

Por alguns instantes, Dimitri esperou. Ainda tinha esperanças de que seu companheiro de viagem viria. Tentou buscar os sentimentos de desconfiança que alimentavam sua indiferença para com Bernardo, mas a convivência, principalmente naqueles últimos dias, o prendia a ele, a cordoalha que segurava o navio no porto. Suas memórias ruins a respeito do homem pareciam escorrer por entre seus dedos. Algo urgia para que ele esperasse por mais alguns minutos.

– Dimitri! – Lilian tornou a insistir. – Vamos!

– Nosso trato passou a incluir Bernardo quando aceitou que participasse dos planos – disse em tom assertivo.

As palavras do soviete atingiram a mulher como um tabefe. Seu próprio guia moral era jogado em sua face, obrigando-a a concordar com a postura do soviete. De fato, Bernardo havia se mostrado um homem honesto nos últimos dias. Mesmo com algumas ações e pensamentos turvos, não parecia uma ameaça como imaginaram ser.

Vindo na mesma direção do outro, mais soldados apareceram. Corriam e atiravam contra a aeronave. Dimitri, mesmo tentando resistir à escolha, decidiu iniciar a decolagem. O jato acelerou rapidamente. A poeira deixada para trás cobria os soviéticos de areia. Lilian abaixou a cabeça, como se lamentasse pela morte de Bernardo. Logo que aquelas rodas abandonassem o solo, a sentença do homem estaria dada. Caso ainda estivesse vivo, a pouca gasolina deixada no carro não seria suficiente para ele se distanciar do raio de destruição da bomba. Estava condenado a um fim brutal.

O jato ganhava cada vez mais velocidade. Dimitri fechou a tampa deslizante do *cockpit*, diminuindo o vento morno dentro da cabine. Os soviéticos já paravam de correr, desistindo de alcançar a aeronave. Um som de tiro fez Lilian erguer a cabeça rapidamente. Estava pálida, como se tivesse visto um fantasma.

CAPÍTULO 46

Ao final da pista, um vulto atirava para cima. A luz da chama do disparo era suficiente para a sua identificação.

– Pare o avião! – berrou Lilian. – Bernardo está no fim da pista!

Num movimento brusco, Dimitri acionou o procedimento de frenagem imediatamente. Bernardo carregava uma mochila velha nas costas e uma pistola na mão. Em poucos segundos, o jato foi capaz de interromper o processo de decolagem. Alcançou o final da pista e logo taxiou até a nova posição de decolagem. Notando a parada da Yak, os soviéticos retomaram o ataque, dessa vez com mais intensidade.

Rapidamente, Bernardo subiu com muita destreza na asa esquerda do jato e conseguiu chegar até o *cockpit*. Dimitri reiniciou a aceleração de decolagem ainda com o homem do lado de fora. Tentou abrir a tampa transparente, mas não conseguiu. Parecia estar travada por dentro. Lilian saltou para a frente e começou a puxar a tampa. Os tiros dos soviéticos também recomeçaram. As balar ricocheteavam na fuselagem da Yak, que acelerava rumo à origem dos tiros na outra ponta da pista.

Lilian fazia um enorme esforço para ajudar Bernardo, mas a tampa da cabine nem se movia. Ao abaixar o olhar, avistou o campo de corrimento da tampa: uma bala havia deformado o metal, impedido que ela deslizasse corretamente. Sacou sua pistola e começou a bater o cabo na deformidade. Após diversos golpes violentos, conseguiu desamassar o metal. Subitamente, sangue espirrou pelo vidro da tampa. Lilian abriu a cabine e conseguiu puxar Bernardo para dentro.

A mochila do homem estava manchada de sangue. Havia um buraco próximo da base, do qual caía pedaços da ração que haviam preparado para a viagem. O *cockpit* foi fechado e Dimitri acelerou ao máximo. Ainda precisava de velocidade para levantar voo. Os tiros não paravam, e o soviéticos mantinham suas posições na pista, mesmo com a rápida aproximação do jato. A disciplina militar daqueles soldados se equivalia a do velho em seus primeiros anos no Exército Vermelho. Sentiu um leve prazer em avançar em direção àqueles que o lideraram no passado. Tinha a mesma sensação de rompimento de mordaças de quando escapou do bunker de Domodedovo. Dessa vez, estaria livre não só dos soviéticos, mas do inferno que haviam criado.

Finalmente, o jato alçou voo. As rodas do trem de pouso se desprenderam do chão de terra batida. Os tiros não eram mais eficazes. Estavam no ar, longe das ameaças terrestres. Dimitri acionou o recolhimento do trem de pouso e acelerou. Não porque era preciso para a decolagem, mas porque era necessário para sua alma. Nem mesmo o gosto metálico de sangue em sua boca o tirou daquele momento prazeroso de despedida. Sairia dali para nunca mais voltar.

Ao olhar para trás, Dimitri deparou com o sangue de Bernardo, que havia molhado seu banco quando entrou no cockpit. Seu alívio deu lugar para a preocupação. Com os fones de comunicação e máscara, questionou a situação.

– O que houve? – disse. – Onde foi atingido?

– No braço – o homem respondeu. – Nada de muito grave. Preciso de uma atadura.

Lilian prontamente sacou uma faixa de tecido grosso e amarrou o ferimento. Coincidentemente, o tiro havia acertado também o braço esquerdo de Bernardo, assim como em Dimitri. A bala, de calibre maior, havia feito um grande estrago pouco acima do cotovelo. O homem tentava não demonstrar dor, para que Dimitri pudesse se concentrar no voo. Sabia que a capacidade de multitarefa do soviete era praticamente inexistente na situação em que ele se encontrava. Mesmo sendo um jato relativamente fácil de se pilotar, mais de 35 anos separavam aquele voo do último feito por Dimitri.

A trajetória da aeronave era, logicamente, para o sul, já que o destino era a pouco mais de 900 quilômetros da Antárctica. Porém, ao decolar partindo do extremo oeste da pista, seguiam para o leste. Dimitri decidiu tomar uma altura maior antes de fazer a manobra. Poucos minutos após a decolagem, algo no painel aterrorizou o soviete. Novamente, depois de mais de 30 anos, estava numa situação de risco num espaço aéreo desconhecido. Avisos começaram a soar e piscar no avião. Os medidores pareciam todos desorientados.

– O que está acontecendo? – Lilian perguntou.

– Não tenho certeza, mas isso já aconteceu comigo antes.

– E o que você fez?

– Uma aterrissagem emergencial no meio do deserto. Provavelmente no local onde encontrou esta aeronave.

As palavras do velho trouxeram um enorme medo ao coração da alemã. Dimitri tentava racionalizar, mas nada indicava a origem do defeito. Tentava se lembrar de alguma irregularidade durante o reparo da turbina e de seus componentes, mas tudo parecia em perfeitas condições quando terminou. Uma ideia veio à sua mente: Luxor. A cidade egípcia era o único ponto de interseção entre a situação de 1964 e a de 1999. Em ambos os momentos, o avião ia em direção àquela cidade.

– Acho que tenho uma ideia. Pode não ser eficaz, mas é a única solução que encontrei.

Numa virada rápida no manche, Dimitri desviou a rota para sudoeste. Antes que pudesse tentar ganhar mais altitude, tudo se desligou no jato. O soviete estava mais uma vez planando um turbojato a milhares de metros do chão.

– O que houve agora? – Lilian dizia já em desespero.

– Não tenho mais controle das turbinas. Estamos planando.

– Em qual direção?

– Sudoeste. Vamos aterrissar provavelmente ao sul da falsa Metrópole, no meio do deserto.

– Não podemos pousar no deserto – Bernardo gemeu. – Assim não será possível decolar novamente numa pista de areia fofa.

– Não temos outra escolha.

CAPÍTULO 47

Com a altitude diminuindo rapidamente, a Yak planava em direção ao nada. Seus passageiros já se preparavam para o impacto com a areia fria do deserto noturno. O sentimento de libertação de Dimitri foi apagado completamente. Os grilhões que o acorrentavam àquele deserto infernal e caótico pareciam puxá-lo com violência. Via aquela situação como uma prova de que estava definitivamente preso, impedido de alcançar a paz que tanto almejava. O sentimento era compartilhado por todos ali, principalmente por Lilian. As memórias terríveis da colônia nazista em que viveu e, por um curto período de tempo, liderou, retornavam. Pela primeira vez em anos, deixou que lágrimas escorressem pelas bochechas coradas, quebrando a postura austera que sempre mantinha. Suas esperanças desmoronavam à medida que o avião perdia mais altitude.

Subitamente, todos os avisos tornaram a apitar e piscar. Os alertas sonoros resgataram a esperança daqueles corpos fúnebres em queda livre. Dimitri tentou religar os motores, mas sem sucesso. Aos poucos, os medidores e indicadores retomavam as suas funções, apresentando leituras normais e regulares. O mar de areia já brilhava com a luz do luar a algumas centenas de metros do avião. Novamente, Dimitri tentou ligar os motores. Após instantes sem respostas, o impulso foi sentido, inundando os três com um alívio imensurável. Com bastante dificuldade, o soviete conseguiu erguer o avião e corrigir sua rota. Em poucos minutos, os avisos cessaram.

Os planos de Lilian eram muito bem detalhados. A rota, estudada por anos, parecia infalível. Todo o percurso havia sido adaptado para a capacidade da Yak-25, com todas as expansões de tanque de combustível e alterações estruturais feitas. O primeiro destino na seleta lista era o aeroporto de Léopoldville, na República do Congo.[22] O aeroporto ficava a cerca de 3.500 quilômetros de distância da vila nazista. Com a autonomia expandida da Yak, o trajeto poderia ser feito sem paradas.

Apesar das poucas horas de voo, a noite parecia se encerrar. O céu já tomava uma cor rósea no horizonte ao sul. Dimitri lutava contra o sono, assim como os demais. Não queriam arriscar cair no meio de uma selva africana. Voavam acima das nuvens, que escondiam a condição da terra abaixo. Dependiam apenas dos medidores e bússola para chegar até o aeroporto. Nos fundos do cockpit, Lilian não tirava os olhos do mapa, recalculando a trajetória e conferindo a posição em que estavam no continente africano.

O jato iniciou a descida, mergulhando no mar de nuvens alvas. De acordo com as análises de Dimitri e Lilian, estavam a poucos quilômetros do espaço aéreo de Léopoldville. Logo que saíram da zona cega, no interior das nuvens, depararam com um cenário muito diferente do que esperavam. A selva que devia cobrir toda aquela faixa subsaariana estava completamente negra, o verde que tinham em seus imaginários havia sido carbonizado. O olhar de espanto de todos era constante em suas faces. Olhavam pelo vidro transparente da cabine o desastre ambiental na região da República do Congo.

Dimitri retomou a concentração e iniciou o procedimento de aterrissagem. Já avistavam a cidade, aparentemente sem nenhum sinal de vida. A aeronave perdia altitude. O trem de pouso já estava acionado e pronto para tocar no solo. O aeroporto possuía apenas uma pista. Inaugurado poucos anos antes da guerra nuclear, ainda parecia em bom estado, apesar de a vegetação negra ter devorado parcialmente o prédio principal. Ao lado do aeroporto, o Rio Congo parecia fosco e enegrecido. Sua largura original de quase quatro quilômetros havia se reduzido à quarta parte. As rodas da Yak tocaram o chão enquanto o soviete acionava a frenagem. Taxiou até uma extremidade da pista, preparando-se para uma fuga emergencial. Com os motores desligados, hesitaram. Tudo parecia quieto demais.

– Não faz sentido – disse Lilian. – Estamos numa área fora do foco da guerra. Muito longe de qualquer ameaça. O que houve aqui?

– Não tenho certeza de que isso se trata do resultado das bombas de 1964 – retrucou Bernardo. – Tudo parece morto, mas não por causa de explosões.

– Nos planos de meu pai, conseguiríamos negociar combustível com os congoleses. Nada disso havia sido previsto.

– Não temos outra escolha – disse Dimitri. – Temos que procurar combustível para sair daqui. Com o que temos no tanque, mal conseguiríamos levantar voo.

As palavras do soviete eram amargas aos ouvidos de Lilian. Estava praticamente sozinha, já que os outros dois estavam feridos. Caso houvesse alguma situação de risco, teria que solucioná-la sem o auxílio quase militar de Bernardo.

– Pois bem – suspirou a mulher. – Vamos descer e vasculhar o local. Não devemos ficar por aqui por muito tempo. Não sabemos o que ocorreu ou o que ainda está ocorrendo.

Destravaram a tampa do *cockpit* e desceram. Bernardo, mesmo com o braço ensanguentado, conseguia se movimentar sem muita dificuldade, diferente de Dimitri, que precisou ser removido do avião com a ajuda dos outros. Caminharam pela pista de asfalto trincado. Nenhuma vegetação se encontrava ali, apenas os restos do que seria um princípio de relva às margens da pista. Seguiram até um enorme hangar, onde algumas aeronaves se amontoavam. Todas pareciam enferrujadas e perfuradas com pequenos orifícios. O coração de Lilian acelerou. Aquelas marcas eram claramente de tiros, um conflito armado havia acontecido ali.

O longo hangar estava completamente aberto, mas não aparentava ter sido saqueado. O telhado de alumínio enferrujado, que cobria a estrutura, estava num estado avançado de corrosão, permitindo que a luz fraca da manhã iluminasse o interior. Manchas de óleo tingiam o chão de preto. Algumas outras, em tom vermelho-escuro, atraíam moscas, apesar de já secas. Lilian e Bernardo sacaram suas armas. Caminharam cautelosamente pelo local, atentos a qualquer ameaça. O som grave do metal se contorcendo com o vento ecoava por aquele salão quase vazio. Ao final da estrutura, uma pequena porta balançava, indicando uma passagem para os fundos do hangar.

Cercada pela vegetação enegrecida, uma pilha de corpos apodrecia lentamente. A situação de conservação dos cadáveres era estranha. Algo naquele ambiente havia esterilizado tudo, impedindo a degradação dos tecidos e, consequentemente, provocando uma mumificação natural. A cena desoladora afetou profundamente o soviete, pois os corpos eram de mulheres e crianças. A poucos metros dali, um outro cadáver estava caído no chão, segurava um galão vermelho.

– Iria queimar os corpos – disse Bernardo.

Lilian guardou a arma. Percebeu que não havia nenhuma ameaça humana ali. Algo tinha eliminado os perigos do homem, mas também sua inocência. Retornaram ao hangar, a fim de procurar galões de combustível. Aquele ambiente, mesmo com memórias de um pesadelo, trazia tranquilidade para os três, já que não apresentava ameaças. Não havia nazistas, soviéticos ou americanos, mas apenas a presença enfática da morte, do passado, uma aura de solidão e melancolia, mas, ao mesmo tempo, alívio. Havia, finalmente, paz.

Naquela terra desolada, deixaram o tempo seguir seu curso. A catástrofe de proporções bíblicas que silenciava aquela cidade desacelerava os corações dos três viajantes. Vasculhavam os galões com calma. Por fim, conseguiram reunir num só barril os restos de combustível, alcançando o volume necessário para seguir viagem. Levaram, também, um pouco de óleo para o motor.

No avião, abasteceram os tanques e lubrificaram as turbinas. Estavam prontos para partir. A distância do deserto afetava diretamente a todos eles. Sem ansiedade e a constante sensação de perigo, levantaram voo tranquilamente. O conserto de Dimitri havia posto a Yak em pleno funcionamento. Decolaram sentido nordeste e logo manobraram para sudeste, onde o segundo destino se encontrava.

CAPÍTULO 48

Abandonando a paisagem enegrecida da República do Congo, a Yak atravessou as nuvens, alcançando sua altitude de cruzeiro. O destino seguinte traçado nos planos de Lilian era mais perigoso que o anterior: Johanesburgo,[23] na África do Sul, uma cidade muito mais populosa que qualquer outra da República do Congo. No entanto, com a estranha situação de Léopoldville, eles deixaram as preocupações de lado. Algo havia acontecido fora da bolha do deserto egípcio.

A mochila de Bernardo ainda continha alimento e bebida suficientes para mais um dia de viagem. Os dois mais jovens tentavam poupar a ração para que Dimitri não se prejudicasse, afinal era o único que sabia pilotar aquela aeronave soviética. Mantinham um silêncio profundo; cada um se concentrava em seus planos de vida futuro na Metrópole. O sonho parecia cada vez mais perto de ser concretizado.

Após algumas horas de voo, Dimitri iniciou a descida. Ao cruzarem a faixa de nuvens, não se surpreenderam com a paisagem desértica abaixo de si. A única diferença entre os arredores de Léopoldville e Johanesburgo era a cor da vegetação. Enquanto a primeira era negra como petróleo, a sul-africana era marrom. Apenas alguns pequenos focos verdes se destacavam naquela vastidão morta.

Os olhos de Dimitri cerraram. Tentava enxergar algo ao longe.

– Não sei se meus olhos estão me enganando – disse o velho. – Há algo se movimentando logo à frente?

Bernardo e Lilian se esforçaram para encontrar o que o soviete dizia ter visto. Alguns pontos pretos pareciam dançar no céu de Johanesburgo e o trajeto do avião os levava direto para aqueles corpos estranhos.

– Sim – respondeu Lilian. – Parecem aeronaves. Mas não tenho certeza. Estão muito distantes, e o vidro está muito turvo para afirmar algo.

– Não são aeronaves – falou Bernardo.

Um barulho metálico forte cessou a conversa. Em poucos segundos, a turbina esquerda da Yak entrou em chamas.

– São abutres! – Bernardo disse, após o impacto.

Ao olhar para o lado da turbina danificada, Dimitri avistou o enorme amassado na asa e o sangue espalhado pela fuselagem. Era o primeiro vestígio de vida, além de insetos, que via em anos. Apesar da situação terrível, sentia um certo alívio ao descobrir que a vida na terra ainda era possível e que eles pareciam se aproximar dela.

O jato começou a perder altitude cada vez mais rápido. Com um só motor, o soviete não conseguia controlar com precisão a aeronave. Desviou para baixo, tentando fugir do grupo de aves que voavam em círculos. Os avisos sonoros indicavam a alta temperatura da turbina, que aumentava as labaredas à medida que desciam e se afastavam do ar rarefeito.

As pistas do aeroporto Jan Smuts pareciam quase todas ocluídas com carcaças de outras aeronaves. A cidade também parecia abandonada. Dimitri tentou embicar o jato para uma pista com mais espaço para pouso.

– Mesmo com pouco combustível, precisamos correr logo que pousarmos – disse o soviete. – O motor pode explodir a qualquer momento.

Com muita dificuldade, o jato se alinhou à pista. O trem de pouso desceu e a aterrissagem foi imediata. Bernardo agarrou-se na mochila e preparou-se para a fuga. Lilian dobrou os papéis e os guardou em seus bolsos. A Yak tocou na pista e Dimitri acionou a frenagem de emergência. Com uma grande agilidade, Bernardo puxou uma alavanca próxima ao botão de ejeção. Como uma rolha de champanhe, a tampa do *cockpit* foi arremessada para o alto. Antes mesmo da parada total do avião, Lilian e Bernardo arrancaram o velho da poltrona e desceram pela asa direita. Carregaram-no rapidamente para longe do jato, que ainda se deslocava em direção ao fim da pista. Em poucos segundos, uma forte explosão destruiu quase um terço da Yakovlev. Caídos na pista, os três viam suas esperanças serem engolidas pelo fogo intenso da explosão. O sentimento de derrota parecia aumentar as dores de seus ferimentos. O fim da tarde se aproximava com rapidez e os viajantes estavam presos naquela cidade-fantasma.

As chamas da Yak ainda queimavam quando Bernardo e os outros decidiram explorar o aeroporto. Era uma estrutura de grande porte, muito bem projetada. A vegetação não se comportava como na República do Congo. Por estar num ambiente essencialmente urbano, a decadência estrutural não se valia das plantas reivindicando o prédio. Trincas por toda parte, assim como marcas de tiro, desenhavam um passado violento nas paredes de concreto. Não encontraram corpos ou manchas que indicavam sangue. Estranhamente, o aeroporto não tinha vestígio algum de ocupação além das marcas de tiro.

Lilian vasculhava os salões por comida e água. Não sabiam por quanto tempo ficariam ali, então precisavam garantir o mínimo para sobreviverem. Em uma placa, ela descobriu a direção da praça de alimentação do aeroporto e seguiram para lá, mas sem muitas esperanças. De fato, não havia muito para manter os viajantes por um longo tempo, mas o suficiente para que eles pudessem passar alguns dias ali. As garrafas de água descartáveis foram o maior achado, já que o suprimento que traziam na Yak havia se perdido com a explosão.

Ali mesmo, na praça de alimentação, levantaram um acampamento com as cadeiras metálicas e alguns tecidos de lojas e acenderam uma fogueira numa área mais aberta, perto das barracas, para combater o estranho clima gelado em pleno verão sul-africano. Sentados em torno do fogo no interior do salão, refletiam sobre os achados no caminho para a Metrópole.

– Toda essa destruição não é por causa da guerra – disse Lilian. – Não pode ser.

– Realmente, algo aconteceu – Bernardo respondeu. – A vegetação de Léopoldville havia tomado o aeroporto antes de morrer e enegrecer.

– Passamos tanto tempo naquele deserto que não sabemos de nada que aconteceu no mundo longe daquelas areias – disse Dimitri.

A noite fria embalou os três, vencidos pelo cansaço. Após comerem, conseguiram dormir em paz após anos de tensão no Egito. Mesmo sem um transporte para a tão almejada Metrópole, estavam aliviados. Qualquer lugar era melhor que aquele inferno. Dormiram no chão frio, mas com o acalanto da solidão.

CAPÍTULO 49

Findada a noite curta, dois dos viajantes despertaram com dificuldade. Pareciam estar mais cansados do que quando se deitaram. Lilian se levantou e tomou um gole da água que haviam encontrado. Sentia um gosto acre na boca e precisava de algo para limpá-la. Bernardo sentia fortes dores no braço esquerdo. O processo inflamatório parecia ter se iniciado naquela noite. Dimitri ainda estava imóvel. Decidiram deixar o soviete descansar por mais tempo, o velho havia passado por momentos muito intensos até então.

A fogueira, que havia trincado o piso do salão, estava reduzida às cinzas. Enquanto Lilian juntava o carvão para uso posterior, Bernardo saiu em busca de álcool e tecido limpo. Pretendia limpar o ferimento para evitar o avanço da degradação tecidual. A estrutura do aeroporto era muito bem-feita, com uma grande variedade de lojas para a época em que fora feito. Dentre elas, uma loja de licores e outras bebidas alcoólicas. Lá, ele pegou uma garrafa de vodca e retornou ao acampamento, onde viu Lilian sentada no chão, apoiando-se num dos braços. Estava pálida e com olheiras.

– Ele ainda não acordou? – Bernardo perguntou.

– Não. Nem se mexeu.

– Acha que devemos acordá-lo?

– Talvez. Precisa comer. Todos nós precisamos.

O homem assentiu. Removeu a atadura, revelando o buraco do tiro. Não parecia em boa situação. Abriu a garrafa de vodca e derramou com abundância sobre o ferimento. Apesar de tentar não emitir som algum, gemeu, discretamente, por dor. Sua feição parecia tentar conter o urro que estava preso em sua garganta.

As gotas de sangue que escorreram do braço de Bernardo provocaram calafrios na mulher. Lembrou-se da situação de Dimitri quando saíram da vila nazista. Toda aquela turbulência antes e durante a viagem haviam colocado a tosse sanguinolenta em segundo plano em sua mente. O soviete não estava em bom estado. Fitou o velho imóvel.

– Viu ele se mexer em algum momento desde que acordamos? – questionou Lilian.

Bernardo olhou para Dimitri, entendendo a preocupação da mulher. Mesmo desconhecendo o quadro do velho, sabia que ele não tinha muitos anos a mais. Já considerava um milagre ter alcançado os setenta. Os dois se aproximaram do corpo. Lilian encostou na testa de Dimitri, temendo sentir a frieza de um cadáver. Porém, a situação era oposta. O soviete ardia em febre, então decidiram acordá-lo.

Dimitri levantou-se desorientado. Não sabia onde estava ao certo, apesar de saber que estava longe do perigo do deserto. Bernardo deu água e comida para ele, enquanto Lilian saiu para procurar medicamentos. Sentado numa cadeira, de frente para o local da fogueira, Dimitri localizou a garrafa de rótulo prateado e vermelho ao lado de uma pequena poça avermelhada.

– Stolichnaya... É boa para beber e para desinfetar – disse, com um sorriso discreto. – Fez uma ótima escolha.

– O que está sentindo? – questionou Bernardo.

– Sinto um enjoo estranho. Não parece ser algo que comi. Parece enjoo de movimento. Sinto também uma forte dor de cabeça. Pode ser desidratação.

– Pode ser...

Bernardo sentou-se ao lado do velho. Aquelas palavras traziam muita preocupação, não apenas em relação à saúde de Dimitri, mas também porque sentia aqueles mesmos sintomas, de forma mais moderada e, claramente, Lilian também os sentia. Sabia, portanto, que se tratava de alguma intoxicação, mas não tinha certeza se era devido à ingestão de algo ou apenas à presença deles em algum local contaminado. Dimitri tentou tossir de forma discreta, mas seu problema parecia ter se agravado. Dessa vez, muito mais sangue saiu de sua boca.

– Desde quando tem essa tosse? – questionou Bernardo.

– Não tem muito tempo...

– Preciso saber exatamente.

– Para quê? Para tentar estimar meu tempo de vida? Sei que não tenho muito.

– Não... Para estimar o *nosso* tempo de vida.

Dimitri fitou o homem assustado.

– Seus sintomas... – Bernardo prosseguiu. – Estou com eles e acredito que Lilian também está. Preciso saber se sua tosse é algo muito recente. Precisamos nos prevenir.

– Não. Acredito que não terão a tosse. Ela começou quando fugimos do ferro-velho.

Mesmo com o olhar desaprovador, Bernardo entendia a omissão. O espírito militar de almejar o bem maior, excluindo sua individualidade, ainda era muito presente no velho. Entendia que ele não queria gerar preocupação ao grupo, o que poderia atrapalhar os planos. Afinal, Bernardo fazia o mesmo com o tiro em seu braço: a situação não era das melhores, mas mantinha-se em silêncio em relação ao ferimento.

Após alguns minutos, Lilian retornou com algumas caixas de aspirinas e uma sacola grande. Entregou os comprimidos para o soviete e virou a sacola no chão, revelando seu conteúdo. Assim como Bernardo, a mulher também acreditava que estavam num ambiente contaminado. A sacola continha trajes amarelos contra contaminação. Sem sequer questionar, Bernardo pegou um e vestiu imediatamente, confirmando sua concordância com a mulher.

– Não podemos ficar aqui – disse Bernardo. – Precisamos sair o quanto antes.

– E o que sugere? Nosso único meio de transporte está destruído – Lilian retrucou.

– Estamos num aeroporto. Pelo menos uma aeronave deve estar funcionando.

– E quem vai pilotar? Dimitri não está em condições de levantar voo sozinho.

– Eu sei pilotar alguns modelos americanos.

A fala de Bernardo gerou estranheza aos demais. Era mais uma informação oculta sobre o passado daquele homem misterioso. Saíram, então, em busca de uma nova aeronave para escaparem de Johanesburgo antes que perecessem ali. O aeroporto era muito grande, porém sem muitas opções. As aeronaves do hangar principal estavam ou desmontadas ou estragadas. Antes de perderem as esperanças por completo, Bernardo encontrou uma alternativa promissora: um RB-57F Canberra.[24]

A aeronave de reconhecimento americana era enorme. Com uma envergadura impressionante de quase 40 metros, parecia estar em perfeito estado, apesar de alguns pontos enferrujados. A estrutura imponente estava solitária num canto afastado do hangar. Possuía apenas duas poltronas, a de piloto e copiloto, porém havia um compartimento de carga pressurizado logo atrás do *cockpit*. Tinha uma ótima autonomia, cerca de 6 mil quilômetros, o suficiente para alcançarem as ilhas Geórgia do Sul e Sandwich do Sul,[25] a 1500 quilômetros da Metrópole.

Bernardo subiu na aeronave e ligou os motores. O nível de combustível não estava no máximo, mas tinha uma boa quantidade para ligá-la. Tudo parecia em bom estado, até mesmo o sistema elétrico. Os olhos do homem, quase sempre compenetrados e sérios, sorriam com um brilho cativante. Logo taxiou para fora do hangar e parou na estação de abastecimento. Em pouco tempo, esvaziaram o compartimento de carga traseiro e os rechearam com galões de combustível, já que não podiam contar com um suprimento para o avião na próxima parada. Removeram todos os equipamentos desnecessários, para reduzir o peso e, com isso, gastar menos combustível. Os três pegaram o resto de comida e água que sobrara e colocaram junto a Lilian, no compartimento pressurizado.

Taxiando até a pista livre, prepararam-se para a decolagem. Bernardo na poltrona da frente, ainda com muitas dores e náusea; Dimitri na segunda poltrona, e Lilian logo atrás, conferindo os mapas. A aceleração abrupta do avião colou os passageiros em suas cadeiras. As rodas se desencostaram do chão. O empuxo gravitacional imperava nos corpos dos viajantes, causando o desmaio de Dimitri – Bernardo estava sozinho no comando do avião. Ao olhar para baixo, viu uma movimentação. Alguém parecia acenar para eles, tentando trazê-los de volta ao aeroporto. O homem não sabia se alucinava ou se via algo improvável, mas real. Com o combustível limitado, decidiu ignorar o suposto pedido de ajuda. Sua visão se escurecia, mas sabia que não podia desmaiar também. Forçava o corpo a ficar consciente. Os sintomas da contaminação pareciam alcançar seu pico.

CAPÍTULO 50

Após a decolagem em sentido sudoeste, a calmaria da altitude de cruzeiro trouxe um pouco de bem-estar aos tripulantes. Dimitri despertou de seu desmaio, preocupado com a situação. Para seu alívio, o homem na poltrona da frente se mostrava um excelente piloto. Lilian também havia desmaiado, mas rapidamente se pôs a trabalhar em seus mapas. Tentava procurar anotações de seu pai a respeito das Ilhas Sandwich do Sul, já que precisariam parar por lá. De acordo com seus conhecimentos gerais, aquelas ilhas serviam apenas como base para expedições à Antártida, tendo como moradores cientistas e ovelhas.

Sete longas horas se passaram e o destino já se aproximava. Os leitores de nível de combustível indicavam a necessidade de reabastecimento imediato. Alguns barulhos vindos das turbinas preocupavam Bernardo, mas não tinha outra escolha a não ser prosseguir com a viagem. No horizonte, eram capazes de avistar terra pela primeira vez desde que deixaram o continente africano. A formação rochosa, coberta de neve em grande parte, parecia uma pérola branca no meio do mar escuro.

Sobrevoaram Grytviken, em busca de uma pista de pouso, mas não obtiveram sucesso. Temiam ter que aterrissar na neve e seguir para a Metrópole de navio. Passaram sobre Husvlk, Stromness e Leith, sem encontrar nenhum vestígio de pista de pouso, apenas cidades pequenas com ruelas insuficientes para pouso. Lilian questionava a veracidade dos planos do pai. Vasculhou as demais anotações, já em desespero pela culpa, afinal, só estavam ali por sua causa.

– Ali! – disse Bernardo. – Parece uma estrada!

Lilian se apertou para dentro do *cockpit*, tentando ver pela janela de vidro. De fato, um vestígio de estrada parecia sair de Stromness rumo ao interior da ilha. Seguiram o caminho até uma planície, onde uma enorme pista se escondia entre as montanhas. Bernardo iniciou o processo de pouso com cuidado, já que os barulhos estranhos da turbina pareciam não cessar.

Após a parada completa da aeronave, os três desceram. O vento gélido daquela ilha era cortante, tão intenso quanto os ventos desérticos do Egito. Bernardo e Lilian descarregavam os barris de combustível para o reabastecimento. Não precisariam encher os tanques do avião por completo, pois o destino estava a pouco mais de mil quilômetros dali. Após o preparo da decolagem, decidiram vasculhar o local misterioso, que não estava presente em nenhum dos mapas.

A área parecia uma base militar. Os prédios, muito bem reforçados, eram cercados com sacos de areia formando barricadas. Uma pequena estrada seguia ao sul, para um cais com dois grandes navios. Suas bandeiras, em péssimo estado, indicavam uma área de comando americano abandonada. Dentro dos pequenos prédios, apenas poeira e restos de eletrônicos. Algumas outras bandeiras também estavam ali, como a britânica, suíça e francesa. Não havia vestígio de comida ou água potável.

Os três caminhavam por entre as construções decadentes em busca de pistas sobre o que se passava com o mundo, porém não encontraram nada significante. Alguns papéis estavam espalhados pelo chão, mas seus escritos estavam desbotados demais para serem lidos. Tudo indicava que havia ocorrido uma evacuação emergencial seguida de saque por outros não militares.

Bernardo parou subitamente. O homem agia como um cão farejador ao encontrar uma ameaça.

– Ouviram isso? – perguntou Bernardo.

– O quê? – disse Lilian, confusa.

– Esse som. Parece alg...

Interrompendo o homem, um tiro acertou na parede logo ao lado do grupo, arrancando um grande pedaço de concreto. Tanto o som forte, que ecoou sonoramente por todos os lados, quanto o tamanho do buraco indicavam uma arma de alto calibre, possivelmente um rifle.

– Um *sniper* – disse Bernardo. – Mantenham-se abaixados!

Pela primeira vez em dias, os viajantes deparavam com uma ameaça humana. Esconderam-se atrás de um muro de concreto. Um segundo tiro acertou a borda da construção logo à frente deles. O *sniper* parecia estar melhorando sua mira.

– Precisamos ir para o avião – disse Lilian. – Dimitri, consegue correr?

– Acredito que sim.

Com a resposta afirmativa do velho, iniciaram os preparos para a fuga. Sem armas, não conseguiriam revidar os ataques. Precisavam de algo que os protegessem no longo trajeto. Mais um tiro, dessa vez acertando o muro em que se escondiam. A poucos metros de onde se encontravam, uma placa de metal branca estava jogada ao chão. Bernardo saltou em sua direção e a arrastou de volta para o abrigo.

– Vocês dois vão na frente e eu carrego a placa atrás – disse o homem. – Não corram demais, pois sairão da proteção do escudo. Não vão devagar demais, pois, quanto mais tempo ficarmos em campo aberto, mais chances temos de sermos atingidos.

Lilian ofereceu apoio a Dimitri e prepararam a corrida. Com a indicação de Bernardo, começaram a correr de forma ritmada e organizada. Os tiros pareciam contornar os três. Alguns acertavam na neve, outros ricocheteavam na placa de metal que Bernardo usava como escudo. Após alguns segundos sob os tiros da ameaça misteriosa, os ataques cessaram.

– Corram mais rápido! Ele deve estar recarregando – gritou Bernardo, com dificuldade em levar o escudo.

Quando finalmente alcançaram o avião, Dimitri começou a tossir enquanto Lilian subia no *cockpit*. O velho caiu ao chão e vomitou uma grande quantidade de sangue vermelho-escuro, mal conseguia se erguer quando Lilian o puxou para cima com ajuda de Bernardo. Com os dois já dentro do avião, o homem arrastou a placa de metal para longe e subiu agilmente na cabine, fechando-a logo em seguida. Os tiros recomeçaram. Bernardo ligou os motores e acelerou o RB-57F ao máximo, forçando uma decolagem rápida. Algumas balas atingiram as longas asas, mas não prejudicaram o voo. Por fim, desapareceram por entre as nuvens, deixando para trás as Ilhas Sandwich e rumando para o destino final: a Metrópole.

CAPÍTULO 51

A palidez de Dimitri preocupava Lilian e Bernardo. Apesar da relação impessoal e, por vezes, conflituosa entre eles, acabaram se apegando uns aos outros. A longa jornada aproximou o grupo de passados diferentes e misteriosos para um futuro comum. Lilian tentava dar mais água para reidratar o velho, mas ele ainda estava desacordado. Entretanto, não era apenas o soviete que sofria com a possível intoxicação. As quase duas horas de voo que ainda os aguardavam pareciam uma eternidade.

Bernardo olhou para o braço esquerdo, notando uma grande mancha vermelha em sua roupa. O ferimento havia se agravado com o grande esforço durante a fuga das Ilhas Sandwich. Apenas Lilian não sofria com um ferimento por arma de fogo, o que não a isentava do mal-estar profundo que sentia.

A pouco mais de 1400 quilômetros dali, ficava a pequena cidade de Stanley, nas Falklands, onde toda a esperança do grupo estava depositada. A verdadeira Metrópole, que prometia um oásis naquele mundo infernal pós-apocalíptico. Tentavam seguir a bússola e os mapas de Lilian, mas não conseguiam se concentrar com o enjoo intenso e as dores de cabeça.

Após as esticadas duas horas de viagem, a silhueta das ilhas surgia envoltas pelo Atlântico Sul. Bernardo suava frio. Para seu desespero, diversos alertas começaram a piscar no painel. Os sons dos avisos despertaram Dimitri como se tivesse sido arrastado para 1964. Ao seu lado direito, a turbina soltava fumaça. Aparentemente, as balas do atirador não haviam sido inofensivas ao motor da aeronave. Bernardo decidiu desligar a turbina direita e pousar apenas com a esquerda, evitando uma possível explosão. Com a enorme envergadura do RB-57F, sua capacidade como planador era muito alta.

Já a poucos metros das ilhas, notaram uma incômoda ausência de humanidade. A pista estava completamente deserta, aparentando estar abandonada. Não tinham mais para onde ir caso os planos de Lilian estivessem errados. Bernardo acionou o trem de pouso, tendo como resposta um aviso de erro no painel. Algo estava travando a completa abertura da escotilha das rodas. Insistiu, puxando a alavanca diversas vezes, mas sem sucesso. Pousaria sem trem de pouso e sem uma das turbinas. A pista já estava logo adiante.

– Segurem-se todos – disse Bernardo. – Vamos aterrissar.

Logo que a aeronave tocou no chão, faíscas do atrito entre o metal da fuselagem e o asfalto da pista se levantaram. Tudo chacoalhava no *cockpit*. Lilian se segurava nas cintas de amarração de carga do compartimento pressurizado. Os avisos do painel se multiplicavam compondo o ambiente sonoro com o estridente barulho da derrapagem do metal.

Após minutos agonizantes, a aeronave parou. Como não havia muito combustível no tanque, praticamente não houve derramamento significante que possibilitasse um perigo de explosão. Abriram a tampa deslizável do *cockpit* e desceram Dimitri nos braços, pois o velho já não aguentava ficar de pé, estava praticamente desacordado. Caminharam pela pista por alguns metros, até seus corpos cansados não aguentarem mais e desmoronarem no asfalto arranhado.

Lilian olhava à sua volta. A situação do aeroporto não parecia muito boa. Era evidente o abandono do local. As ondas quebrando na borda rochosa da ilha eram as únicas fontes de movimento naquela terra. Suas esperanças escorriam pelos seus olhos claros. Após tantas horas tentando controlar aquela náusea terrível, vomitou devido ao nervoso da enorme decepção. Havia liderado uma missão ao nada, levando todos à morte. O ódio crescia em seu coração, amaldiçoava todos os que infectaram a mente de seu pai com aquelas ideias mentirosas e, consequentemente, a levaram para uma ilha deserta sem água potável ou comida.

– Precisamos vasculhar a ilha – disse Bernardo, ainda com esperanças. – Talvez o povoado não esteja muito longe daqui.

– Não há povoado – respondeu Lilian, desolada. – Era tudo uma grande mentira. Uma teoria conspiratória furada em que eu acreditei por todos esses anos. Nutri essa ideia falsa e a reproduzi em suas mentes.

Lilian interrompeu seu discurso. Secou seus olhos marejados de raiva e desapontamento e forçou a visão. Vindo de um hangar a poucos metros dali, um pequeno grupo de pessoas se aproximava. Vestiam trajes amarelos, como os seus. Três pareciam carregar armas, apontando para o grupo caído no asfalto.

– É uma alucinação? – Lilian questionou.

– Não – Bernardo falou, com alívio. – Estamos no lugar certo. Você estava certa.

Os homens se aproximaram dos três com cautela. Dois deles seguravam contadores de Geiger-Müller, emitindo ruídos constantes. Analisaram os sobreviventes daquele pouso emergencial. De acordo com as leituras, apenas Dimitri apresentava um nível de radiação muito comprometedor. Um dos homens chamou outro grupo, com macas. Dimitri foi rapidamente levado para longe, enquanto Bernardo e Lilian eram carregados para dentro de um prédio às margens da pista. A mulher estranhou o tratamento em relação a Dimitri.

– O que está acontecendo? – disse Lilian. – Para onde estão levando ele?

– O senhor Kuleshov está com nível de radiação muito alto. Será tratado numa unidade especial separada.

– Kuleshov? – questionou Lilian, espantada com o conhecimento do homem em relação ao soviete.

O homem virou-se para ela e sorriu. Logo que a colocou numa maca com rodas, deixou o local.

– Bem-vinda à Metrópole – disse, afastando-se.

apêndice

[1] Stanislav Petrov era coronel do exército russo, tinha 44 anos e estava em serviço na madrugada de 26 de setembro de 1983, numa base próxima a Moscou. Ele não costumava trabalhar à noite, mas estava ali, cobrindo a folga de um colega. Sua função era vigiar computadores e satélites e informar as autoridades sobre qualquer mudança. No caso de um ataque, a estratégia soviética era clara: o responsável tem exatos doze minutos para acionar o sistema de retaliação. É o tempo que levava para que um míssil americano atingisse território soviético.

Era pouco mais de meia-noite em Moscou, um domingo à tarde nos Estados Unidos, quando os computadores de Petrov indicaram que um míssil americano voava em sua direção. Ele interpretou o aviso como um erro da máquina, "afinal, se fosse uma guerra, os americanos não lançariam só um míssil" e registrou o aviso como um alarme falso. Algum tempo depois, soou novamente o alerta: um segundo míssil americano, e, depois, um terceiro, um quarto e um quinto. Piscava na tela do monitor em letras vermelhas a palavra *natinats* ("iniciar"). Petrov manteve-se impassível, ele não tinha outras fontes para checar a informação e os radares terrestres só detectariam os mísseis quando estivessem visíveis na linha do horizonte, e aí já seria tarde demais.

Petrov confiou na intuição e não comunicou nada. Ele sabia que, se estivesse errado, o mundo cairia sobre sua cabeça, literalmente: treze minutos se passaram. O silêncio era absoluto dentro e fora do comando militar. Nenhum míssil ou destruição. Petrov tomara a decisão certa e livrara o mundo de uma guerra nuclear. Mas, se o planeta agradeceu, o mesmo não o fez o comando militar soviético. Petrov foi advertido por ter desobedecido ao protocolo oficial, passou por longos interrogatórios e sua carreira no exército terminou ali.

(A história de Dimitri foi baseada no evento envolvendo Stanislav Petrov, alterando apenas alguns aspectos como datas e a decisão final do militar. Ambas as histórias se assemelham num ponto importante: a repressão por parte da União Soviética, independentemente da decisão tomada diante de uma ameaça.)

Fonte: RANGEL, Natália; YAZBEK, Letícia; NOGUEIRA, André. Quando o militar soviético Stanislav Petrov salvou o mundo da aniquilação nuclear. *Aventuras na História*. 26 abr. 2019. Disponível em: <https://aventurasnahistoria.uol.com.br/noticias/historia-hoje/stanislav-petrov-ataque-nuclear.phtml>. Acesso em: 25 jun. 2019.

[2] O Egito, assim como muitas outras nações, optou por uma política de não alinhamento durante a Guerra Fria, a fim de tirar proveito de ambos os lados do mundo polarizado do Capitalismo *versus* Comunismo.

O não alinhamento foi uma estratégia adotada pelos então chamados de países de Terceiro Mundo, caracterizado pelo gerenciamento autônomo de uma agenda internacional independente dos diversos atritos e pressões por alinhamento de ambos os blocos antagônicos. Tratava-se de uma alternativa para os Estados emergentes no processo de descolonização. Os expoentes no movimento do não alinhamento foram Gamal Nasser (Egito); Jawaharlal Nehru (Índia); Josip Broz Tito (Iugoslávia); e Sukarno (Indonésia), que se reuniam regularmente em conferências internacionais dos não alinhados durante todo o período da Guerra Fria.

A organização desse terceiro grupo político mudou completamente as relações da União Soviética e dos Estados Unidos com os países de Terceiro Mundo. Esses mesmos países ditos subdesenvolvidos ganharam importância ao se mostrarem valiosos estrategicamente na geopolítica mundial, e o bloco dos não alinhados era capaz de negociar e barganhar incentivos e auxílio em seus respectivos desenvolvimentos. Mesmo com a pressão forte dos dois principais blocos, poucas zonas de influência foram concedidas, e a união dos países africanos e asiáticos livres da polarização perdurou por décadas.

No caso do Egito, o não alinhamento caminhava junto a uma política local de pan-arabismo e anticolonialismo promovidos por Nasser. Essa postura visava principalmente à união árabe, explorando ao máximo as vantagens da neutralidade política para conquistar incentivos. Como um expoente de liderança no mundo árabe, o Egito ganhava cada vez mais importância na disputa entre a URSS e os EUA, pois, conquistando tal aliado, conquistariam grande parte do território circundante.

O crescimento galopante do Egito apenas enfatizava sua importância na região e o fazia despontar como uma potência árabe, encabeçando muitos dos encontros dos não alinhados. Dessa forma, mesmo com crises internas, Nasser tinha garantias de auxílio externo constantemente.

A relação amistosa com os Estados Unidos iniciou-se com a Crise de Suez, em outubro de 1956, e ampliou as interações capitalistas com o país com o decorrer dos anos. Transações e movimentações portuárias garantiram não só o crescimento econômico, mas o desenvolvimento social. Importações vantajosas de alimento e bens enviados pelos estadunidenses e impulsionavam ainda mais a potência guiada por Nasser.

Entretanto, a Guerra do Iêmen acabou desgastando as relações entre Kennedy e Nasser. A postura diante da legitimidade da república iemenita agravava a presença estadunidense no Egito, que ameaçava transbordar o conflito para além das fronteiras e impactar a segurança dos poços de petróleo sauditas. O engajamento das Forças Armadas egípcias poderia reforçar os laços militares com a União Soviética. Sucedendo Kennedy, Lyndon B. Johnson iniciou um recuo, apesar da forte presença estadunidense no território até 1964.

Por outro lado, a relação entre Egito e a União Soviética se focou em setores mais especializados, como o armamentista/militar. Diversas armas foram repassadas por Nikita Khrushchov a Nasser via Tchecoslováquia (atual Chéquia). A presença militar da União Soviética no Egito garantia um melhor acesso aos países de Terceiro Mundo e afastava os EUA da região. Assim, o Egito tornou-se o maior comprador de material militar fora do bloco soviético do mundo, o que demonstra a importância do país para a URSS. As relações entre os dois se firmaram, de fato, em 1957, apesar de já ocorrerem demonstrações amistosas por ambas as partes em 1955.

Além do aspecto militar muito bem desenvolvido, incentivos industriais também foram contemplados. Diversos técnicos soviéticos foram exportados ao Egito a fim de promover uma expansão industrial no país. As relações eram tão íntimas que Khrushchov visitou por dezesseis dias o Egito para a inauguração da barragem de Assuã, em 1960.

A presença militar de ambos os blocos antagonistas no Egito durante a Guerra Fria não é clara. O perfil neutro de Nasser permitia não somente o incentivo vindo dos dois lados, mas também uma presença diplomática e, talvez, estratégica-militar.

Fonte: CURADO, Pedro Rocha Fleury. Não-alinhamento, cooperação internacional e desenvolvimento no contexto da guerra fria: o caso egípcio (1955-1967). *Carta internacional*, [S.L.], v. 13, n. 2, p. 56-75, out. 2018. Disponível em: <https://doi.org/10.21530/ci.v13n2.2018.792>. Acesso em: 28 mar. 2019.

[3] O Kremlin de Moscou é o *kremlin* (cidadela, em russo) mais importante da URSS, sendo a base do comando militar soviético. Sua relevância é equivalente ao Pentágono americano.

[4] O termo "stalinismo" foi cravado, pela primeira vez, por Trotsky numa crítica à postura autocrata do ex-colega de partido, Josef Stalin. A partir de então, a noção de stalinismo foi evoluindo à medida que a União Soviética ganhava forças e vencia a Segunda Guerra Mundial. Com o retorno da paz e a vitória heroica contra os nazistas, Stalin recebe o título de Generalíssimo, alcançando o ápice de seu prestígio. Com suas mãos firmes, levou a União Soviética ao auge, tornando-se o segundo estado mais importante do mundo.

Entretanto, o preço pela escalada da URSS foi a notória brutalidade do regime stalinista.

Apesar dos anos brutos de sua liderança, Stalin conseguiu se infiltrar no panteão intelectual do comunismo, mesmo com sua fraca base teórica. O intenso trabalho imagético foi um dos responsáveis pela aura de glória e admiração cega que pairava sobre a figura de Stalin, não apenas para a União Soviética, perdurando até mesmo após sua morte, em 1953.

Em 1956, Nikita Khrushchov rompeu esse véu canônico de Stalin. Sem contestar a importância do líder para o Partido e para a Revolução de Outubro, denunciou as brutalidades com críticas duras aos métodos e erros do stalinismo. De acordo com Khrushchov, Stalin havia deturpado os ideais comunistas de Marx e Engels, instaurando um regime antidemocrático. Esses "desvios" tiveram origem, principalmente, no culto a sua personalidade.

Apesar das declarações polêmicas de Khrushchov, é sabido que o stalinismo é um movimento de alta complexidade na história, e a simbiose de Stalin e o Partido Soviético torna ainda mais difícil a definição exata da origem desse culto a sua personalidade. Não é necessariamente certo dizer que Stalin foi o culpado pela instauração do culto, mas, sim, por toda a estrutura que ele acabou erguendo na trajetória da URSS. A postura autocrata e extremista do líder foi uma das principais ferramentas de ascensão da União Soviética, e também foi o que o levou à posição intocável.

Com a morte de Stalin em março de 1953, duas principais linhas se formaram dentro do Partido Comunista Soviético: uma sob liderança de Lavrenti Beria, que era Ministro do Interior de Stalin, e Khrushchov. Assim como dentro do Partido, a população em diversos níveis de importância governamental também se dividia. O culto stalinista ainda era presente no cotidiano do povo soviético, mesmo com o degelo (período de desestalinização) estabelecido por Khrushchov.

O colapso da autocracia stalinista foi praticamente imediato em teoria. Ainda com segmentos da sociedade devotos a Stalin, a URSS conviveu com os resquícios do culto stalinista por muitos anos.

Fonte: NETTO, José Paulo. *O que é stalinismo?*. 4. ed. São Paulo: Brasiliense, 1986.

[5] O Aeroporto de Domodedovo situa-se a 35 km ao sul do centro de Moscou, sendo um dos mais importantes do país atualmente. Foi inaugurado oficialmente em maio de 1965, mas já funcionava em março de 1964. Era destinado a lidar com o crescimento do tráfego aéreo soviético, principalmente de longa distância. Inicialmente, possuía apenas uma pista em uso, acrescentando uma segunda, paralela à primeira, alguns meses depois.

A Yakovlev Yak-25 era um jato de reconhecimento e defesa soviético, com propulsão à base de turbojato, projetado pela montadora russa Yakovlev. Foi introduzida em 1955 e possuía diversas variações do modelo original, que interfeririam em sua autonomia de voo e capacidade bélica. Tinha uma envergadura de 10 m e comprimento de 15 m.

[6] Hathor ou Hator é o nome de uma deusa egípcia, vinculada principalmente à feminilidade e ao amor. Também tinha a função de acolher os mortos e velar os túmulos. Foi uma das deusas mais cultuadas do Egito Antigo (cerca de 3200 A.E.C.).

Fonte: LESKO, Barbara S. *The great goddesses of Egypt*. Oklahoma: University of Oklahoma Press, 1999.

[7] *"Neger abschaum"*: termo nazista pejorativo designado aos negros, algo como "Escumalha negra".

"Asoziale rasse": termo nazista pejorativo. Durante o período nazista a palavra *"asoziale"* também significava "escumalha" ou pessoa inferior, os "pesos mortos", considerados indesejados. Incluía os sem-teto, trabalhadores migrantes, mendigos, vagabundos, grandes famílias de classes sociais mais baixas, famílias de periferia, migrantes semelhantes a ciganos, os chamados "trabalhadores tímidos", alcoólatras, prostitutas e cafetinas. Os ciganos, principalmente, eram chamados de "raça estrangeira '*asoziale*'".

Fonte: GLOSSARY of Nazi Germany. Disponível em: <https://en.wikipedia.org/wiki/Glossary_of_Nazi_Germany>. Acesso em: 25 jun. 2019.

[8] Diálogo:

– *Wer bist du?* (Quem é você?)

– *Gib mir eine Antwort! Jetzt!* (Me dê uma resposta! Agora!)

[9] Diálogo:

– *Autos!* (Carros!)

[10] Diálogo:

– *Sie nähern sich! Fünf Kilometer!* (Estão se aproximando! Cinco quilômetros!)

[11] Diálogo:

– *Alpenfestung. Alpenfestung. Autozug nähert sich, ende.* (*Alpenfestung. Alpenfestung.* Comitiva se aproximando, câmbio.)

– *Wie viele kommen zurück? Ende.* (Quantos estão voltando? Câmbio.)

– *Umm... acht Fahrzeuge. Bestätigen? Ende.* (Oito veículos. Entendido? Câmbio.)

– *Bestätigen!?* (Entendido!?)

– *Acht Fahrzeuge. Bestätigt. Ende.* (Oito veículos. Entendido. Câmbio.)

– *In Ordnung. Ende der Durchsage.* (Certo. Câmbio, desligo.)

[12] *Alpenfestung*, ou Fortaleza alpina, era uma construção fortificada na região ne Obersalzberg, onde Hitler originalmente deveria ter se retirado ao conduzir a batalha contra os Aliados. Hitler nunca usou a *Alpenfestung* e recuou para o bunker em Berlim.

[13] A República Popular da Romênia era o nome da atual Romênia até 1965. Era um estado aliado à URSS. Sua capital, Bucareste, possuía dois grandes aeroportos em 1964. O mais antigo, de uso exclusivo militar (até 1965), era o de Otopeni, que havia sido usado como base alemã na Segunda Guerra Mundial. Já o segundo, era o de Băneasa, que atendia tanto voos comerciais quanto militares. Os dois aeroportos só se expandiram após o aumento expressivo do fluxo aéreo na região, obrigando até a flexibilização para voos comerciais em Otopeni.

[14] Mikhail Moiseyevich Botvinnik foi um grande enxadrista soviético, vencendo diversos campeonatos locais e se tornando campeão mundial por muitos anos. A partir dos anos 1960, dedicou-se ao desenvolvimento de programas de xadrez para computador e chegou a dar aulas para outros enxadristas mundialmente conhecidos, como Garry Kasparov.

[15] O termo "soro da verdade" existe muito antes da Guerra Fria ou Segunda Guerra Mundial. Diversas substâncias ganhavam esse título desde os primeiros anos do século XX. Substâncias como a escopolamina, em 1915, levaram médicos a acreditar que haviam encontrado o soro definitivo, devido às inibições sensoriais em mulheres em trabalho de parto. Entretanto, a escopolamina, a partir da década de 1920, deu lugar a um outro grupo extremamente promissor de psicotrópicos "indutores da verdade": os barbitúricos.

O tiopental sódico (ou pentotal) foi, por muitos anos, utilizado militarmente como o "soro da verdade" deixando o prisioneiro extremamente suscetível à pressão durante um interrogatório. Como a substância reduz a atividade cortical, torna-se mais difícil elaborar uma mentira, desinibindo o indivíduo e retirando-lhe toda e qualquer autodefesa que o impeça de dizer a verdade. A substância tende a deixar o indivíduo mais cooperativo com o interrogador, apesar de poder causar desmaios após sua administração.

Desde os anos 1940, diversos experimentos foram realizados, não só com o tiopental – que levou grande parte da fama por ser o "soro da verdade" –, mas outras substâncias psicotrópicas como o LSD (ácido lisérgico), o haxixe e o MDMA (ecstasy). Todos os testes (registrados) acabaram resultando em insucesso, feitos por parte de várias agências de segurança com o objetivo de conseguir extrair a verdade via confissões forçadas. Dentre elas estava a CIA (*Central Intelligence Agency*), que, com o projeto MKULTRA, testou inúmeras substâncias em seres humanos.

Apesar de os testes em larga escala acontecerem por volta dos anos 1940, o Pentotal foi descoberto em 1930 por químicos do famoso laboratório norte-americano Abbott. Foi utilizado, por vezes, em tratamentos psiquiátricos, a fim de desinibir pacientes. Passado o período de uso clínico, atualmente o Tiopental Sódico é uma das substâncias utilizadas nos condenados à morte por injeção letal em alguns estados dos EUA.

No Brasil, o Pentotal foi utilizado como método de tortura e delação na Ditadura Militar. Mesmo sob supervisão de médicos, o uso indiscriminado da substância levava a efeitos colaterais pesados como intensas alucinações. Na Índia, alguns casos de aplicação do Pentotal, mesmo sob contraindicação do governo, ainda ocorrem em certas regiões do país. Em 2012, alguns membros da polícia indiana pediram autorização para aplicar o Pentotal Sódico num certo político investigado suspeito de corrupção.

O uso do Pentotal ainda é controverso, já que as confissões feitas sob a influência do fármaco não são consideradas confiáveis. Além dos resultados enviesados, o uso de qualquer tipo de substância com esse intuito é classificável como tortura e condenado pela ONU, de acordo com o direito internacional.

Fontes:

SENATE SELECT COMMITTEE ON INTELLIGENCE. *Project MKUltra, the CIA'S Program of Research in behavioral modification*. Washington: U.S. Government Printing Office, 1977. Disponível em: <https://www.intelligence.senate.gov/sites/default/files/hearings/95mkultra.pdf>. Acesso em: 25 jun. 2019.

BUENO, Karina. O soro da verdade funciona?. *Superinteressante*. 4 jul. 2018. Disponível em: <https://super.abril.com.br/mundo-estranho/o-soro-da-verdade-funciona/>. Acesso em: 25 jun. 2019.

BRAZ, José Alberto Campos. *Evolução histórica da prova em processo penal – do pensamento mágico à razão*: a investigação do crime organizado no Estado de Direito. Dissertação (mestrado em Ciências Jurídico-Forenses) – Universidade de Lisboa, Lisboa, 2017. Disponível em: <http://repositorio.ul.pt/jspui/bitstream/10451/37100/3/ulfd135579_tese.pdf>. Acesso em: 25 jun. 2019.

[16] Em 1945, após o fim da Segunda Guerra, foi iniciado um julgamento dos membros do partido nazista na cidade de Nuremberg, na Alemanha, um pouco ao norte do estado da Baviera. Nele, foram condenadas à morte mais de dez pessoas que contribuíram para os crimes de guerra durante o período de 1939 a 1945. Dentre eles, grandes nomes do partido e alguns aliados ou facilitadores. Nesse contexto, muitas pessoas associadas ao Partido Nazista se viram encurraladas numa situação extremamente complicada, principalmente cientistas, ex-soldados e técnicos militares. Diante da provável condenação, muitos dos que seriam julgados decidiram por escapar do julgamento em Nuremberg fugindo da Alemanha. Um grande contingente optou em fugir para a América do Sul, principalmente a Argentina, sob o governo de Juan Domingo Perón.

Já no fim da Segunda Guerra Mundial, a movimentação nazista começou a se dar conta de que a derrota era iminente. Diversos *fronts* escancaravam a crescente dos Aliados e a provável eliminação das potências do Eixo (Itália, Japão e, principalmente, Alemanha). Membros da SS (Schutzstaffel, ou tropa de proteção em português, organização paramilitar nazista) criaram, então, a Operação Odessa: *Organisation der ehemaligen SS-Angehörigen* – Organização de antigos membros da SS. A operação visava organizar uma fuga dos membros da Odessa para outros países, escapando do julgamento e perseguição no pós-guerra. Um exemplo de fuga via Operação Odessa foi o de Nikolaus "Klaus" Barbie, o Açougueiro de Lyon. Sendo um dos organizadores do Holocausto, Barbie conseguiu escapar para a Argentina e somente em 1983, sob o governo de Zuazo, enfrentou um julgamento e foi condenado. Durante o julgamento, não demonstrou arrependimento por seus atos vis e, ainda, exigiu ser inocentado por "salvar a França do socialismo".

Entretanto, não somente a Operação Odessa existia. As *ratlines* (em português, linhas de ratos, sistemas de fuga para os nazistas) contemplavam não apenas a elite nazista, mas os pequenos grupos de membros de menor importância, que temiam o julgamento tanto quanto os outros grandes nomes. Assim como a Odessa, foram organizados esquemas de fuga para diversos países, inclusive no Oriente Médio e Nordeste Africano. Os nazistas ganhavam novos nomes e novas histórias pregressas, mesclando-se ao grande contingente que escapava do resultado desolador da Alemanha.

Fontes:

MEINERZ, Marcos Eduardo. Operação Odessa: a fuga dos criminosos de guerra nazistas para a América Latina após a Segunda Guerra Mundial e os caçadores de nazistas. *Mediações*, Londrina, v. 19, n. 1, p. 41-60, jan./jun. 2014. Disponível em: <http://www.uel.br/revistas/uel/index.php/mediacoes/article/download/19855/15089>. Acesso em: 25 jun. 2019.

WALTERS, Guy. *Hunting Evil*: The Nazi War Criminals Who Escaped and the Quest to Bring Them to Justice. Nova York: Broadway Books, 2010.

[17] Durante o regime nazista na Alemanha, era comum o ataque aos que discordavam do partido. Uma das formas de ataque se dava pela denúncia aos militares sobre alguma postura diferente do pensamento da extrema-direita alemã, indicando os opositores como comunistas ou socialistas, judeus, homossexuais, dentre outras minorias de difícil identificação visual. Assim, as opiniões distintas à supremacia ariana eram obliteradas e mantidas dentro dos campos de concentração. Tudo o que tangia um pensamento crítico ao governo nazista era prontamente "silenciado".

Uma boa analogia a essa época escura da Alemanha é a Ditadura Militar brasileira, que lançava mão dos mesmos mecanismos para contenção de movimentos opositores e qualquer expressão humana que trouxesse a pluralidade do povo em questão. A "higienização" das ruas era feita de forma nada discreta, mas a censura era capaz de filtrar as notícias que escancaravam a chacina, pouco chegando ao brasileiro médio (que não se incluía nas minorias atingidas pelo regime ditatorial).

Fontes:

MOURA, Clóvis. O racismo como arma ideológica de dominação. *Princípios*, n. 34, p. 28-38, ago.-out. 1994. Disponível em: <http://centros.uepb.edu.br/ch/download/documentos/texto-i-clovis-moura-1.pdf>. Acesso em: 25 jun. 2019.

PUFF, Jefferson. LGBTs sofriam torturas mais agressivas, diz CNV. *BBC Brasil*, 10 dez. 2014. Disponível em: <https://www.bbc.com/portuguese/noticias/2014/12/141210_gays_perseguicao_ditadura_rb>. Acesso em: 16 abr. 2019.

[18] A submetralhadora MP40 (*Maschinenpistole* 40) foi uma arma produzida pela Alemanha nazista e utilizada no fronte pelos soldados do Eixo durante a Segunda Guerra Mundial. Foi desenhada em 1938 e permaneceu em uso até 1945, com a queda do nazismo. Foram produzidas cerca de um milhão de unidades, incluindo suas variantes.

[19] Durante a Segunda Guerra, Hitler fez uso de muitos trechos de um hino nacionalista como propaganda partidária para ascender ao poder e disseminar seus ideais, principalmente a primeira frase de *Das Lied der Deutschen*. O hino nacional da Alemanha foi escrito pelo poeta August Heinrich Hoffmann von Fallersleben (1798-1874), e o verso *Deutscheland über Alles* referia-se à unificação da Alemanha num só Estado. Porém, o verso foi deturpado pelos nazistas. *Deutschland über alles*, ou "Alemanha acima de tudo" marcava uma ideia de superioridade daquela terra, buscando uma unidade nacionalista. Com isso, o lema se tornou parte da propaganda extremista, sendo indistinguível do próprio nazismo até os dias de hoje. Algumas outras canções e lemas adotados pelo partido nazista faziam menção à superioridade do povo em relação aos demais. As frases relacionadas ao regime foram removidas do hino alemão, e atualmente são terminantemente proibidas por fazerem alusão ao terrível período.

Fontes:

BANDEIRA, Luiz Alberto Moniz. De Hitler a Bush: o Iraque e o New American Century. *Espaço Acadêmico*, Maringá, ano II, v. 1, n. 23, p. 111-222, abr. 2003. Disponível em: <http://eduem.uem.br/ojs/index.php/espacoacademico/article/viewfile/42622/751375139256>. Acesso em: 16 abr. 2019.

MOURA, Clóvis. O racismo como arma ideológica de dominação. *Princípios*, n. 34, p. 28-38, ago.-out. 1994. Disponível em: <http://centros.uepb.edu.br/ch/download/documentos/texto-i-clovis-moura-1.pdf>. Acesso em: 25 jun. 2019.

[20] Alguns teólogos alemães, comprometidos com a ideologia nazista de Hitler, propuseram-se a fazer releituras da imagem de Jesus buscando uma padronização ariana. As relações do nazismo com a religião eram confusas, porém é inegável a aproximação com o cristianismo nesse caso, especialmente sabendo do juramento de lealdade que os teólogos cristãos fizeram diante do Führer visando potencializar a cultura cristã ariana.

A construção do "Jesus Ariano" ajudou no estabelecimento de um racismo associado ao cristianismo, levando ao desenvolvimento do "arianismo cristão". A implantação dessa noção de cristandade ariana na igreja institucional protestante era o principal objetivo do Movimento Cristão Alemão (*Deutsche Christen*). O auge do movimento foi em maio de 1939, com o estabelecimento de um centro de pesquisa antissemita, conhecido como Instituto para Estudo e Erradicação da Influência Judaica da Vida Religiosa Alemã (*Institut zur Erforschung und Beseitigung des Jüdischen Einflusses im Deutschen Kirchlichen Leben*).

A fim de segregar as demais religiões e minorias sociais, o Movimento Cristão Alemão pregava que Deus (do arianismo cristão) também se manifestava na pátria e na raça (ariana). Portanto, é possível traçar um paralelo com a *Deutschland über alles* ("Alemanha acima de tudo"), já que acreditavam que "Deus estava acima de todos", em prol da supremacia ariana no mundo.

É estudada também a simbiose da política com o cristianismo. A íntima relação de Hitler com o arianismo cristão levava os líderes religiosos a apoiá-lo como um salvador, um "Messias" que traria de volta a força da Alemanha e dos arianos. Sua missão, bem como a do Cristo Ariano, era combater sem medo ou trégua aqueles que diferiam dos ideais cristãos. Assim, Hitler utilizou amplamente os poderes religiosos para sua ascensão política e econômica e, posteriormente, para sua estabilização no poder.

Fonte: CHEVITARESE, André Leonardo; JUSTI, Daniel Brasil. O Jesus Ariano: o imaginário e as concepções historiográficas do Jesus Histórico na Alemanha Nazista. *Horizonte – Revista de Estudos de Teologia e Ciências da Religião*, Belo Horizonte, v. 15, n. 45, p. 188-205, jan./mar. 2017. Disponível em: <http://ibict.pucminas.br/index.php/horizonte/article/view/P.2175-5841.2017v15n45p188/11296>. Acesso em: 16 abr. 2019.

[21] As Falklands ou Ilhas Falkland foram cartografadas pela primeira vez em 1507 por um geógrafo alemão a serviço de Portugal. Por estar do lado Espanhol no Tratado de Tordesilhas, a terra ficou em segredo por muitos anos. Com o fim do tratado e com o declínio espanhol, ficou acordado que as terras não povoadas por espanhóis eram livres da coroa espanhola. Em 1690, então, as Falklands receberam pela primeira vez uma expedição inglesa, recebendo seu nome. Até 1764 o arquipélago permaneceu desabitado, recebendo nesse ano uma expedição de assentamento francesa, que renomeou a terra para Ilhas Malouines. Nesse período se iniciam construções fortificadas por iniciativa francesa. Já no ano seguinte, a coroa britânica envia embarcações para retomar o poder sobre as ilhas, reestabelecendo a bandeira do Reino Unido nas Falklands.

Os atritos com a Argentina só começaram no século XIX, quando o país americano reivindicou as terras por herança direta do reino espanhol. As disputas com o Reino Unido duraram até o fim do século XX, quando ficou estabelecido que as Ilhas Falkland são território ultramarino britânico.

Diversas bases militares foram estabelecidas nas Falklands devido à sua posição estratégica e, principalmente, pela sua disputa com a Argentina. A capital, Stanley, foi estabelecida em 1845, com o início do assentamento dois anos antes. Recebeu o nome do britânico Lord Stanley.

Fonte: CAMARGO, Felipe Rodrigues De. A disputa pela soberania das ilhas Falklands/Malvinas. *Revista de Geopolítica*, v. 5, n. 2, p. 67-78, jul./dez. 2014. Disponível em: <http://www.revistageopolitica.com.br/index.php/revistageopolitica/article/viewfile/110/109>. Acesso em: 16 abr. 2019.

[22] A República do Congo era o antigo nome da atual República Democrática do Congo, diferente da atual República do Congo (cuja capital é Brazzaville). Em 1960, o Congo conquistou a independência com o nome de República do Congo. Também ficou conhecido naquele período como Congo-Léopoldville, para se diferenciar do Congo Francês, que havia também adotado a alcunha República do Congo como nome oficial.

Antes de receber o nome de Zaire, a República do Congo tinha como capital a cidade de Léopoldville, atual Kinshasa. Em 1964, a cidade tinha apenas um aeroporto, de pista única, dedicado a atender tanto voos comerciais quanto militares, inaugurado em 1953.

[23] O aeroporto de Johanesburgo, na África do Sul, foi inaugurado em 1952, sendo batizado de Aeroporto Jan Smuts até 1994, quando foi renomeado. Em 2006 recebeu o nome definitivo de Aeroporto Internacional Oliver R. Tambo. Substituiu o Aeroporto Internacional de Palmietfontein, que havia operado os voos para a Europa desde 1945.

[24] O RB-57F Canberra era uma aeronave de reconhecimento americana, com propulsão à base de Turbofan feito pela montadora americana Martin e General Dynamics. Foi introduzida em 1963 e possuía diversas variações do modelo original, que interferiam em sua autonomia de voo e equipamentos de reconhecimento. Tinha uma envergadura de 38 metros e comprimento de 21 metros.

[25] As Ilhas Geórgia do Sul foram primeiramente avistadas por britânicos em 1675, sendo reivindicadas como território do Império Britânico somente cem anos depois, em 1775. Na mesma época, foram encontradas as terras vizinhas das Ilhas Sandwich do Sul, que também compuseram a longa lista de terras sob domínio britânico. As Ilhas são um conjunto de pequenas coleções de terra no Oceano Atlântico Sul, extremamente acidentadas e com topografia agressiva e abrupta. Localizam-se a cerca de 1300 quilômetros das Ilhas Falklands. A economia é baseada na pesca, já que não havia nativos antes da ocupação. A capital do arquipélago, localizada nas Ilhas Geórgia do Sul, é Grytviken (podendo ser traduzido como Baía dos Caldeirões, do norueguês), fundada em 1904. Foi utilizada como um porto baleeiro, mas há indícios de estabelecimentos militares, tanto pela Guerra das Malvinas, quanto pela possibilidade de exploração da região.

POSFÁCIO

Acerca do nazismo, fascismo e extremismos hoje: infelizmente, a cruzada homérica contra o mal em 1945 não o findou por completo. Por mais que queiramos nos isolar e nos resguardar de notícias assoladoras, é inegável que a aura obscura da extrema-direita alemã ainda paira sobre o mundo. Por mais que queiramos acreditar que o ser humano evoluiu desde aquele tempo maldito até hoje; por mais que queiramos acreditar que o passado jamais vai voltar; por mais que queiramos que não haja futuro nos discursos de ódio; por mais que queiramos crer que discursos violentos e inflamadores são nuvens passageiras que se dissiparão por si só, não podemos negar os fatos.

A distância histórica do nazismo aparentemente alcançou o esquecimento de grande parte da população. A mazela resultante de seus extremismos, mesmo que infames, deixou de chocar e passou a acordar com pensamentos cotidianos. É assustador rever um relato de terror, narrado em aulas de história, repetindo-se diante de nossos olhos sem que possamos alertar aqueles que não se lembram ou que preferem não lembrar.

Não excluo o outro lado... O stalinismo foi tão desolador quanto o nazismo. Na era da pós-verdade, nada mais contemporâneo que o revisionismo histórico de Stalin (que buscava o isentar de seus atos hediondos). O erro está nos extremos que se julgam mais importantes que a própria humanidade.

Porém, caro leitor, se você se sentiu ofendido ou ultrajado por minhas palavras sobre tais eventos históricos, sugiro que reflita um pouco. Será que suas atitudes, por mais nobres que acredita que sejam, não flertam com o fascismo/nazismo/stalinismo? As palavras dos que o representam não se encaixam "coincidentemente" com discursos ecoados no passado escuro das autocracias e ditaduras? Por menor que seja a semelhança, sugiro que reflita. É possível que você coadune com os discursos de ódio (mesmo que de forma superficial e não extrema) citados nos textos históricos? Se para alguma dessas perguntas você respondeu *Sim*, é lamentável.

O primeiro instinto do ser humano é sobrepujar o Eu sobre o Outro, mas, em vez de manter-se como está, tente não se tornar mais um tijolo que alicerça essa estrutura de ódio. Não faça parte daquilo que, futuramente, possa ser relatado como um período tão sombrio quanto o da Alemanha nos anos 1930 e 1940. Parafraseando Alain de Botton, nunca é tarde para aprender algumas coisas básicas e embaraçosamente óbvias.

DESCUBRA MAIS SOBRE O UNIVERSO DE

METRÓPOLE

alemdametropole.wixsite.com/apendices

FONTE: Arnhem

#Talentos da Literatura Brasileira
nas redes sociais

grupo novo século

LÜZZ

PUBLISHER Anderson Cavalcante
COORDENADORA EDITORIAL Diana Szylit
EDITOR-ASSISTENTE Nestor Turano Jr.
ANALISTA EDITORIAL Érika Tamashiro
ESTAGIÁRIA EDITORIAL Beatriz Furtado
PREPARAÇÃO Angélica Andrade, Daniela Franco, Giovanna Caleiro, Marina Saraiva e Victória Gerace
REVISÃO Victória Gerace, Giovanna Caleiro, Gabriele Fernandes, Giulia Molina Frost e Angelica Andrade
PROJETO GRÁFICO Estúdio Grifo
ASSISTENTE DE DESIGN Letícia de Cássia

Nesta edição, respeitou-se o novo Acordo Ortográfico da Língua Portuguesa.

Dados Internacionais de Catalogação na Publicação (CIP)
(Câmara Brasileira do Livro, SP, Brasil)

Anjos, Ítala dos
Riqueza diária: 365 dias para enriquecer / Ítala dos Anjos
1ª ed. São Paulo: Buzz Editora, 2025
400 pp.

ISBN 978-65-5393-478-8

1. Finanças pessoais – Mulheres 2. Desenvolvimento pessoal – Mulheres 3. Empoderamento feminino
4. Agendas – Publicações I. Título

25-273934 CDD 242

Índice para catálogo sistemático:
1. Literatura devocional: Cristianismo 242

Eliete Marques da Silva, Bibliotecária, CRB 8/9380

Buzz Editora Ltda.
Av. Paulista, 726, Mezanino
CEP 01310-100, São Paulo, SP
[55 11] 4171 2317
www.buzzeditora.com